にじいろガーデン

小川　糸

集英社文庫

目次

にじいろガーデン

プロローグ

六歳だった。

その人はずっと、駅のプラットホームに立っていた。電車が来るたび、セーラー服の赤いリボンが、ふわりとジャンプするように風になびく。季節は、夏。誕生日の前日だったから、よく覚えている。

「ソースケ」

どこからか、母さんが僕を呼ぶ声がした。あの頃電車が好きだった僕は、早く見たくて、一足先にホームへと駆け上がっていた。そのせいで人波にのまれ、母さんとはぐれてしまっていた。

「ソースケ」

もう一度名前を呼ばれた時、僕はその人と手をつないでいたことに気づいた。ハッとして、慌てて手をほどいた。鼓動が、足を踏み鳴らすように激しくなる。急に息が苦しくなって、喉が渇いた。

その人の手のひらから抜き取った手は、しっとりと汗ばんでいる。まるで、その人のほっぺたに流れていた涙を、ぎゅっと握りしめているようだった。電車が通る音に紛れて声は聞こえなかったけれど、その人は確かに泣いていた。

人ごみの向こうに、母さんが疲れた表情を浮かべて立っている。僕は慌てて駆け寄った。すぐに電車がやってきて、僕は母さんと車両に乗り込む。

座席に座ってから、あの人のことを思い出した。電車に乗っている間、僕はずっと、手のひらの温《ぬく》もりを優しく握りしめていた。

まだそこに残っている柔らかな感触を、拭う気持ちになどなれなかった。

手のひらに、秘密の小鳥を預かっている気分だった。

§

三本目の電車が目の前を通り過ぎるのを、ただただ空《むな》しく見送っていた時だ。指先が、ふいに何かに包まれた。最初は、気のせいかと思った。けれど、その感覚は少しずつ現実味を帯び、確かな温もりへと変化する。

何の未練もないはずなのに……。

わたしは、この先へと続く小さな一歩を、踏み出せずにいた。次こそは、次こそは、そう気持ちを奮い立たせるうち、あっという間に電車は通過していった。

見上げると、雲一つない、真っ青な夏の空が広がっている。嘘みたいな、青空だった。自由になりたくて、とうとう、ここまでたどり着いたのだ。

未練なんてちっともない。いや、ないはずだった。

視線を動かすと、すぐ横に小さな男の子が立っている。野球帽をかぶっているせいで顔はほとんど見えないけれど、その子がわたしの手を握っているのだ。

自分から手を振り払う気には、なれなかった。だって、温かかったのだ。

目の前に、急行の電車が猛スピードで飛び込んでくると、風圧で体が押し倒されそうになる。だから今、この手を放してはいけない。

怖いのか、男の子はぎゅっとわたしの手を握ってくる。もしも急に手をほどいたら、この子は反射的にわたしの後に続くかもしれない。

手のひらの温もりを感じるたび、凍り付いていた心が溶かされた。誰かと手をつないだ記憶が、わたしにはなかった。こらえきれずに瞬《まばた》きをすると、涙がぽとりと落下した。

その時、男の子の手が、わたしの手のひらからすーっと離れた。どこからか、母親らしき女性の声がする。その子の名前を呼んだようだったけど、わたしには聞き取れなかった。男の子が、駆け足で去っていく。

一瞬だけ振り返ると、後ろ姿が見えた。さっきまで手をつないでいたはずなのに、男の子は一度もわたしの方を振り向かず、そのまま見えなくなってしまった。

ふと、空っぽになった手のひらを見つめた。さっきまでそこにあったものを、確かめたかった。けれど、手のひら以外には何もない。生命線や運命線、感情線やその他の線が、入り乱れている。それだけだ。

あれは、小学生の時だったか。友人とお祭りに行き、手相占いをしてもらったことがあった。いかにもそれらしい身なりをした占い師は、わたしの手のひらを見るなり、もったいぶった口調で言った。

あなた、苦労する人生ねぇ。でも、決して悪くないよ。波乱万丈だけど、いい人に巡り合える。

そして、ほら、ここに恋愛運を表す線がはっきり見えるでしょ、と言い、占い師はわたしの手のひらに刻まれた恋愛線とやらを、虫眼鏡を使ってまじまじと観察した。その後に続いた占い師の言葉は、もう思い出せない。

チョコ、いい人に巡り合えるってよー。

一緒に占ってもらった友人たちが、口ぐちにわたしを囃《はや》し立てる。そんな無邪気な彼女たちを、わたしはしらけた気分で遠くからぼんやりと眺めていた。いつだってそうだ。わたしは誰とも交われない。

　空っぽの手のひらを見つめていたら、ふいにその時のことを思い出した。

　本当に、この手のひらにわたしの人生が記されているのだとしたら、わたしの生命線は、二十歳になる前で途切れているはずだ。けれど、その一本の太い線は、嫌になるくらいゆうゆうと伸びていた。

　何本目かの電車が、またしても空しく通り過ぎる。いつの間にか青空に、ひっかき傷みたいな一筋の飛行機雲が伸びていた。

　計画を断念せざるを得なくなったのは、わたしより一足先に、思いを遂げた人がいたからだ。隣の駅で起きた人身事故を知らせるアナウンスが流れ、やがて上下線とも運転は見合わせとなった。

　横に立っていたサラリーマン風の男性が、不快そうに舌打ちする。足をむき出しにした女子高生の二人連れが、小走りで階段を下りていく。

　わたしはしばらくホームのベンチに腰かけ、電車の運転が再開されるのを待った。思いを遂げた者を追悼しているのか、セミが叫ぶように鳴いている。

　わたしはそっと、胸の上に手のひらを重ねた。男の子の指の温もりが、まだかすかに残っている。

第一章　駆け落ち

混雑する電車に草介《そうすけ》と乗り込み、ふと顔を上げた時だった。

駅のホームに、制服を着た少女が立っていた。

しばらく手のひらを見つめていた彼女は、今にも泣きだしそうな表情で、私の乗った電車に視線を送る。一瞬だけど、目が合った気がした。

草介のお誕生日会の準備のため、二人で出かけた帰り道のことだ。ぐったりと疲れていたはずなのに、彼女を一目見たとたん、それまでぼやけて見えていた目の前の世界が鮮やかになった。ドアが閉まって電車が動き出してからも、少しずつ離れていく彼女の姿から目を逸《そ》らすことができなかった。

以来、寝ても覚めても、彼女のことが頭から離れない。

ぼんやりと姿を思い出すだけで、なんだかわからないけれど胸が窮屈になり、いつの間にか涙がにじんでいるのだ。それからは、どこにいてもあの子を捜すようになった。

もちろん、浮ついた気持ちなんて、これっぽっちもなかった。だって、相手は高校生だもの。しかも、少年ならまだしも、少女だ。

夏休みになり、草介が一週間ほどサマーキャンプに行っている二日目の夜だった。パートを終えて電車に乗り、いつもの駅で降りた時、一本向こうのホームにたたずむ彼女を見つけた。まさか、また会えるなんて……。

気がつくと、無我夢中で階段を駆け上がっていた。あの時もそうだ。私はまた、両手に大荷物を持っている。

「待って！」

連絡通路を全力で走り、彼女がいるホームへとつながる階段を下りながら、大声で呼びかけた。

彼女のしようとしていることは、容易に想像がついてしまう。この前もそうだったけれど、明らかにそういう目をしている。それでも、彼女に声をかけたり止めたりする人は誰もいなかった。

必死に走って彼女のもとへたどり着いた私は、わざとおどけたような口調で言った。

「そんなところに立って、落とし物でもしちゃったの？」

不意打ちを食らったような表情で、彼女がわずかに顔を上げる。

「なーんちゃって。私もさぁ、もうしょっちゅう、死にたくなるの」

「えっ？」

そう声をもらした瞬間、彼女の大きな瞳から、涙がこぼれた。澄んだ目が、野生のシカみたいだ。

「でもさ、私、食べるのが大好きだから、つい、次の食事に何食べよう、とか考えちゃうの。そうすると、おなかが空《す》いてきてね、じゃあ、せっかくだからそれを食べてからにしようって思って、これが人生最後の食事だわぁ、なんてしんみりしながら、ぺろっと食べちゃうわけ。そうすると、ちょっと満たされた気持ちになって、死ぬのが面倒臭くなっちゃうのよね。そのうちまた、おなかが空いちゃって。もう、ずーっとその繰り返しなのよ。おめでたいでしょう？」

でまかせの言葉は、自分でも驚くほどにすらすらと出た。とにかく、時間を稼ぎたくて必死だったのだ。少なくとも私が話しかけている間は、彼女がここに留まっている。

そのままの勢いで、私は誘った。

「せっかくだからさ、一緒に何か、おいしいもの食べようよ。私も今日、一人で食事しなくちゃいけないから」

死ぬのはそれからでも遅くない。そう、心の中で付け足した。

でもきっと断られるだろうと、半分は諦めてもいたのだ。見ず知らずの人間にいきなり声をかけられて、のこのこついてくるような雰囲気の子ではない。けれど、予想外に彼女が同意の仕草を見せる。

また、電車がやって来た。私はさりげなく、彼女の腕をそっとつかんでホームの内側へと導いた。よかった、間に合ったのだ。ただただそのことだけが嬉《うれ》しくて、今にもへたり込みそうだった。

駅を出て、商店街を一緒に歩いた。見かねたのか、彼女がスーパーの袋をひとつ、持ってくれる。夜の九時を過ぎているので、辺りはすでに静まり返っていた。

「バイパスの方まで行けば、定食屋さんが一軒あるけど」

斜め後ろを黙ったままついてくる彼女に、提案した。

そこはよく、晩ごはんを作るのが面倒になると、草介を連れて行く店だった。いつも混んでいるけれど、安いし、味もそんなに悪くない。何よりも禁煙なのが、ぜんそく持ちの草介には有難かった。

商店街を過ぎるとひっそりとした住宅地が続き、民家の軒先にはびっしりと植木鉢が並んでいる。どこからか、賑《にぎ》やかな一家団欒《だんらん》の声がする。すると、

「あ」

彼女がふいに声をもらした。振り向くと、立ち止まって空を見上げている。

「流れ星」

左手に持っていたビニール袋を右手に持ち替えながら、私も立ち止まって空を仰いだ。けれど、もうどこにも流れ星の形跡はない。こんな濁った空に、果たして流れ星など

見えるのだろうか。今夜の空は、全体的にどんよりと曇っている。私の心模様と、一緒だった。

「そう言えばうちね」

歩きながら、彼女に話しかけた。いつの間にか、彼女の方が半歩先を歩いている。すらりとした後ろ姿は、太陽に向かって健やかに芽を伸ばす美しい植物のようだった。

「はい」

少し時間が経ってから、彼女が話の続きを促した。

「うちさ、雑居ビルの二階なんだけど、ビルの上に小さい屋上があってね、そこからの眺めが、結構いいのよ。誰も上がってこないし」

夫が家にいた頃は、家族三人でバーベキューパーティーをやったこともある。草介と一緒に、部分日食を観察したこともあった。でもここ最近は、いや、正確に言うなら夫が家を出て行ってしまってからは、屋上には一度も足を運んでいない。そこまで行くのすら面倒臭くて、洗濯物も、室内乾燥機を使って乾かしている。

「あ、それでさ、ごはん、どうしよう。やっぱりどこもやっていないみたいだし、バイパスの定食屋さんまで行って」

そこまで私が言いかけた時、彼女が突然くるりと振り返った。そして、

「チョコ、屋上に行ってみたいです」

と、はっきりとした声で言った。

「チョコ?」

意味がわからなくて問い返すと、

「えーっと、わたし、千代子《ちよこ》っていうんです。千代に〜、八千代に〜って歌、あるじゃないですか? あの千代です」

それで自分のことを、チョコと呼んでいるらしい。外見や雰囲気は大人びているのに、声や喋《しゃべ》り方は歳相応のようだ。

来た道を途中まで引き返して、また商店街の方へと戻っていく。わが家は、メインの商店街から一本路地を奥に入ったところにある。狭い階段を上がりながら、急に現実を思い出し、胸が騒がしくなった。

「あのさ、千代子ちゃん、先に屋上に行っててくれる? 私、適当に見繕って、ちゃちゃっと何か作って持ってくから」

本当は、ちゃちゃっと作ろうにも、インスタントか冷凍食品しか思いつかないのだが、仕方がない。今日スーパーで買ったのも、やっぱりそんなものばかりだった。

「手伝います。二人でやった方が早いですし」

さっき会ったばかりの子にだらしのない姿を見せるのかと思うと、憂鬱《ゆううつ》だった。だって、家の中は散らかり放題なのだ。しかも草介がいないのをいいことに、食器洗いも洗濯も、掃除も何もしていない。けれど、千代子に私の意図は伝わらなかった。しぶしぶだがドアを開けると、彼女が息を呑む様子が追い打ちをかける。

情けないことに、キッチンの流し台にはカップ麺の容器が投げ捨てられ、洗っていないお皿や鍋が積んであった。床には、缶チューハイの空き缶と、脱ぎっぱなしのパジャマが転がっている。千代子が正直に驚くのも無理はない。

「ごめん」

ばつが悪くなって謝ると、

「わたしも片付けます」

彼女は楽しそうに言い、率先して片付けを始めた。ついさっきまで、あんなに思いつめた表情で電車のホームにたたずんでいたのと同じ少女には、とうてい見えなかった。

仕方なく私も、一緒に片付ける。どうやったらここまで散らかすことができるのかと自分でも不思議になるくらい、部屋中に物が散乱しているありさまだった。

もう、この状況を知られてしまったのだから、今さら隠し事などしても始まらない。私は、夫と別居して半年になることや、草介という名の小学一年生の息子がいること、彼は今、サマーキャンプに行っていることなどを千代子に話した。その間も千代子は、ふんだんに泡立てたスポンジで、熱心に流し台の隅を磨いている。

「で、あなたのお名前は？」

そういえば、彼女の名前は聞いたけど、まだ自分は名乗っていなかった。

「泉《いずみ》」

「下の名前は？」

「だから、泉だよ。……高橋《たかはし》泉、三十五歳。もうすぐバツイチ」

白状するような気持ちで、私は言った。

「泉さんかぁ。素敵なお名前ですね」

そう言って、千代子はまた手を動かし始める。片付けが楽しくて仕方がないとばかりに、ハミングまで聞こえてきた。けれど一方の私は、自分の部屋だというのに、頭も体も動かず、何度も手が止まってしまう。そんな様子もしっかり見られていたらしい。

「泉さんは、座っててよ」

さらりと、千代子に言われてしまった。

実は、立っているだけでもしんどかったのだ。長い時間レジ打ちをしたので、腰が悲鳴をあげている。家の掃除をしないと草介のぜんそくがひどくなることくらい頭ではわかっているのだけれど、実際は体が重くて言うことを聞いてくれないのだ。

お言葉に甘え、ソファに体を預けたとたん、睡魔が襲ってきた。昨夜は結局、くだらない深夜番組をダラダラと明け方近くまで見てしまい、あまり睡眠をとらずにパートに出ていた。そのせいで、澱《おり》のような疲れがたまっている。

横になると、あくびが止まらなくなった。彼女一人に片付けをさせて申し訳ないと思いながらも、もう目も開けていられない。一瞬のつもりで、まぶたを閉じた。

けれど、そのまま眠ってしまったらしい。ふと、水を流す音で気がついた。千代子が家にいることすら、忘れそうになっていた。体には、いつの間にかタオルケットがかけられている。ふだん、草介が使っているタオルケットだ。草介の匂いがする。ということは、あの恐ろしく取っ散らかった寝室も、千代子に見られたということだろうか。見渡すと、さっきよりも部屋が整えられている。

「ごめん」

口の周りのよだれを拭いながら、千代子を探した。何か食べさせてあげたいと思って誘い出したはずなのに、当の私が寝ているのでは話にならない。

どこにいるのかと思ったら、千代子はトイレ掃除をしているのだった。

「千代子ちゃん、もうほんとにいいから。そんなこと、やらないで」

心底自分が情けなかった。恥ずかしいことに、トイレも相当汚れていたはずだ。

「いいのいいの、好きでやってんだから、気にしないで。泉さん、すっごく気持ちよさそうに寝てたし」

「私、うるさくなかった？」

離婚を言い渡された原因のひとつが、私の鼾《いびき》と歯ぎしりだった。

「鼾のこと？　時々急に止まるから心配になったよ。しかもね、一回」

　そこまで言うと、千代子はいたずらっ子のように肩をすくめてククと笑う。その時初めて、彼女に立派な八重歯があるのに気づいた。

「何？　気になるから、言っちゃってよ」

　ここまでさらけ出してしまったら、もう何も怖くない。

「あのね、泉さん、ものすごーく立派な、おならをされまして」

「もう……」

　さすがに情けなくて、穴があったら今すぐ膝を抱えて入りたかった。

「でもね、それ聞いて、うらやましかったの。だって、本当にスカッとするくらい、いい音だったから。しかも、本人は全く気づかずにぐーぐー寝てるし。チョコなんて、家族の前だって、そういうこと、できなかったもの。なんか、さっきまでの自分が、バカらしく思えちゃって」

　あまりにも不甲斐《ふがい》なくて、がっくりと肩を落としてしまう。自分では、ちょっとうたた寝しただけのつもりだった。でも、実際は一時間も寝ていたのだ。私が爆睡している間に、部屋には洗濯物まで干されている。あれほど夫に洗濯物を干されるのが、嫌だったのに。何でも家事は自分でやらないと、気が済まない人間だったのに。千代子だったら、それが許せた。なぜ？　自分でも、よくわからない。

　それにしても、蒸し暑い夜だった。こんな時は、家の中にいるよりも、外に出た方が涼しく感じる。私は慌てて料理を作り、屋上に運んだ。さすがに、冷凍食品だけではあんまりだから、冷蔵庫にあった残り物を総動員して、なんとかおかずをこしらえる。お世辞にも、ご馳走《ちそう》とは言えない代物だった。

「ごめんねー」

　最後にできたウィンナーとトマトの卵とじを運んでいくと、千代子は屋上に椅子とテーブルを用意して待っていた。この夏もここでバーベキューパーティーができたらと思って、年末セールの時に買っておいたのだ。でも、その後すぐに夫が出て行ってしまったので、まだ一度も使っていなかった。

　ご飯はレンジで温め直したものだし、お味噌汁もパックに小分けされたインスタントだ。せっかくここまで来てくれた千代子には申し訳なかったけれど、時間も時間だし、こうするしかない。そんな手抜き料理でも、千代子はきちんといただきますをしてから箸をつける。

　私も、一緒に食べ始めた。さっき千代子と商店街を歩いた時より、少し雲が薄くなっている。けれど、気持ちよく晴れ渡った夜空ではない。

　納豆のパックの中に、タレと辛子を入れて混ぜている時だ。くすん、と洟《はな》を啜《すす》り上げるような音がした。

「どうかしたの？」

髪の毛のすき間からそっと顔をのぞき込むと、千代子は箸先に卵焼きを挟んだまま、静かに泣いている。

「ごめんねー」

私はすぐに千代子の涙の理由を察して謝った。自分で言うのもなんだけど、私の作る卵焼きは天下一品のまずさなのだ。いつも油を入れ過ぎてしまうので、レストランのショーウィンドーに飾られている食品サンプルのようにテカテカしている。草介はキリンの模様みたいだと笑ってくれるけれど、あちこちが焦げているのもいつものことだった。しかも、味は一切つけていない。草介はソースが大好きで、何にでも愛用の中濃ソースをかけて食べたがるから、ついついそれが当たり前になっていた。

自分の母親が作ってくれる卵焼きは甘くふわふわしておいしかったけど、作り方を教わる前に、母は私の前から去っていた。

「口に合わなかったら、残して」

こんな卵焼きを喜んで食べてくれるのは、草介しかいない。やっぱり、作るべきではなかったのだ。

「まずいよぅ」

千代子は、ぼろぼろと涙を流しながら、声を絞りだすようにしてうめいた。

「おいしくないよ、これ。でも、最高においしいの」

そこまで言うと、更に苦しそうに泣いている。そして、泣きながらもそのまずい卵焼きを齧《かじ》っている。

私は真意を測りかね、ただただ千代子の背中をさすることしかできなかった。私の背骨は肉に埋もれているのに、千代子の背骨は、しっかりと皮膚を押し上げている。

少し経つと、千代子は涙が収まったらしく、また黙々と食べ始めた。チンしただけのご飯も、インスタントのお味噌汁も、賞味期限の過ぎた納豆も、ウィンナーとトマトの卵とじも、そしておいしくないけどおいしいと絶賛された卵焼きも、すべてが千代子の胃袋に収まっていく。

食後、ペットボトルのお茶を飲んでから、千代子は当たり前のようにそのままゴロンと寝転がった。私も真似をしてやってみる。こんなふうに寝転がるのは、何年ぶりだろう。人工芝が、首筋に当たってくすぐったかった。ズボンのベルトを緩めた瞬間、思わずため息がこぼれた。

ふと見ると、また千代子の目から涙が一筋流れている。私は気づかなかったふりをして、再び視線を夜空に戻した。

「チョコね」

ふいに、千代子は言った。最初は自分で自分をチョコと呼ぶ言い方が気になったけれど、それも数回耳にするうちに馴染《なじ》んできた。

「あんなにまずい卵焼き食べたの、生まれて初めてだよ」

「ごめん」

「謝らないで。泉さん、何にも悪いことしてないのに、さっきから謝ってばっかり」

「だって、私、料理下手だから……」

真横から見る千代子があまりにきれいで、一瞬、見とれてしまった。栗色の長い髪の毛といい、すーっと伸びた鼻筋といい、耳たぶにあけられたピアスの穴といい、もしかすると千代子は、ハーフかもしれない。それで、どこか風景から浮き立って見えるのだろう。千代子は続けた。

「うちで食べる卵焼きは、いつも買ってくるの。どこそこの料亭の、とか、わざわざお寿司屋さんに頼んで焼いてもらったりとか」

私はそんな特別な卵焼き、食べたことがない。千代子の日常が、うらやましかった。きっと、住んでいる世界が違うのだ。

「でもさぁ」

千代子は、まっすぐに夜空を見ながらため息をつく。

「うん」

「さっきの卵焼きは、泉さんが、わたしのためだけに一生懸命作ってくれたものでしょう。だから、おいしかったの。すっごくまずかったけど、それも含めて、チョコにとっては、世界で一番、おいしかったの」

それから千代子は、小声で、ごちそうさまでした、とつぶやいた。けれど、お礼を伝えたいのは、私の方だった。

数秒後、ふわりと手のひらが温かくなる。千代子が、私の手のひらに自分の手をそっと重ねているらしい。最初は偶然そうなっただけかもしれないと思ったけれど、どうやらそうではなさそうだった。

「泉ちゃんの手って、ぷくぷくしてて、赤ちゃんみたいだね」

いつの間にか、千代子から泉ちゃんと呼ばれていた。逆にその方が、対等な気がして嬉しくなる。

駅のホームで最初に見かけた時は制服を着ていたから、おそらく高校生だろう。ということは、まだ確実に十代だ。一方の私は三十路の真っただ中、四捨五入をすればもう四十になる。

でも不思議なことに、一緒にいても年の差をほとんど感じなかった。泉ちゃんと呼ばれるのが当たり前に思えたし、年下の女子高生といるという感覚すらあまりなかった。むしろ千代子が、精神的には自分よりも年上のようにすら感じた。私はこんなふうに、真正面から人や物を捉えることは、決してできない。

私たちは、手をつないだまま夏の夜空を見続けた。いつの間にか、千代子は目を閉じて眠っていた。私も、流れ星を見つけたかった。でも、運よく見つけられたところで、自分が何をお願いすればいいのか、とっさには思いつかない。

私が救うつもりだったのに、気がつけば、私の方が救われていた。


約束をしたわけでもないのに、次の日も、また次の日も、千代子は私の家にやって来た。草介がキャンプに行ってしまい、地味に一人でやり過ごそうと思っていた一週間が、千代子が現れたことで、急に特別な日々へと変化する。

なぜだか、千代子と一緒にいると、心地よい春の陽だまりでおままごとをしている気分になるのだ。と言っても、二人でやることは、もっぱら家の片付けだったが。

一人ではにっちもさっちもいかなかった作業も、千代子と一緒だとはかどった。読み終わった雑誌はまとめて処分し、小さくて着られなくなった草介の服も、この際思い切って処分する。

私がずっと手をつけられずにいた夫の着替えや持ち物は、千代子がそれぞれ内容別に段ボール箱に詰め込んでくれた。衣類の他、マンガやCDがたくさんあった。草介の玩具や絵本は、本人に断りなく捨てるのもなんなので、マジックで大きく「ソースケ」と書いた箱に全てまとめる。自分たちにはいらないけれどまだ十分着られそうな服は、千代子が荷造りをし、海外の難民キャンプなどに送る手配をしてくれた。

千代子は高校三年生だけど、歳は十九歳だった。一年間、オーストラリアに留学したためだという。海外を旅したことも、たくさんあるそうだ。ハーフだと思ったのは私の単なる勘違いだったものの、心の中には、確かに異国の風景や考え方が根付いている。

自分の知らない世界を知る千代子と話しながら片付けるのは、楽しい作業だった。本来は切ない時間であるはずなのに、千代子がものの見事にひっくり返してくれた。まだ知り合ったばかりだとは思えないほど、二人で家にいることが、当たり前になっていた。

ずっと保留にして見て見ぬふりをしてきた大きな課題が、少しずつ減っていくのが気持ちよかった。もともとそんなに陽当たりの良い部屋ではなかったけれど、荷物が片付くにつれ、日に日に陽の当たる部分が増え、明るくなっていく。そうやって一気に、離婚するための環境を整えた。

夫との関係が破綻《はたん》しているのは明らかなのに、私は前へ進むことができずにいた。経済的な事情も含め、シングルマザーとして立派に草介を育てる自信がなかった。それに、草介を片親にしてしまうのも、しのびなかった。たとえ形だけでも両親が揃《そろ》っている方が草介にとってはいいんじゃないかと、ずっと思っていたのだ。

けれど、荷物が片付いたことで、踏ん切りがついた。うつむいていた時は決して見えなかったこれからの道が、はっきりと視野に入ってきたのだ。

その日はパートもなかったので、朝から片付け作業に費やした。時計を見ると、もう夕方の五時をまわっている。

見違えるほどきれいに片付いたキッチンで、千代子がカルピスを作ってくれた。私がその存在自体忘れていたのを、冷蔵庫の奥から発掘してくれたのだ。冷蔵庫の中に入っていた調味料でまだ賞味期限が過ぎていないのは、草介が愛用している中濃ソースだけだった。

「泉ちゃん、先に行ってるよ」

千代子の言葉で、我に返った。慌てて後を追う。ちょっとしたおやつにせよ食事にせよ、何かを食べる時は屋上に行く。それが、暗黙のルールになっていた。私たちが出会ってから、まだ雨は一度も降っていない。

心なしか、千代子の手にかかるとカルピスまでもがおいしくなっている。昔苦手だった喉に貼りつく膜のようなものも、全く気にならない。千代子はさっきから、ちびりちびりと、味わうように口に含んでいる。コップの中でぶつかる氷の音が涼しげだった。

二人並んで、屋上の柵から身を乗り出す。カルピスの味がそうさせるのか、なんだか小学生の頃に戻って、同い年の友達といるような寛《くつろ》いだ気分になる。まだ夕焼けとは言えないけれど、空は、ちょっとずつちょっとずつ色を変え、夜になる準備を始めている。

「冬になると、ここからでも富士山が見えるんだよ」

西の方角を指さしながら、私は少し自慢げに言った。辛いことがあると、よくここから富士山を眺めて、自分を励ましていたのを思い出した。

あと二日で、草介が帰ってくる。この先、草介と二人でどうやって生きていったらいいのかさっぱりわからないけれど、とりあえず、引っ越しだけはしようと決めていた。家族三人で暮らしていた家に住み続けられるほど、私は精神的に強くない。

ぼんやりと考え事をしているうちに、いつの間にか、空がだいぶ暗くなっていた。目の前に、見事なまでの茜《あかね》色の雲が伸びている。

燃えるような夕焼けの空に心を奪われていると、突然、千代子の指が私の頰に触れた。その瞬間、夢でも見ている気持ちになった。体がとろけそうになってぼうっとしていると、千代子の顔が近づいてくる。今度は急に不安になって、まぶたを閉ざした。

口元に、柔らかくて温かい感触が広がる。さっきまでカルピスを飲んでいたせいで、唇はひんやりとして、ほんのりと甘い。自分はやっぱり、夢を見ているに違いないと思った。

千代子と私は、もたれるように支え合いながら、少しずつ人工芝へと近づいていく。私はもう、自分で自分の体を支えることができなかった。尻餅をついた瞬間、ふわりと千代子の体がかぶさってくる。

恥ずかしくて恥ずかしくて、どんな顔をしていいのかわからなかった。頭の中では、否定したり、拒もうとしたりするのに、実際は少しも手足を動かせない。早く、私の顔も体も見えないほどの、真っ暗闇になってほしいと願った。けれど、そんな時に限って、夕陽が最後の力を絞りだすように、辺りをめいっぱいの明るさで照らしている。私は、あられもない格好のまま横たわっていた。

夫との性行為は苦痛でしかなかったし、私は夫が気持ちよくなるようなことなど何一つできなかった。妊娠を喜んだのも、これで当分、夫とそういうことをしなくて済むと思ったからだ。でも、今は違う。

千代子は丁寧に、私の皮膚を、一枚ずつ剝《は》がすように愛撫《あいぶ》する。決して、痛くはない。痒《かゆ》くも、くすぐったくもない。爪の根元を覆う甘皮や、耳たぶの裏側、おへその窪《くぼ》みや、くるぶし、土踏まずまで、優しくそっと、心地よいリズムで触れていく。

一度だけ、脳裏に草介の顔が浮かんだけれど、それも一瞬にして消えてしまった。骨も舌も脳も髪の毛もすべて溶け、ひとしずくのとろりとした透明な甘い蜜になった気分だった。

「泉ちゃん」

そう呼ばれた瞬間、体の奥の小さな洞窟に、千代子の指がするりと入った。耐えきれず、彼女の頭を両手で胸に抱きしめる。

「好き」

千代子のかすれた声がする。

どうして？

私はそう、千代子に尋ねたかった。でも、呼吸が乱れ、冷静に言葉を発することなど到底できない。どうしてこんなに素敵な子が、私を……。

私の体は、隅々まで、得体の知れないもので満たされている。私は、千代子の腕の中で、小さな悲鳴を上げた。今まで聞いたことのない、私自身の声だった。

これまで、女性と付き合ったことなど、一度もない。ただ、好きになったことならあったのかもしれない。幼稚園の時だった。××ちゃんと結婚したいと、親に女の子の名前を告げた瞬間、そんなことを言うんじゃないと詰《なじ》られたのを、たった今、鮮明に思い出した。

二人寄り添って、人工芝の上に寝転がった。夜空には、ぽつぽつと星が出ている。千代子にも、同じことをお返しするべきなんじゃないだろうかと迷った。でも、どうやったらそれができるのか、私にはわからない。実際は、自分の方から口づけをすることも、肌に触れることすら躊躇《ためら》われ、ただただ同じ空を見上げることしかできなかった。

すると、千代子が私の名前を囁《ささや》くように呼んだ。

「何？」

まだかすかに、洞窟の奥がうずいている。

「泉ちゃん、今、すっごくきれいだよ」

「いい歳したオバサンをからかわないでよね」

さらっと流すつもりだった。なのに、千代子にきれいと言われたその一言で、急に新たな感情が込み上げてしまう。私を、ちゃんと見ていてくれることが嬉しかった。


千代子の家がどこにあるのかわかったのは、翌日のことだ。

この日は午後からパートの予定が入っており、午前中だけ、千代子が家に来ていた。片付けはほとんど終わったので、屋上に出て、千代子が買ってきてくれた菓子パンを、朝ごはん代わりに齧っている時だった。千代子が、いきなり言った。

「うちね、あそこなの」

千代子がさしているのは、明らかに島原《しまばら》医院だ。

「ってことは、千代子ちゃんって、島原先生んとこの、お嬢さんなの？」

青天の霹靂《へきれき》、寝耳に水、えーっとえーっと、それからそれから。私はくるくると目が回りそうになる。

島原医院と言えば、この辺りで知らない人はいないだろう。何を隠そう、私も草介も、ついでにもうすぐ元がつく夫も、通っていたくらいなのだ。いざという時は入院設備も整っているし、かかりつけ医としては申し分ないほど立派な病院だった。そんなところのお嬢さんが、死にたいほど追いつめられていたなんて。思わずじろじろと顔を見てしまったらしい。

「パパとは、あんまり似ていないでしょう？」

千代子が、わざと目を丸くして、ひょうきんな顔をする。けれど、似ているも何も、あまりに驚いてしまったせいで、島原先生の顔が上手に思い出せない。

島原先生は、近所でも評判の、優しくて腕のいいお医者様だ。お年寄りの世間話にも付き合ってくれれば、子どもの急患にも対応してくれる。どんなにささやかな症状を訴えても、決していい加減な態度はとらないし、だからこそ、地元の人たちから頼りにされているのだ。

それを聞いて、私はひとつ、千代子の謎が解けた気がした。千代子の、どうしても隠しきれない品の良さは、家庭環境にあるのだろうと。

「あのね」

千代子の長くてまっすぐな髪が、さらさらとそよ風に揺れている。私はじっと、その声に耳を傾けた。千代子は、さばさばとした口調で言った。

「夏休みになる前に、思い切って親に話したの」

「何を？」

「だから、自分はレズビアンだ、って」

いきなりの、本題だった。

「うちの親、なんて言ったと思う？」

どう答えてよいのかわからずに黙っていると、千代子は言葉の端々に怒りをにじませながら続けた。

「あの人、わたしのこと殺人犯を見るような目で見た後、恥知らずって、そう言ったんだよ。そして、そのことを、誰にも喋るなって。ねぇ、父親が実の娘に、そんなこと言える？　しかも、医者が平気で差別をするんだよ。社会貢献とか寄付とか、そういうことをいっぱいやって世間的にはすごく立派な人物に思われてるけど、確かにそれはそれですごいと思うけど、その一方で、身近な人間を平気で傷つけるの。しかも、自分が相手を深く傷つけていることなんて、少しも気づいていない。常に自分は正しいって、信じ切って疑わないの」

話しているうちに、千代子はますます興奮していくようだった。

「多分あの人、よその家の子だったら、同性愛だろうが異性愛だろうが、関係ないです、なんて平気でぬかすの。自分の生き方を全うすればいいんです、とかなんとか言っちゃって。でも、自分の子どもは違う。わたしのこと、絶対にオリに入れようとする。あの人にとっての大事なものって、世間体だから」

ビルの下を、子どもたちがおかしな替え歌を口ずさみながら通っていく。私は、ふと気になって質問した。

「お母さんは？　千代子ちゃんの味方には、なってくれないの？」

そういう時は、父親がダメでも、母親が頼りになる。親というのは、そういうものだろう。けれど、島原家は違うらしい。

「ダメ！　ママはもう、完全にあの人に洗脳されちゃってるから。夫に操られて生きてるロボットだもん」

母親を全否定するような言葉に、大きなため息しかこぼれなかった。

千代子の気持ちが理解できないわけではないけれど、我が子にロボット呼ばわりされてしまう母親にも同情してしまう。私自身も、そうだ。ずっと夫の言うことに従うだけで、自分の考えなど持たずに生きてきた。

「ねぇ、泉ちゃん教えて。正しいって、何なの？　誰にも迷惑なんかかけていないのに、どうして自分に正直に生きちゃいけないの？　レズビアンだってことを、なんで親から全否定されなくちゃいけないの？　もう、こんな息苦しい所になんかいたくない」

時に興奮した様子で、千代子は一気にまくしたてた。

けれども私は、そもそも自分がレズビアンかどうかもわからない。だからうまく答えることができず、黙るしかなかった。

だって、私は今まで普通に女性として生きてきたのだ。確かに幼稚園の頃は女の子と結婚したいと思ったことがあったにせよ、十代になって最初にデートした相手は同級生の男の子だったし、高校時代に付き合ったのも同じ部活の先輩だった。その後、職場の同僚と社内恋愛し、結婚、二十代後半で妊娠し、草介を出産した。誰にも後ろ指などされることなく、順風満帆に女としての人生を歩んできたのだ。

でも、千代子は違う。オーストラリアへの留学中、自分がレズビアンであることに気づいたのだという。昨日私にしたような行為も、おそらく初めてではないのだろう。

でも、私はまさか……。自分に限って、ありえない。そんなこと、起こるはずがない。そう思った。いや、今でもそう思っている。あれは、一度きりのハプニングだと。だから、千代子の話を聞きながらも、どこか対岸の火事を見ているような心境だった。

私がぐるぐる頭を悩ませていると、千代子は唐突に言った。

「泉ちゃん、一緒にこの街を出ようよ」

私の目をまっすぐに見つめ、とんでもないことを口にする。あまりにも突飛な誘いに、私はしばらく言葉を失っていた。

「星のきれいなところに行って、みんなで暮らすの」

「みんなって?」

「だから、泉ちゃんと、草介君と、チョコの三人」

「だって、あなたは草介に会ったこともないじゃない」

「大丈夫だよ。まだ会ってないけど、絶対に仲良くなれる自信があります」

冗談で、世間知らずのオバサンをからかっているのかもしれない。私はあえて、そう思おうと努めた。けれど、千代子の目は本気だった。

「それって、駆け落ちするってこと？」

おそるおそる私がその言葉を口にすると、千代子は確信に満ちた表情で頷いた。

だけど、どこからどう見ても現実味のある話には、思えなかった。駆け落ちって。しかも相手は未成年で、島原医院のお嬢さんだ。たとえ実行したとしても、すぐに破綻するのは目に見えている。自分たちの結婚生活が、まさにそうだったからわかるのだ。好きという感情だけで相手のすべてを受け入れられる時間は、限られている。

でも、心の深い深い深いところで、私は夢見てしまった。もしもそんなふうに暮らせたら、どんなに幸せだろうと。

星のきれいなところ、という千代子の言葉が胸に響いた。そういえば、ずいぶん長いこと、ちゃんとした夜空を見ていない。そんな場所なら、空気も澄んでいるだろう。そうすれば、草介のぜんそくだって、治るかもしれない。

ここではない、どこか遠いところに行きたかった。

新しく、人生をやり直したかった。

もっと、自分に正直に生きたかった。

夫との関係が破綻し、漠然とそんな思いを抱いていた矢先の、駆け落ち話だったのだ。

千代子がかけがえのない存在だと気づくのに、たいして時間はかからなかった。草介がキャンプから帰ってきたので、千代子とはしばらく会えなくなり、そうして初めて、千代子の存在の大きさを知った。心の中には、すでに彼女だけの居場所ができ上がっていた。

心の中だけではない。私の暮らしというか時間そのものに、千代子という温もりが大きな場所を占めていた。

だから千代子に会えないと、その場所がすっぽりと空いてしまい、すきま風が吹き込んですーすーと寒くなる。初めて言葉を交わしてから半月も経たないというのに、彼女のいない人生など、もう想像すらできなかった。

会いたい。

行き場を失った感情が、寝ても覚めても私の中を巡っている。千代子に会えない日々は、なんとなくずっと物悲しかった。

あれから何度も、あの日見ていた空の色や、その前に飲んでいたカルピスの味、千代子の手の動きや息遣いを、ぼんやりと、口の中で飴玉《あめだま》でも転がすように思い出した。夢を見ていただけじゃないかと、何度も何度も記憶をさぐった。でも、確かにこの体に刻まれたあの感覚を、否定することはできなかった。

彼女に会えなくなってから、私は、思い切ってあの出来事を現実だったと受け入れたのだ。

その瞬間から、私は自分を否定せず、堂々と前を向いて生きられるようになった気がする。今なら、私も千代子に自分の率直な気持ちを打ち明けられる自信がある。「好き」よりももっと強い言葉で、この気持ちを届けたかった。千代子に会って、早く自分の想いを伝えたかった。


その夜、草介と一緒にお風呂に入りながら、私は思い切って告白した。草介には、本当のことを真っ先にきちんと話しておきたかった。

「カカね、好きな人ができたの」

さすがに面と向かって打ち明けるのは恥ずかしいので、草介の背中をゴシゴシと洗いながら伝える。サマーキャンプにいる間、よっぽど外で遊んだのだろう。草介の小さな背中には、くっきりとランニングシャツの跡ができていた。首や腕は真っ黒なのに、背中だけが白く浮き上がっている。

「好きな人？」

少しして、草介は振り向きながら聞いた。長いまつ毛に、石けんの泡がついている。

「そう、しかもね、その人、女の人なの」

「仲良しのお友達？」

そう聞かれ、草介の背中を洗う手が止まってしまう。

「うーん、お友達だけど、それだけじゃないかな。その人はね、千代子さん、っていうの」

「ふーん」

草介は、わかっているのかいないのかわからない表情で、少し唇を尖《とが》らせ、前の方に向き直った。私は、その背中にお湯をかける。つるんとした草介の肌は、いつ見てもゆで卵のようだ。

わざわざ人に宣言することでもないけれど、私にとって、一番大切な存在は草介だ。草介を愛する気持ちと千代子への想いをてんびんにかけること自体おかしいけれど、もしもどちらか一方を選ばなければいけないとなったら、私は迷わず草介の手を握るだろう。だから、草介が千代子を受け入れないのなら、私も潔く千代子を諦める覚悟が出来上がっていた。

お見合いは、近所のスポーツ公園ですることにした。

私自身、千代子と顔を合わせるのは久しぶりだった。実際には十日ぶりでも、まるで地球を一周して戻ってきたかのように、果てしなく長い時間の隔たりを実感する。

日曜日の公園には、家族連れやカップルが、思い思いに寛ぎながら、気持ちのいい休日を楽しんでいた。今までずっと、私の家でばかり会っていたので、外で千代子と会うのが新鮮だった。

千代子は、わざわざお弁当を作って持ってきてくれた。コロッケサンドに、カツサンド、ハンバーグサンドもある。パン屋さんから買ってきたかのような見事な出来栄えだ。ちょうどお昼時だったこともあり、まずは三人でベンチに腰掛けランチにする。

いつものように携帯用のソースを取り出そうと荷物を探っていると、すでに草介がソース無しで食べ始めていた。

「いいの？」

遠慮してかけないでいるのかと草介に念を押すと、いらないと言って、次のサンドウィッチに手を伸ばす。

千代子が用意してくれたサンドウィッチは、びっくりするくらいおいしかった。手で作った温もりはちゃんとあるのに、一流の味がする。こんなにまっとうなサンドウィッチを口にしたのは、初めてかもしれない。

おいしいサンドウィッチが功を奏したらしく、人見知りの草介も、千代子には心を開いている。二人はあっという間に意気投合し、食後、私を置いてさっさとどこかへ消えてしまった。私も荷物をまとめ、二人を追いかける。夏の光が、痛いくらいにまぶしかった。

どこに行ってしまったのかと思ったら、二人は途中の空き地で木登りをして遊んでいた。草介だけならいざ知らず、千代子まで裸足になって登っている。千代子は、真っ白いワンピースが汚れるのも、下からパンツが見えそうになるのも全く気にしていない様子で、きゃーきゃーとはしゃいでいる。草介も、大声で叫んだり笑ったりしている。そんな姿を見るのは、本当に久しぶりだった。

夫も私も、草介と一緒になって遊ぶようなタイプの親ではなかった。だから、家族三人で公園に行っても、実際に遊ぶのは草介一人で、私と夫はベンチに腰掛け、草介を見守るだけだった。けれど、千代子は違う。草介と一緒になって、本気で走り、本気で木に登っている。子どもを相手にしている時の千代子は、ふだんの大人びた様子と打って変わって、幼い少女に戻ったみたいだ。

夫が家を出てからは、どうしても家事や仕事に時間が取られ、なかなか草介と公園に行くことができなかった。もしかすると草介は、私と一緒に出かけたくても、忙しいのを察して、ずっと我慢していたのかもしれない。

親バカのようだけど、草介は本当に優しい子だ。

幼稚園のバザーでお菓子のつかみ取り大会があった時、他の子たちが手のひらを精一杯に広げて少しでも多くつかもうとする中、草介だけは飴玉をたったひとつ手に取って、それで満足する子どもだった。どうしてもっと取らないのかと尋ねたら、僕がたくさん取っちゃうと他の子の分がなくなるから、と静かに答えた。しかも、その飴玉を自分では口にせず、私にくれたのだ。

草介と千代子が歓声を上げながらはしゃいでいる姿を見ていたら、不覚にも涙が止まらなくなった。拭っても拭っても、涙がにじんでくる。こんなふうに、日曜日の公園で、家族と一緒に楽しく過ごす。そんな普通の幸せが、どんなに贅沢《ぜいたく》なことなのか、ふと気づいてしまったのだ。

木登りに飽きた二人は、今度はふざけ合いながらブランコに乗っている。草介の歓声が、公園中にこだましている。そんな草介に出会えたことが幸せだった。幸せすぎて目がくらみそうなほど、幸せだった。すると、

「カカも！」

ブランコの上で立ちこぎをしながら、草介が私を呼んだ。

「おいで！　泉ちゃんも一緒に遊ぼうよ」

千代子も、手招きしながら私をしきりに誘っている。

私は思い切ってベンチから立ち上がった。駆け足で近づき、千代子と草介の輪の中に

加わる。ブランコに乗るなんて、子どもの頃以来だ。千代子と草介が掛け声をかけながら、何度も私の背中を遠くへ押した。

その瞬間、びゅんと勢いよく風が吹き抜ける。なんて気持ちいいのだろう。生まれて初めて、風というものを味わっている気分だった。

この時、私は確信したのだ。

家族には、男も女も、年齢も、関係ないと。

結局、夕方になるまで公園で過ごした。千代子が着ていた白いワンピースはすっかり汚れ、草介も汗をかいて服がびしょ濡れになっている。

二人はいつの間にか、草ちゃん、おチョコちゃん、と呼び合う仲になっていて、近づくと、強烈な汗の臭いがした。きっと、私の体からも同じ臭いが漂っているに違いない。草介の目は、いつになく生き生きと輝いていた。

「そろそろ、帰ろうか？」

さすがにこれだけ汗をかいたので、早くお風呂に入らないと草介は汗疹《あせも》ができてしまう。それに、ぜんそくの発作が出ないかも心配だった。

すると、珍しく草介が抵抗した。

「やだ、もっとおチョコちゃんと遊びたい」

私は、一瞬面食らった。だって、草介は物わかりのいい子で、滅多に反抗しないのだ。

でも、この時だけは頑《かたく》なだった。

「おチョコちゃんも、家に帰らないといけないいんだよ」

草介に言い聞かせると、

「だったら、おチョコちゃんも一緒に帰る」

そう言うなり、千代子のワンピースの一部を、ぎゅっと両手で握りしめた。

目に涙までためている。それでも、千代子の前では泣くまいとしているのか、必死に堪《こら》えていた。その姿が、いじらしかった。

こんな時、私だったらつい声を荒らげてしまい、無理やり草介の手を握って帰り道を急いでしまうだろう。けれど、千代子はそうじゃない。

「草ちゃん、また今度一緒に遊ぼうよ」

目の高さを合わせるようにしてその場にしゃがむと、一心に草介の目だけを見て言った。ずっと我慢していたのに、とうとう堪えきれず、大粒の涙が草介の頬を滑るように落ちていく。不服なのか、草介はふくれっ面でそっぽを向いた。

「だったら、いい？　今日ここに残ってもっと一緒に遊べるけど二度と公園には来られないのと、今日はもう家に帰るけどまた公園に来て一緒に遊ぶのと、どっちがいい？草ちゃんが自分で決めてくれる？」

千代子の提案に、

「また遊びに来る」

草介が素直な声で従う。

まるで、魔法を見ているようだった。草介は急に態度を変えると、すたすたと自ら歩き始めたのだ。

公園の入り口で千代子と別れ、草介と二人だけになってから、私は尋ねた。

「楽しかった人？」

「はーい！」

草介が、勢いよく返事をする。

「千代子さんを好きな人？」

「はーい！」

草介にならい、私も勢いよく片手を挙げた。

夕陽が真っ赤に燃えている。地面には、私と草介の影が、どこまでも一直線に伸びていた。近い将来、ここに千代子の影も加わるのだろう。

お見合いは、成功した。

予想をはるかに超えた、大成功に終わったのだ。

そうなると、是が非でも離婚せずにはいられなかった。ふだんは一ミリ毎に石橋を叩《たた》いて渡るほど慎重派の私が、まるで無敵のつわものにでもなった気分だ。お見合いの成功が、びゅんびゅんと追い風を送ってくれる。決めてしまえば、何もかもがドミノ倒しのように速かった。

離婚に関しては、今までずっと私の方が渋っていたので、夫は拍子抜けした様子だった。私はすぐに、振り込まれた慰謝料で車を買った。フォルクスワーゲンの、古いバンだ。そこに必要最低限の荷物を詰め込み、千代子と草介と私の三人で街を出た。

千代子は、高校に休学届を出してきた。大喧嘩の末、父親からはもう好きにしろと言われたらしい。ただし、レズビアンであることも、家を出て行くことも、一切口外しないこと。それが、休学届に判を押す条件だった。

もちろん、迷いがないと言えば嘘になる。

だって、相手は十代の女の子だ。確かに千代子は大人びているけれど、幼くて世間知らずな一面もある。このままぐいぐいと千代子に手を引かれるまま、感情に流されて前に進んでしまっていいのだろうか。私は、何度も何度も道を引き返しそうになった。

しかも、草介はまだ小学一年生だ。環境の変化にどれだけ耐えられるか、私自身、想像しきれない部分がある。事の重大さを考えるだけで、足がすくみそうだった。

けれど、草介自身が、千代子と一緒に暮らすことを望んだのだ。もしかすると、草介にとっても、千代子という存在が必要なのかもしれない。草介の弾けるような笑顔に出会うたび、この選択は決して間違いではないのだと自分自身に言い聞かせた。千代子とのお見合い以降、まだ草介にぜんそくの発作が出ていないのも、駆け落ちを決行する大きな原動力となっていた。

千代子が私たち家族の新しい名字を発表したのは、長いトンネルを走っている最中のことだ。長く続く暗闇のはるか向こうに、ほんの小さな光の点が見えている。

「発表します！」

まっすぐ前を向いたまま、千代子は言った。

「今日からわたしは、タカシマ千代子になります」

意味がわからずにいると、お互いの名字から一字ずつとって、「高島」という新しい姓を考案したのだという。

トンネルを抜ける頃には、私もすっかり高島泉になっていた。私は、生まれ変わって新しい人生を歩み始めたのだ。

山を抜ける一本道を、ひたすら奥へ奥へと走っていた。この先に、日本で一番星空がきれいに見えると評判の里があるらしい。その土地で、新生タカシマ家の生活を始めてはどうかとひらめいたのだ。

細い細い道が尽きる所まで、私はどうしても行ってみたかった。

住む家が見つかったのは、数日後のことだ。

それまでは車の中に寝泊まりし、キャンプのような日々を過ごしていた。この土地に根をおろす決意が固まり、そろそろ落ち着いて暮らしたいと役場の窓口を訪ねたのだ。来たばかりのよそ者なのに、すぐに家を紹介してもらえたのはラッキーだった。

昭和初期に建てられた、小学校の分校だという。およそ半世紀前に廃校となっており、その後は芸術家のアトリエや地元の婦人会の漬物工場として使われたりはしたものの、ここ数年は空き家になっていたそうだ。ただ、写真を見る限りでは、普通の民家と変わらなかった。

午後、さっそく地図をもらって家を見に行く。

そこは、想像を遥かに超えたものすごい物件だった。わさわさと縦横無尽に植物が生い茂る藪《やぶ》の中に、ぼろぼろの家が一軒ぽつんと放置されている。きっと役場で見せられた写真は、何年も前に写されたものなのだろう。かなり印象が違って見える。

一応屋根はあるものの、家全体が蔦《つた》に覆われ、柱は朽ちかけていた。玄関と言えるのかどうかわからないガラス戸は、枠から外れているし、その一部は割れている。

私はとたんに気持ちが萎《な》えるのを感じた。さすがにここで生活するのは無理だろう。さっきから草介も、呆気《あっけ》に取られたように建物を見つめている。

けれどその時、

「いいじゃない！　こういうのって素敵だと思う」

千代子が明るく言い放った。

「素敵？　このオンボロ屋敷が？」

私は、驚いて千代子を振り返った。千代子は、胸を張って得意げに言う。

「お庭は広々してるし、大きな木もたくさんある。土を耕せば畑だってやれるし、家は確かに古びているけど、屋根と壁さえあれば、雨風はしのげるでしょ。家賃も安いし、わたしたちにとっては理想郷だと思うな」

確かに、提示された家賃は格安だった。ここなら、なんとか自力で暮らすことができる。集落の外れにあるから買い物や通学は苦労するかもしれないけれど、車があれば問題ない。それに、本数は少ないけれど、コミュニティバスも走っているから、いざという時は千代子がひとりで出かけることもできるだろう。草介の通う小学校も、坂を下ったところにある丁字路から、スクールバスが出るという。ただ、こんな廃墟同然の家で果たして人間らしい暮らしが営めるだろうか。

逡巡《しゅんじゅん》していると、ずっと押し黙っていた草介が、いきなり大声をあげて駆けだした。両手を広げ、大股で走ってぐるりと敷地内を一周する。私たちが立っている場所に戻ってくると、私の目をまっすぐに見て言った。

「カカ、ここに住もう！」

ついさっきまで呆気に取られていたくせに、意見を変えたらしい。草介は草介なりに、千代子の意向に追い風を吹かせようと必死なのだ。それでも、私はふんぎりがつかなかった。

「だって、本当に大丈夫なの？　お化けが出るかもしれないよ」

私がおどすと、

「三人一緒なら、平気だよ。なんとかなるって！」

草介が、ますます目を輝かせる。どうしたものかと突っ立っていると、千代子がぎゅっと腕をつかんできた。

「泉ちゃん」

千代子は、どこか遠い未来の一点を見つめているようだった。

「きっとここは、タカシマ家にとって世界で一番居心地のいい場所になるよ。わたし、絶対そうなるように努力するから！」

いつの間にか、草介も並んで千代子と手をつないでいる。私がさしでがましく間に入って二人の仲を取り持たなくても、二人はもう、当たり前の家族として普通に接しているのだ。

千代子と草介には見えている未来が、私にだけは見えていないのかもしれない。二人がそこまで言うのなら、潔くここに住んでみようと思った。

今までは夫の言うことに頷くだけで、自分が何かを決定することなんてほとんどなかった。でも、いつの間にか私は立ち位置が変わったらしい。最年長ということもあり、この三人でいると、どうしても家長のような立場になる。私が首を縦に振るのをじっと待っている草介と千代子に、家長らしく威厳たっぷりに告げた。

「今日からここが、タカシマ家のマイホームです」

二人の顔が一気にほころび、両手を取り合ってその場でぐるぐる回り始めた。本当に、いつの間にこれほど仲良くなったのだろう。

「泉ちゃん、ありがとう!」

千代子が近づいてきて、いきなり私に抱きついた。細い腕でぎゅっと一心に抱きつかれると、私はたまらない気持ちになってしまう。だって、千代子はついこの間まで、自ら命を絶とうとしていたのだ。自分が救ったなんて考えるのはおこがましいけれど、千代子の人生の選択肢をひとつかふたつ増やした、それくらいは言えるのかもしれない。そう考えると、自分たちの行動が決して間違いではなかったのだと思えてくる。

確かに、今までは逃避行だった。現実から、逃げて逃げて逃げまくった。少しでも、自分たちの住んでいた場所から離れたかった。過去を、振り切りたかった。でも、ここから先はもう、行き止まりだ。逃げも、隠れもできない。この土地に、根っこを張って家族三人暮らしていくのだ。

だけど、外観だけを見てここがマイホームだと宣言してしまったなんて、自分でもどうかしていると反省した。喜びいさんで見に行った家の中は、さらに悲惨な状態だった。天井を見れば幾重にも蜘蛛《くも》の巣が張っているし、一角には、ツバメの巣が貼りついている。足元には、木材が崩れ落ちたように散らかっているし、壁も、一部が剝がれ落ちていた。

二人とも怖気《おじけ》づいたのか、私の腕にしがみつきながら歩いている。歩くたびに、みしみしと床がきしむ。その音がまた、お化けの悲鳴のようで、背筋がゾクッとする。奥にある教室だったらしい部屋には、まだ小さな椅子と机が残っていた。よく見ると、すすけた壁には歴代の校長先生の写真が並んでいる。

教室のとなりの土間のようなところには、かまどが残されていた。もう出ないだろうとは思ったけれど、一応、水道の蛇口をひねってみる。その横には、割れたお茶碗が転がっており、こちらもまたたっぷりと埃をかぶっていた。ふと床を見ると、点々と小さな生き物の足跡が続いている。

廊下の突き当たりには宿直室があり、畳が敷かれていた。ただし、畳表がめくれているので、そのまま使うことはできそうにない。すき間からは、雑草が器用に茎を伸ばし、そしらぬ顔で可憐《かれん》な花を咲かせている。

他にもまだ、奥に部屋がありそうだった。でも、もう十分だ。それよりも、草介にぜんそくの発作が出ないか心配になった。早く外の空気を吸いたくて、三人とも早足で外に出る。深呼吸し、思いっきり肺の奥まできれいな空気を送り込んだ。

「すげー」

ふだんはそんな言葉を使わないはずの草介が、興奮した様子で絶叫する。

「本当に、いいのね？」

二人を交互に見ながら問いかけると、覚悟の表れか、二人とも口を真一文字にきゅっと結んで頷いた。草介も千代子も、意志は固かった。

そうと決まれば、とりあえず、今夜の寝床だけでも確保しておかなくてはいけない。慌てて役場に戻って契約の手続きを済ませると、明るいうちに、畳の部屋を一生懸命に掃除した。今日はまだ、電気も水道もガスも使えない。思い返すと、私と千代子はいつもいつも床を拭き、物を片付けている。

掃除に没頭している間に、草介は、落ちていた板に小枝を貼り合わせ、「タカシマ」という表札を作っていた。たどたどしい四文字が、いかにも私たちの家にぴったりだった。

夕飯は、持ってきたカセットコンロを駆使して、千代子がドライカレーを作ってくれた。家の中にはまだ食事をとれるようなスペースがないので、外にピクニックシートを広げて食べる。周囲をぐるりと山に囲まれているから、夏だというのに、夕方になるともう薄暗くなっていた。

家は、すり鉢状になった谷の、斜面の中腹に建っている。視界には棚田が続き、その間に、ぽつぽつと小さな民家がある。昼間は電気がついていないので誰もいないのかと思ったけれど、どうやらこの集落にも、一応人はいるみたいだ。

ただ、今日一日ここにいても、誰にも会わなかった。たまに風の音や鳥の声は聞こえるものの、自分たちが会話をやめると、とたんに辺りがひっそりとなる。この家を紹介してくれた役場の人の話だと、みんな都会へ行ってしまい、どんどん住人が減っているとのことだった。

「こだまが、わたしたちの声に耳を澄ましているね」

千代子がドライカレーを食べる手を休め、ふと顔を上げて森の奥に目をこらした。

「こだまって？」

すぐさま、草介が質問する。

「木に宿っている魂のことだよ。草ちゃん、木の精って、わかる？」

千代子が声を潜めて教えてやると、草介は無言で頷いた。

「怖くないの？」

私は不安になって、千代子の方へと体を寄せた。幽霊とか怪奇現象とか、何よりも苦手なのだ。すると、千代子が私の手にそっと自分の手のひらを重ね、くすくすと笑った。

「泉ちゃんは、本当に怖がりだねぇ。でも、大丈夫だよ。向こうはただ、わたしたちのことを観察しているだけだから。ここに住む家族としてふさわしいかどうかを、見極めようとしているんだと思う。だって、わたしたちより木の方が、ずっとずっとこの土地に長く暮らしている先輩だもの。きっとわたしたち、今、こだまに試されているの」

昼間家の中を見に来た時は、自分だって怖がっていたくせに、千代子はそんなことはすっかり忘れているのか、落ち着いた様子で言う。

手と手を触れ合わせたまま、空を見上げた。すでにいくつか、星が出ている。まだほんのりと明るいものの、夜は着実に迫っている。

薄闇の中、私たちは静かにカレーを食べた。クーラーボックスに入っていた残りの食材だけで作ったというわりには、干し葡萄《ぶどう》入りの本格的なドライカレーだった。もちろん、草介のことを考えて、辛さはうんと控えてある。おなかがいっぱいになったのか、草介はスプーンを持ったまま、うとうとと船をこいでいた。

夜中、寝ている草介を起こさないよう気をつけながら、千代子と一緒にもう一度外に出た。二人とも、体は疲れているはずなのに、気持ちが昂《たか》ぶってしまい眠れなかった。新しい暮らしのスタートラインに立ち、すっかり頭が覚醒《かくせい》してしまったのだ。

夜空を見上げるなり、千代子が歓声を上げた。

見渡す限り、天空を星という星が覆い尽くしている。強く光る星、かすかに光る星、青白い星、金色の星、赤っぽい星、大きい星、小さい星。すべての星が、自分の光を放っている。天の川も、まるでカルピスをこぼした跡のように、はっきりと白く浮かび上がっていた。

あまりに圧倒されてしまい、言葉も出なかった。千代子も、口を中途半端に開けたまま、空を見上げて放心している。体ごと溶けて、宇宙に吸い込まれてしまいそうだ。

「こんな星空に毎晩会えたら、それだけで幸せな人生だよね」

顔をうんと上に向けたまま、嬉しそうに千代子が言うので、

「毎晩出会えるとは限らないよ。今日がラッキーなだけかもしれない」

私が冷静に返すと、

「わたしたち、祝福されているんだよ」

それでも千代子は、興奮した声で続ける。

「だったら、いいね」

「でも、なんかこの星見てたら、勇気がわいてきたよ。ここで、がんばれそうな気がする」

「おチョコちゃんは、単純だなぁ」

いつの間にか、私も草介の呼び方が移って、千代子をおチョコちゃんと呼ぶようにな

っていた。

「でも、本当にそう思うんだもん。毎晩とはいかなくても、晴れた日にたくさんの星空が見られる人生は、見られない人生と較《くら》べると、ずっと豊かなんじゃないかって」

そうつぶやくと千代子は、改まって私を見た。そして、言った。

「末永く、どうぞよろしくお願いします」

胸の底から、じわじわと愛《いと》しさが込み上げてくる。

私はそっと近づいて、初めて自分から千代子を抱きしめた。両手で、優しく包み込むように。今、私にできることはそれくらいしか思いつかない。

千代子の体は細くて、半熟卵みたいに柔らかかった。どさくさに紛れて、キスもしてみた。千代子と肌が触れるだけで、体の芯がきゅーっとねじれるようだった。

草介の転校は、なんとかぎりぎり、二学期の始業式に間に合った。

それでも、のんびりしている暇など少しもなかった。様子を見に来てくれた役場の人が教えてくれたところによると、早々に冬支度を整えないとあっという間に雪が降るらしいのだ。まるで、冬という怪物が、カマを振りかざして後ろから追いかけてくるようだった。

草介が学校に行っている間、千代子と家の修繕に明け暮れた。雨漏りなんて序の口で、どこもかしこも、傷んでいるか壊れているか腐っているかだった。それでも、業者に頼むお金はないから、すべて自分たちでやるしかない。必要な道具や材料をホームセンターでまとめて調達し、壁を塗ったり、屋根を直したり、柱を補強したりと、毎日毎日、目が回るほど忙しかった。

けれど、二人で作業するのは楽しかった。重たいブロックも、自分ひとりでは動かせなくても、千代子と協力するとなんとか動かすことができる。時には、草介も手伝ってくれる。

千代子と一緒に、レインボーフラッグも作った。

宿直室の押し入れの中を整理していたら、奥から大量の布が出てきたので、それを旗に仕立てたのだ。レインボーフラッグは、私たちのような性的少数派を象徴する旗なのだという。

千代子の話だと、欧米などのレストランの入り口には、よくこのレインボーフラッグのステッカーが貼ってあるらしい。どんな人でも受け入れます、という意思の表れなのだとか。ちなみに、そういう場合のレインボーフラッグは、赤・オレンジ・黄・緑・青・紫の六色だという。

タカシマ家のレインボーフラッグは、風にあおられると、鳥が羽ばたくような力強い音を響かせる。旗が何を意味するのか、もし村の人たちが気づいたらどうしようかと最初はためらったけれど、今はこの音に、私自身が励まされる。このレインボーフラッグが、私たち家族の、声なき声だった。

電気が通って明かりがともると、ようやく住んでいるという実感が持てるようになった。水道の蛇口をひねれば水が出るし、スイッチを押せばガスもつけられる。これで、家事がだいぶ楽になる。相変わらず、夜は寝袋にくるまって寝ているけれど、慣れてしまえば、逆にその方が敷いたり畳んだりする手間も省けるし、効率的に思えた。

行き届いていない部分はまだまだたくさんあるにせよ、とりあえず雨漏りはしなくなった。日に日に、この空間に対する愛着がわいてくる。中でも、千代子が草原と呼ぶ広い庭には可憐な野の花が咲き乱れ、その草原に面している土間の部屋は、朝から夕方までたっぷりと陽が入って、最高に居心地がよかった。

セメントを流し込んで固めた足元も馴染んできたし、物置部屋に眠っていた古いテーブルと椅子を置いたら、かなり使い勝手がよくなった。この場所が、食堂であり居間であり、家族三人の憩いの場だ。

コーヒーを淹《い》れるのは、私の担当となった。コーヒーポットとネルのフィルターは、駆け落ちの途中に立ち寄った日曜朝市で安く手に入れたものだ。私の体は、朝一番にコーヒーを飲まないと目を覚まさない。

一度、千代子に淹れてもらったら、驚くほど苦かった。それでも最初は我慢して飲んでいたのだけど、やっぱり途中で耐えきれなくなり、正直に伝えた。コーヒーを淹れるなんて簡単なことなのに、どうして同じ豆を使っても、違う味になってしまうのだろう。千代子に淹れ方を教えるのも逆に面倒臭くなってしまい、コーヒーは自分で淹れることにした。その味を、今度は千代子が絶賛した。

以来、草介が起きてくる前に、私が淹れたコーヒーを飲みながら二人で朝を迎えるのが日課になった。私はブラックで、千代子はたっぷりのミルクを混ぜて飲む。

そうして向かい合いながら、よく将来のことを話した。

ある朝、千代子は、子どもの頃からの夢について話してくれた。

「小さい時はね、大人になったら、保母さんになりたかったの」

千代子は言った。けれど、両親、特に父親からは、医者になるよう圧力をかけられていたらしい。

「今からだって、遅くはないんじゃない？」

私は言った。

「でも、こんなに広くて部屋数もいっぱいあるんだから、いつかここを、ゲストハウスにするのもいいかと思って」

「ゲストハウスって？　旅館みたいな宿泊施設ってこと？」

私は、いまいちピンとこなくて千代子に尋ねた。

「日本の旅館ほどかっちりしてなくていいんだけど、ほら、外国に行くとさ、よくB&Bとかあるじゃない？　あんな感じだよ。今はまだ、自分たちが暮らすだけで精一杯だけど」

B&Bは確か、ベッドアンドブレックファストの略で、朝食だけがつく民宿のような施設のことだ。

「でもそれだったら、おチョコちゃんが保育園をやればいいんじゃないの？　なんだか、知らない人を家に泊めるなんて、ちょっと不安だし」

心配性だねぇ、と千代子は八重歯を見せながら笑った。でも、今はまだまだ夢物語に過ぎなくても、もしかすると、そういうこともあり得るかもしれないのだ。ゲストハウスなのか保育園なのかはわからないけど、そんな未来図を心の中に思い描くだけで、背中が日差しに撫《な》でられているような気持ちになる。家族三人が力を合わせれば、どんなことでも可能に思えた。

ただ、ずっと森に囲まれて暮らしていると、この星には自分たち家族以外に誰も住んでいないんじゃないかと、不思議な感覚に陥ることがあった。もちろんそんなことはなく、集落には他にも人が住んでいるのだけど、顔を合わせることは滅多になかった。よそから来た自分たちが、意図的に避けられているのかもしれない。そんなふうに感じて、漠然とした不安に襲われることもある。

だから、夕方になって家々の煙突から白い煙が出てくると、ものすごくホッとした。夜になって明かりがともると、えも言われぬ安堵《あんど》感に包まれた。

買い物も、楽しみのひとつになった。週に一回か二回は、ドライブがてら町へと買い出しに行く。あの街に住んでいた頃はただただ面倒で重たいだけだった買い物が、今はいい気分転換になっていた。

リサイクルショップ、スーパーマーケット、郵便局、ホームセンター、コーヒー豆の焙煎《ばいせん》所、そしてガソリンスタンド。立ち寄るところは、ほぼ決まりつつある。

その日は、珍しく千代子も買い出しについてきた。

家族三人で車に乗る時は草介と並んで後部座席に座る千代子が、私と二人でドライブに出かける時だけは助手席に乗り込む。駆け落ちの途中にトイレ休憩で立ち寄った神社で、千代子が草介と選んで買ってくれた交通安全のお守りが、縄跳びをするように跳ねている。

斜面を登りきると、車は滑らかに前進した。視界には、見渡す限りの美しい棚田が広がっている。中には、畳一枚分にも満たないような、小さな小さな棚田もある。その姿を目にするたび、この土地に暮らす人たちの慎ましさを思わずにはいられなかった。ちょうど稲穂が実る頃で、大きな棚田も小さな棚田も、すべてが黄金色に輝いている。

「マチュピチュ村、最高だね。いつかタカシマ家も、棚田でお米が作れるといいね」

窓の向こうの景色を見ながら、うっとりとした声で千代子が言った。

千代子はこの土地を、親しみを込めてマチュピチュ村と呼んでいる。棚田が延々と続く風景が、以前従姉から送られたポストカードで見たことのあるマチュピチュ遺跡にそっくりなのだという。小学生の千代子は、いつかマチュピチュに行くことを夢見ていた。期せずしてその夢が叶《かな》ったことを、喜んでいるのだ。

自分が土を耕すなんて、ほんの少し前までは考えたこともなかった。けれどこのマチュピチュ村で暮らしていると、そういう未来もありなんじゃないかと思えてくる。

まだ行ったことのない所に連れて行ってやりたいと、バイパス沿いにある大型の家電量販店を目指した。そこに行けば、店の横に小さな喫茶店があるので、甘い物が好きな千代子にケーキくらい食べさせてあげられるかもしれない。

でも、車のドアを開けて一歩外の世界に踏み出したとたん、自分の体が萎縮するのを感じずにはいられなかった。車の中に二人でいる時は平気だったのに、急に、自分たちが変な目で見られないか気になってしまう。人が大勢いるのに、二人の孤独がより一層浮きぼりになる。私はすぐに、家へと帰りたくなっていた。

それでも、千代子を連れてきた手前、自分から帰ろうと言うわけにはいかない。先にどんどん行ってしまう彼女の背中を追いかけるようにして店に入った。

テレビ、洗濯機、冷蔵庫。タカシマ家には、ないものばかりだ。私は、千代子に追いついて、横からそっと声をかける。

「お金が入ったら、最初に何買う？」

本当は、何もかも、今すぐ千代子にプレゼントしたかった。でも、今の私たちに高額な家電を買う余裕はない。

「やっぱり、洗濯が一番大変？」

「そうでもないよ」

千代子が、目を合わせずにしれっと答える。

「でもさ、これから水が冷たくなるし。川の水だって、凍っちゃうかもしれないでしょ」

昔話みたいで恥ずかしいけれど、私たちはいまだに川で洗濯をしているのだ。

「でも、その時は、共同浴場のコインランドリーとか、使えばいいじゃん」

店に入ってからというもの、千代子の機嫌があまりよろしくないようなので、そうだよねぇ、と私もさらっと受け流した。

千代子が先にどんどん行ってしまうので、私も精一杯早足でついていく。都会の家電売り場では餅つき機なんか見なかったけれど、ここではいろんな種類が売られている。

ミキサーにアイロン、アラーム時計、何もかも、欲しいものばかりだった。

気の向くままに家電を見て歩いていたら、いつの間にか千代子とはぐれてしまったらしい。

「おチョコちゃん？」

小声で呼びかけ、辺りを見渡してみたものの、返事がない。トイレにでも行っているのかと、そのまま商品を見続けた。

千代子が再び姿を現したのは、私がコーヒーメーカーを見ている時だ。

「おチョコちゃん、これ、すごくない？」

機嫌の悪い千代子をなだめようと、目の前にあるコーヒーメーカーを指さした。高性能のわりに、値段が半額になっている。ドリップコーヒー以外にも、エスプレッソやカプチーノが、一台だけで作れるという。この値段なら、今すぐ買って家に持ち帰ることができる。すると、

「なんでこれが必要なの？」

千代子が、唇を尖らせ強い口調で食ってかかった。

「だって、これがあればさぁ」

そこまで言いかけた時、

「泉ちゃん、もしかしてコーヒー淹れるのが面倒なの？」

千代子が、軽蔑《けいべつ》した目で私を見る。

「違うよ、そうじゃなくてさ。これがあれば、おチョコちゃん、私がいなくなっても、いつだって一人でおいしいコーヒーが飲めるかと思って」

私は、誤解を解きたくて必死に説明を試みた。けれど、藪蛇だったらしい。

「いなくなるなんて、言わないでよ！」

フロア中に、千代子の怒鳴り声が響き渡った。目に涙をいっぱいためて、きっと私をにらんでいる。

「もちろん、私がいる時は淹れてあげるよ。でもほら、私だって働きに出なくちゃいけないし」

少し落ち着いたら、外で働こうと決めているのだ。その時のために、コーヒーメーカーがあったら千代子が助かるんじゃないかと、そう思っただけなのだ。

「もう、帰る」

千代子は、シャツの袖で必死に涙を拭いながら、出口の方を目指して歩き出した。その姿を見て、ハッと気づく。千代子は、ここに来るためにわざわざ着替えてきたのだ。私とのデートを楽しみにして。

「ごめんね」

悪気はなかったものの、結果的に千代子を傷つけてしまったのは事実だった。

「家電なんて、必要ないんだから」

ふくれっ面でそうつぶやくと、千代子はますます涙があふれてきたのか、両腕でごしごしと目元をこする。私なりに精一杯愛情を示したつもりだったけれど、それは単なる独りよがりだったらしい。

車に乗ったとたん、安全地帯に逃げ込んだようで落ち着いた。ようやく、深い呼吸ができるようになる。

「泉ちゃん」

車のドアを閉めるなり、千代子が鋭い声で私を呼んだ。

「泉ちゃんが淹れてくれるコーヒーだから、好きになったんだよ」

私はしっかりと頷く。

「ごめんなさい」

もう一度、心から謝った。

これが、私たちにとって初めての本格的な喧嘩だったのかもしれない。もちろん今までも、家の修理をしながら、ペンキの色やカーテンの柄のことでちょこちょこ衝突することはあった。それに、一緒に暮らすまでは気づかなかった千代子の悪い癖も、目につくようになった。千代子という人は、自分で使った椅子を絶対に元に戻さないのだ。そのせいで私はいつも、足の指をぶつけたり、つまずいて転びそうになってしまう。

最初は我慢して黙って直していたけれど、いつからか注意をするようになった。そのたびに、空気がぎくしゃくする。でもそれも、一緒に向かい合ってごはんを食べれば、すぐに仲直りできる程度のものだった。

けれど、今回は違う。

後から振り返ると、これは私たちの運命を左右するほどの大きな出来事の、ちょっとした前触れだったのかもしれない。千代子はこの頃、明らかに怒りっぽくなっていた。

それから数日後のことだ。

「泉ちゃん、ちょっと、いいかな」

軍手をはめ、午前中の作業をしようとしたところで、千代子に呼び止められた。どうしたのかと振り向くと、いつになく青ざめた顔で私を見ている。

「話したいことがあるの」

千代子は、蚊のなくようなか細い声で言った。ただならぬ様子に、外に出るのを取りやめる。椅子に座ると、千代子は改まって私を見た。けれど、話し出すそぶりがない。

「どうしたの？　おチョコちゃん、なんだか顔色が良くないよ。風邪引いて、熱でもあるんじゃない？」

言いながら、千代子の額に手を伸ばした。そういえば、今朝はせっかく淹れたのに、カフェオレも口にしなかった。

「ちょっと熱があるみたいだけど」

私は、自分のおでこと千代子のおでこをくっつけようと近づいた。すると、千代子が重たい口を開いた。

「ないの」

私は黙って、千代子の声にじっと耳を傾ける。眉間に、深い皺《しわ》が刻まれていた。

「ないって？　何かなくしちゃったの？」

大切なものを、どこかに置き忘れたとか、そういう話だろうか。千代子は質問には答えず、じっと天井を見つめている。天井の一番高いところに張っていた蜘蛛の巣は、まだ取り除いていなかった。千代子が、蜘蛛は悪さをしないのだから殺しちゃいけないと言い張ったのだ。でも、一体何をなくしてしまったのだろう。改めて問いただそうとした時、

「今、泉ちゃんに来てるものが、チョコにはないの」

半べそをかきながら、千代子が訴えた。

「……生理？」

今私に来ているものと言ったら、それしか思いつかない。私の問いかけに、千代子がこくんと頷く。唇を、強く強く噛みしめていた。

「どうしよう、ねぇ泉ちゃん、チョコ、どうしたらいい？」

千代子は口元に自分の手を当て、茫然《ぼうぜん》としたまま動かない。女同士の行為で、妊娠することはありえなかった。ということは、つまり……。

「おチョコちゃん、心当たりが、あるんだよね？」

私は、慎重に言葉を選びながら言った。自分でも、自分の声の冷たさに寒気がする。

「泉ちゃん、ごめん。本当にごめん。泉ちゃんの言う通りにするから、どうしてほしいか、言って」

千代子は、テーブルに突っ伏して泣きじゃくった。今度は私が、茫然と天井を見上げる番だった。

何度も深呼吸をして落ち着こうとしたけれど、すぐに視界が歪《ゆが》み、息が苦しくなる。こんなことは初めてだ。悔しいと切ないと悲しいと情けないがごちゃまぜになった感情が、怒りの炎に包まれようとしている。千代子に裏切られたような気持ちになっていた。

「誰とヤッたの？」

気がつくと、冷酷な言葉で問い詰めていた。黙ったままなので、更に尋問する。

「ねぇ、いつヤッたのよ？」

「もちろん、泉ちゃんと、出会う前だよ」

千代子が、震える声で答えた。

「その頃、どうしていいか全然わからなかったの。自分がレズビアンだってことを打ち消さなくちゃいけないんだと思って、だったら普通に男の子とできるのか、試したかったの。だから、相手は誰でも良かったんだよ。近い将来、泉ちゃんと出会ってこんなふうになるなんて、思ってもいなかったから。泉ちゃんと出会えるってわかってたら、男の子となんて絶対にしなかったのに」

こんなことで泣いているなんてみっともないと思うのに、なぜだか涙がとめどなく出てきた。

千代子は、私だけを愛してくれているのだと思っていた。私と出会う前の出来事だというのは、十分わかっている。だけど頭ではわかっていても、心が勝手に嫉妬してしまうのだ。夫に本気で付き合っている人がいると知らされた時も、これほど心は乱れなかった。

「あんたは、男だろうが女だろうが、誰とでも寝るわけ!?」

千代子のことが好きなのに、愛しくてかわいくてたまらないのに、こんな言葉でしか応じることのできない自分自身がみじめだった。

千代子は顔を上げると、私の目をまっすぐ、すがるように見て言った。

「その一瞬は、これが正しい道なんだって、思ってたかもしれない。でも、泉ちゃんと出会って、あれは本心じゃなかったって、はっきりわかったの。チョコ、もしかしてって思った時、一瞬、泉ちゃんとの赤ちゃんを授かったんだと思って、バンザイしそうになったんだよ。そのくらい、泉ちゃんと会う前の自分の人生のこと、忘れちゃってるの」

私にも草介という子どもがいる。同じことなのだ。でも千代子は、私が男性と結婚していたのを責めたことなど、一度もないじゃないか。それなのに、私はなおも千代子を責めずにはいられなかった。

「あの時、どうしてあんなことしたのよ？　なんで私を、こんな世界に引きずり込んだの？」

ひどいことを言っていると、自分でもわかっていた。でも、どうしても知りたかった。

「あんたと出会わなかったら、私、草介と二人で今まで通り暮らしていたのに！」

今度は私が大泣きする番だった。

「あの、ゴミ屋敷みたいな汚い部屋で？」

千代子も涙ながらに訴えてくる。返す言葉が見つからない私に、千代子は続けた。

「だって、あんな惨状を見ちゃったら、ほっとけないじゃない。それに、言わせてもらうけど、先に声かけてきたのは、泉ちゃんの方でしょ！」

「あんたが、あんなバカな真似、しようとしてたからじゃない！　ほっとけなかっただけ！」

「頼んでもないのに、余計なことしないでよね！」

「どうせ、死ぬつもりなんてなかったくせに」

売り言葉に買い言葉で、どんどんエスカレートしてしまう。思ってもみないことまで、口から飛び出していくのを止められなかった。けれど、私が最初に聞きたかったのは、初めて声をかけた日のことではなく、もう少し後のことだ。呼吸を整え、冷静になってから再び言う。

「私が言ってるのは、あの日のことだよ」

「あの日って？」

千代子が、心底わからないという顔で私を見る。

「だから、屋上で……」

私がそこまで言い及ぶと、千代子はようやくわかったらしい。

「だって、泉ちゃんがそれを望んでいるって感じたから。そしてわたしも、そうしたかったから。泉ちゃんを、好きになったからだよ」

千代子はじっと私の目を見つめたまま言った。その目に、少しも嘘はない。

結局、もう後戻りはできないのだ。千代子と出会う以前に、時間を巻き戻すことなど決してできない。そう思ったら、結論はひとつだ。事実を、受け入れるしかない。

「検査は？　ちゃんとしたんだよね？」

私が質問すると、千代子が首を横に振った。

「してないの？　だったら、病院に行って診てもらわなきゃ。赤ちゃんに何かあったら、どうするの？」

私が語気を強めると、

「だってさ、産んでいいの？」

千代子がぽかんとした顔で尋ねた。

「泉ちゃんがおろせって言うなら、チョコ……」

そこまで言うと、顔をくしゃくしゃにする。

「当たり前じゃない！　せっかく授かった命を産まないで、どうするの？　遺伝的にはそうじゃないかもしれないけど、その子は間違いなく、私たちの子だよ。草介の、きょうだいだよ。タカシマ家を選んでやってきた、勇気あるチャレンジャーなんだから！」

言いながら、自分の言葉に涙があふれた。

「泉ちゃーん」

千代子が、泣きながら私に抱きついてくる。私も、両手でしっかり千代子を受け止めた。

お互い、過去を変えることはできないけれど、これからの未来は私たちの意志で変えられる。千代子を愛するということは、千代子の歩んできた歴史を丸ごと全部ひっくるめて受け入れるということだ。私にはその覚悟が、まだ足りていなかったのかもしれない。

「おなか、触ってみていい？」

千代子が頷いたので、床に膝をつき、そっと、彼女のおなかに手のひらを当てた。言われてみれば、確かに下っ腹が少し出っ張っているかもしれない。

「ごめんねー」

そのままおなかに手を当てていたら、ふと恐ろしいことに気づいて、寒気がした。

「なんで泉ちゃんが謝るの？」

千代子が、私の髪の毛を両手で優しく撫でながら言う。

「だって、妊娠してるってわかってたら、あんな無茶な駆け落ち、しなかったよ」

コーヒーだって、飲ませなかったのに。そうか、だから千代子は今朝、カフェオレに口をつけなかったのだ。

「辛くないの？」

膝をついたまま、両手をぐるんと千代子の腰に巻きつけた。

「それが全然。つわりもなかったから、さっぱりわからなかったよ」

千代子が、あっけらかんと言い放った。

まだ病院でお墨付きをもらったわけではないから、もしかするとただの生理不順ということだって、あるかもしれない。でも、やっぱり千代子は妊娠している気がする。

「駆け落ちは、四人だったんだね」

千代子のおなかを手のひらで撫でまわしながら、しみじみと言った。本当は、三人じゃなくて、四人だったのだ。その時、ガタッと音がして、

「僕に弟ができるの？」

ランドセルを背負った草介が、夢中で家に飛び込んできた。

「あれ、草介、学校は？」

「忘れ物？」

私と千代子が口ぐちに尋ねると、

「今日は半ドンだって言ったでしょ」

草介が、遠慮がちに口を尖らせる。どうやら、いつの間にか長い時間が経っていたらしい。午前中の授業だけで帰ってきた草介は、私たちの会話を外で聞いていたようだ。

「草ちゃん、おいで」

千代子が草介を手招きし、手を取って自分のおなかに触れさせた。小さな手のひらを、ぴたっと聴診器のように当てている。

「わかる？」

千代子が穏やかな声で尋ねると、

「うん」

草介は、確信に満ちた瞳で頷いた。

「男の子？　女の子？」

試しに草介に聞いてみた。

「だからさっき、弟って言ったでしょ！」

なんで今さらそんなわかりきったことを聞くのかと言いたそうな態度で、草介が声を荒らげる。突如として降ってわいたきょうだいの存在に、興奮しているようだ。

「ねぇ、いつ赤ちゃん生まれてくるの？」

草介が、千代子を見て早口に尋ねた。

「そうねぇ、お医者さんに行かないとわからないけど、春くらい？」

千代子が、のんびり答える。さっきまであんなに泣いていたのが、嘘みたいだ。一緒に暮らすようになってわかったことだが、千代子の心は、いつだって晴れか雨かのどちらかだ。常に曇り空の私とは、根本的に違うらしい。

この家に、家族が増えることを思うと、自分の中にぐんぐんと勇気がわいてくるのを感じた。きっとこれは、神様からタカシマ家への、サプライズプレゼントに違いない。

病院での診察により、千代子の妊娠は確定した。

自分の存在に気づいてもらって安心したのか、妊娠がわかったとたん、千代子のおなかは急速に目立ち始めた。どうやら千代子はほとんどつわりがない体質のようで、どんなものでも喜んで食べている。私が草介を妊娠していた時は、それこそつわりがひどくてひどくて、苦しさのあまり毎日泣いて暮らしていたくらいなのだ。とにかくいつも漠然と悲しくて、やりきれない日々だった。

千代子に告白された時は一瞬気持ちが昂ぶってしまい、彼女を傷つける言葉を浴びせてしまったけれど、まさか女同士のカップルで一から子どもを育てられるとは、思ってもみなかった。

草介は、妊婦である千代子に重い物を持たせまいと、常にまとわりついて、荷物を運ぶのを手伝っている。それまでは千代子が丁字路まで出しに行っていたゴミも、草介が登校前に捨ててくれるようになった。しかも、回収の係の人が怪我をするといけないからと、家族の誰よりも細かく、ゴミの分別をする。

私は毎晩、千代子の腰や足をマッサージした。草介を授かった時は、夫の心がもうよそに行ってしまっていたから、私の妊婦ライフは過酷で孤独だった。だからこそ、千代子にはなるべく気持ちよく、笑顔で子どもを育《はぐく》んでもらいたかったのだ。

ドラム缶のお風呂が完成したのは、十月に入ってすぐの頃だ。

それまで入浴は、近くにある村営の共同浴場まで、片道二十分弱の道のりを、毎晩歩いて通っていた。けれど、そこに行くとどうしても、地元の人たちから舐《な》め回すように見られてしまう。気になって、ゆっくりと湯船に浸かることもできなかった。

おなかが目立ち始めた千代子は、なおさら針のような視線にさらされてしまう。早くご近所さんにあいさつしに行かなきゃと思いつつ、詮索《せんさく》されるのが怖くて、結局まだ実行していなかった。

だから、妊婦である千代子がいつでも入りたい時に入れるよう、家にもお風呂が欲しかったのだ。それで、手軽に作れるドラム缶のお風呂を思いつき、千代子の好きな草原の一角に、タカシマ家の露天風呂を作った。ここなら水道も近いし、万が一誰かがやってきても、ちょうど灌木《かんぼく》の茂みで隠れるので、向こうから丸見えになる心配もない。ブロックの上にドラム缶をのせ、そこに水を張って下から温めるという簡単な仕組みではあるものの、お風呂はお風呂だ。

「おチョコちゃん、見て見て」

さっそく千代子を、外のドラム缶風呂に案内した。お湯は、ちょうどいい温度に温まっている。

「これこそ、わたしたちの暮らしにぴったりだよ」

体全体にふっくらと丸みを帯びてきた千代子が、うれしそうに目を細めた。

「おチョコちゃん、入ってみない？」

私が誘うと、千代子は何のためらいもなく、その場で服を脱ぎ捨て、底に敷くすのこを踏んで沈めながら、そのまま肩までしっかりとお湯に浸かった。

「気持ちいい！」

千代子が、両手を上げて絶叫する。

「家で露天風呂なんて、最高だよ。泉ちゃん、すっごく気持ちいいよー」

千代子は、気持ちいいという言葉を連発した。

「きっと、夜はここから、星が見えるね」

「うん。今はまだひとつしかないけどさ、将来的には、家族の人数分これを作って、みんな並んで星を見ながら露天風呂に入るの」

それに、ドラム缶だったら、移動させることも可能だ。たとえば季節ごとに、それぞれ自分の好きな場所に移動して、お風呂を楽しむこともできる。

ドラム缶の縁に両手を重ね、その上にちょこんと顎《あご》をのせる格好で、千代子が森の奥を見つめている。木々の葉っぱは、すでに赤や黄色、黄緑色へと変わっている。どこからか、アーモンドチョコレートに似た香ばしい風が吹いてきた。千代子が、とろけそうな声でつぶやく。

「泉ちゃん、わたし、本当にここが好きだよ。マチュピチュ村の住人になれて、うんと幸せな気がする」

千代子の横顔がきれいで、きれいすぎるくらいきれいで、私は訳もわからず泣きたくなった。千代子を、失いたくないと思った。そのためだったらなんだってすると、神様の前にひざまずいて誓いたかった。


こんなふうにして、ちょっとずつちょっとずつ、暮らしの形が出来上がった。どれほどいびつでも、すきま風が吹いていても、タカシマ家にとってこの家は「巣」そのもの。世界中にたったひとつしかない、どんなに素敵な楽園よりも優しくて、居心地のいい空間だった。

当初、私は年が明けてから働きに出ようと思っていた。けれど、千代子が身重となった今、それは一日でも早い方がいい。このままでは、貯金残高が減っていく一方だし、来春には子どもが誕生する。そうなれば、新たな出費も増えていく。生まれてくる子には、新品の産着だって着せてあげたい。

明日から働くことにしたと千代子に報告したら、案の定、なんでもっと早く相談してくれなかったのかと、声を荒らげた。けれど、いくら千代子が引き留めても、私の意志は変わらなかった。これは、自分で決めたことなのだ。

職場は、いつも買い物に行く隣町のガソリンスタンドだ。私たちを、嫌な顔ひとつせず優しく迎えてくれた店である。たまたま求人広告が貼ってあるのを見つけ、その場で応募し、採用が決まったのだ。私は主に、灯油の配達を担当する。この辺りの民家は、たいてい自宅に灯油を貯めるためのタンクを持っているので、その灯油を、各家庭に届ける仕事である。

「私も、この子の親として、責任を果たしたいんだよ」

仕事の内容を心配する千代子に、力を込めて私は言った。嘘偽りなく、それが私の気持ちのすべてだった。

マチュピチュ村に初雪が降ったのは、十一月も終わる頃だ。

妊娠六か月目を迎えた千代子のおなかはそこだけぽこんと極端に飛び出し、誰の目にも妊婦であることが明らかだった。

振り返ると、千代子と駆け落ちを決行したのは、夏真っ盛りの頃だった。その時から思えば、私たちは着実に、タカシマ家としての時間を重ねて生きている。

初めてのお給料がもらえるのを待ち、私はすぐに必要な家財道具を買い揃えた。

新しい組布団を車に積んで帰ると、千代子が子どものように歓声を上げる。無理もない。ずっと寝袋で寝ていたのだ。いくら毛布をたくさんかけても、古いわが家の寒さは半端じゃないし、寝返りを打ちたくてもスペースが少なくて、思うように体を動かすことができない。そのせいで、千代子が寝不足になることもあったかもしれない。だからどうしても、今年のうちに布団を揃え、気持ちよく年を越したかったのだ。

ほどなく、マチュピチュ村には本格的な雪の季節が訪れ、すぐに年末を迎えた。

大晦日《おおみそか》は、草介と二人で過ごした。

千代子が、妊娠したことを実家の両親に知らせに行ったたからだ。最初は、私も一緒に付き添って、両親に、土下座でも何でもしようと思っていた。安定期に入ったとは言え、身重の千代子を一人で行かせるのは心配だった。けれど本人が、どうしても一人で行くと言い張って譲らなかったのだ。千代子という人は、一度こうと決めたら後に引かない、ものすごく頑固な一面がある。

同じ屋根の下に暮らしているからと言って、法律的には私と千代子の間に何ら結びつきは存在しない。戸籍が違うし、たとえ将来私が正社員として雇ってもらえても、千代子の家族手当はつかないし、税金の配偶者控除も受けられない。世間的に言ったら、せいぜい同居人というのがいいところだ。いくらあと数か月で千代子が二十歳になるとは言え、子どもを産む時点でもまだ未成年だ。

結局のところ、事実婚だなんて悠長なことを言っていられるのも、異性愛者だからだ。紙切れ一枚提出すれば、いつだって結婚できる。そういう選択肢があるからこそ、呑気《のんき》に構えていられるのだろう。でも、同性愛者の場合、現実はもっと切羽詰まっている。同じ事実婚という形でも、したければ結婚できるというのと、したくてもできないというのとでは、雲泥の差だ。

千代子に教えられるまで知らなかったのだけど、同性同士のカップルの中には、養子縁組という手段を用いて、親子という形で同じ籍に入るケースもあるらしい。そうすれば、共有の財産を保有することが可能になるし、保険金や遺産を受け取ることもハードルが低くなる。もしかすると将来、私たちにもそういうやり方が必要になる時が来るかもしれない。

けれど今、強引に千代子と養子縁組をするのには抵抗があった。養子となる者が未成年者の場合、家庭裁判所での許可が必要になるし、本人が十五歳以上ならその意思が認められるとは言え、まだ十代の千代子を実の親に黙って養子にするのは、自分も子を持つ親として、ためらわれた。

もしも私に万が一のことがあった場合は、千代子の両親を頼る以外に道はないのだ。だからどうしても、一度きちんと向き合って、話し合いの場を設けてほしかった。

最初は実家に帰るなんて絶対に嫌だと駄々をこねた千代子も、最後には納得してくれた。それが、千代子と生まれてくる子どもの未来のために、必要なことだった。

草介には、そういう事情を一切説明しなかった。千代子が年末年始を実家で過ごすことも、あえて言わないでいた。千代子も、ふだん外出するのと変わらなかった。きっと、内心ではどこへ行ったのだろうと心配だったと思う。けれど、草介はひと言も、千代子の居場所について尋ねなかった。私たちは、一年前と同じように、二人だけで年越し蕎《そ》麦《ば》をすすった。

もしかすると、千代子はこのまま戻ってこないかもしれない。実家の両親に説得され、年が明けても実家に居続けるかもしれない。

特に夜は、どうしても気が弱くなってしまい、千代子を実家に送り出したりしなければよかったと、自分の言動を悔やんだ。

不安を解消してくれたのは、元日の朝に届けられた、草介からの年賀状だ。たった一枚、タカシマ家に届いた貴重なハガキである。宛名には、「たかしま」という名字の下に、私と千代子の名前、そしてその横には「生まれてくるあかちゃん」と書かれていた。

千代子がいつも、自分宛ての手紙が届いていないか郵便受けの蓋《ふた》を開けて確認していたのを、草介はきっと見ていたのだろう。誰とも連絡をとらない生活は、やはりさみしかったのかもしれない。

この大切な一枚は、おそらく草介の通学路に立つポストに投函され、郵便局に集められ、郵便配達員がわざわざ深い雪をかき分けて届けにきてくれたものだ。第一発見者の私は、それをポストの底にそっと戻した。

こんなにかわいい年賀状が待っているのに、千代子がこの家に戻らない訳がない。草介のくれた年賀状が、私の心を初日の出のように明るく照らしはじめていた。

三日のお昼過ぎに、千代子は大荷物を持ってマチュピチュ村に帰ってきた。まだまだ困難な道は続くけれど、ひとまず両親には、きちんと報告ができたという。年に一回、千代子がお正月に子どもを連れて実家に帰ることを条件に、生まれてくる子どもに関しては、家族の一員として受け入れてくれるそうだ。千代子の大荷物の中身は、母親からもらったというたくさんの毛糸と、ぶ厚い育児書だった。

「よかったじゃない！」

私は、心からそう思って千代子をぎゅっと抱きしめた。いざという時に帰る家があるのとないのとでは、気持ちの面で大きく違ってくる。正直、千代子の両親がそこまで寛大に認めてくれるとは思わなかった。半分は、勘当とか絶縁とか、今までよりももっと険悪な状況になって戻ってくるかもしれないと覚悟していたのだ。何よりも、子どもが多少なりとも千代子の両親に歓迎されて生まれてこられることが嬉しかった。

私たちはもう一度、家族三人、いや四人揃って、新年をお祝いした。

千代子が草介からの年賀状を発見したのは、その日の夕方、冬なのに珍しく空がピンク色に染まった、美しい夕暮れ時だった。ハガキを胸に部屋に入ってきた千代子は満面の笑みを浮かべ、世界中の誰よりも美しく輝いていた。

千代子が戻ったことで、再びタカシマ家の日常が復活した。

年明けから続いた大寒波のせいで、家はすっぽりと雪に覆われている。窓がすべて塞がっているので、光が届かず、昼間でも電気をつけないと周りが見えない。

とにかく、寝ても覚めても、右を見ても左を見ても、どこもかしこも雪だらけで、すべては雪との闘いだった。寒いし、しもやけは痒いし、雪かきのせいで寝不足になるし、腰痛はひどくなるし、雪が降っていいことなんてひとつもなかった。

いたちごっこではあるものの、雪を片さないと外にも出られないので、家にいる間、私はいつもスコップを持って、雪かき作業に没頭した。洗濯物も外には干すことができないので、食堂と居間を兼ねていた土間が、今は物干しスペースとしても使われている。

それでも、元の暮らしに戻りたいとは、一瞬たりとも思わなかった。毎日毎日空が暗くて、下手すれば憂鬱な気分になりそうなのに、千代子も草介も、決して音を上げなかった。

雪道で転んでは危ないので、身重の千代子は一日中家にこもっている。雪が降る前まではデートと称して車での買い出しにくっついてきたけれど、私も仕事を始めたし、買い物は仕事帰りに済ませるようになっていた。定期健診などでどうしても外出が必要な時だけ、千代子を車で送るようにしている。

運動不足を解消する策として、千代子は、家の片付けや掃除に明け暮れている。少しは休んだら？　と心配しても、平気だよぉ、とへらへら笑っている。

家事が一通り終わると、今度はコタツに入って熱心に編み物を始める。コタツは、勤め先のガソリンスタンドの社長が、事務所で使わなくなったのを譲ってくれたものだった。

草介もよく一緒にコタツに入っては、千代子のおなかの中の赤ん坊に向かって、熱心に話しかけている。そんな二人の姿を見ていると、腰の痛みまでもが和らいでいくようだった。

三月になり、千代子はついに、臨月を迎えた。もういつ生まれてもおかしくはない状態だという。九か月目の健診で逆子だと言われた時はひやりとしたけれど、千代子は持ち前のポジティブさで逆子が治るというヨガを続け、見事、子どもの頭の位置を上下にひっくり返していた。

ただ、予定日を過ぎても、兆候は現れなかった。初産だから、遅れるのは珍しいことではない。

三月も後半になると、少しずつ雪の量も減ってきて、たまに青空が見える。青空を見ると、ものすごく気持ちが楽になった。どんなに根負けしないつもりでいても、このまま永遠に雪が降り続けて二度と陽の当たる場所に出ることはないんじゃないかと、不安になることすらあったのだ。

でも、明けない夜がないように、止まない雨がないように、終わらない冬もない。家の屋根からは、まるで狂暴な肉食獣の牙みたいな氷柱《つらら》が、何本も何本も恐ろしげに垂れ下がっている。けれどこれだって、いつかは必ず消えてなくなるだろう。

予定日の通りに生まれたら、子どもの誕生日は三月で、早生まれになるはずだった。けれど、どうやら子どもは、早生まれになるのは嫌らしい。四十一週を過ぎても、まだ前兆がなかった。子どもの頭が産道を通れない大きさになれば、自然分娩はできなくなる。

千代子に陣痛が現れたのは、あと一日だけ様子を見て、もしもまだ来なかったらその時は何らかの手段を考えましょうと言われていた、まさにタイムリミット直前だった。その日はちょうど仕事が休みで、私は家にいた。屋根の雪庇《せっぴ》おとしをしていると、いきなり草介が外に飛び出し、大声で叫んだのだ。

「カカ、早く。おチョコママ、生まれそうだって!」

千代子の妊娠がわかって以来、草介は、千代子を「おチョコちゃん」ではなく、「おチョコママ」と呼んでいる。

急に生まれそうだと言われて慌ててしまい、危うく転びそうになったところを何とか踏ん張った。急いで家の中に戻ると、確かに千代子の様子がさっきまでと違う。苦しそうに、顔をゆがめて耐えている。草介がじっと時計の針を見つめ、陣痛がくる時間の間隔を調べていた。

　私はすっかり気が動転してしまい、救急車を呼ぼうと電話の受話器を持ち上げた。けれど、間違って警察に通報しそうになってしまう。何度も受話器を元に戻してやり直していたら、

「泉ちゃん、落ち着いて！」

　千代子に大声で一喝された。緊張からか、私の方が汗をかいている。

「まだそんなに間隔は短くないから、救急車なんて呼ばなくても自分たちで行けるでしょ」

　一瞬のうちに陣痛の波が落ち着いたのか、千代子の表情は和らいでいた。

「出かける準備はできているから、泉ちゃん、車を出してくれる？」

　千代子の言葉に、

「わかった。今すぐ出られるようにするから」

　私は慌てて外出の支度を整えた。

　デートの時はいつも私が待ちぼうけを食うのに、こんな大切な時に限って、私はもたもたして、逆に千代子を待たせている。

草介の方が、私よりずっと冷静だった。片時も離れず千代子に寄り添い、腰をさすったり、額の汗をハンカチで拭ったりと、息子として立派に振る舞っている。

千代子を車の後部座席に乗せ、安全運転で出発した。病院までは三十分もかからずに着くだろう。バックミラーをのぞくと、千代子が完全に草介の体にもたれかかっている。再び、陣痛の波が来ているのかもしれない。必死に歯を食いしばり、強烈な痛みに耐えていた。なんだか私まで腰が重くなり、軽い陣痛が来ているようだった。

結局私は、病院に着いてからも、千代子に付き添うことはできなかった。出産経験者のくせに情けないけれど、怖くて、痛がっている彼女を見ることができなかったのだ。第一、どんな立場でどんな顔をしてそこに立ち会えばいいかも、わからなかった。

おどおどするだけの私とは対照的に、草介は千代子のそばを一度も離れなかった。千代子と手をつないだまま、分娩室にも臆《おく》することなく入ってしまう。看護婦さんたちも最初は驚いていたようだけれど、草介は草介なりに、千代子の出産を応援しようと必死なのだ。たまに、草介がエールを送る声が聞こえてくる。

私は、分娩室前のソファで待機しながら、祈ることしかできなかった。

赤ん坊の産声が聞こえたのは、分娩開始からわずか四十五分後のことだ。廊下にまで響き渡るほどの、大きくて太い声だった。私は緊張が解けてすっかり放心してしまい、しばらくその場から動くことができなかった。

「赤ちゃん、生まれたよ！」

草介が、飛び出してくる。立ち上がると、頭からサーッと血の気が引いて、足元がふらついた。草介の肩につかまり、ようやく頼りない足取りで歩いた。

部屋に入ると、分娩台にいる千代子と目が合った。何と言っていいか、言葉にならない。ただ、千代子の胸元にちょこんと乗せられた小さな赤ん坊を見つけた瞬間、もう涙が止まらなくなっていた。

「おチョコちゃん、がんばったねぇ、偉いよ」

私は泣きながら千代子の髪に触れ、労をねぎらった。千代子も、顔を真っ赤にして泣いている。草介も、感動したのか、必死にセーターの袖で涙を拭っている。

「坊っちゃん、ご立派でしたよ」

周りにいた看護婦さんたちが、口ぐちに草介を褒め称《たた》えた。

「ありがとうございます」

草介を抱き寄せ、頭を撫でながらお礼を言う。きっと千代子も、草介がそばにいることで、勇気づけられたに違いない。

予想に反して、生まれてきたのは女の子だった。どこをどう探しても、男の子の証《あかし》である小さな突起は見つからない。つまり、あの日の草介の予言は、ものの見事に外れたのである。

ただ、草介が見誤ったのも、無理はない。生まれてきた女の子には、新生児独特のか弱さや頼りなさは微塵《みじん》もなかった。

生まれた瞬間から力強く呼吸をし、泣き声も鮮明で、まつ毛もみっしりと生えている。ひとつひとつの動作がいちいち力強かった。

赤ん坊の名前は、お兄ちゃんになった草介がつけてくれた。草介に命名してもらうことは、最初から千代子と決めてあった。それが、私たち二人の親の、共通した願いだった。

千代子が退院し、わが家の土間に家族四人が揃う中、草介は、思いっきり目を見開いて発表した。世紀の大発表だ。

「宝《たから》。たからものの宝だよ。だって生まれてきた時、本当にキラキラ光っているように見えたから！」

ふだんは物静かな草介が、声を弾ませる。

「いい名前だねぇ」

すっかり母親の顔で子どもの背中をさすっている千代子が、のんびり答えた。

「本当だね。この子にぴったりな名前だよ」

私も同意する。

賛成！　と意思表示でもするかのように、赤ん坊までが大きなゲップで返事をした。

その様子に、私と千代子と草介が声を揃えて笑う。小さなわが子も、笑っているような表情を浮かべている。

こうして赤ん坊は、正式に「宝」と名付けられた。何度も漢字を練習したという草介が、半紙に大きく名前を書いて、土間の柱に貼ってくれる。

宝は、文字通り、タカシマ家の宝になった。

宝が、私たち家族の結びつきを、永遠のものにしてくれたのだ。

第二章　ゲストハウス虹、誕生

泉ちゃんと過ごす時間は、たとえ冬以外の季節でも、毎日が小春日和だった。そこに草介がいて、宝が加わり、わたしたちは、いびつでありながらも新生タカシマ家として産声を上げた。

家族というものは、きっと最初から家族のわけではなく、毎日毎日、笑ったり、怒ったり、泣いたりしながら、少しずつその形が固まっていくものだと思う。だから、その努力を怠ると、いくら血がつながっている家族でも、壊れて、バラバラになってしまう。わたしの生まれ育った家が、そうだったように。

だから、決して壊れないように、決してはぐれないように、わたしたちは、いつもしっかりと手をつないでいた。家族四人が互いに手を取り、両手を広げて円を作れば、その中に、キラキラと輝く虹ができる。その、輪っかの中にできる虹こそが、わたしたち家族の色だった。

途中から輪に加わった宝の登場は、あまりに強烈だった。空から降ってきた得体の知れない生き物をいきなり育てなさいと言われているようで、戸惑うことも多かった。宝はまさに、タカシマ家に忽然《こつぜん》と姿を現した、謎だらけの宇宙人だ。

生後半年を過ぎた頃から、赤い色に並々ならぬ執着を持つようになり、とにかく赤い服や下着を着たがる。赤い服を着ていれば機嫌がいいものの、どうしてもそれが着られないと、この世の終わりみたいに泣き叫んで自己主張をした。濃いピンクでも、オレンジでもダメ、とにかく赤、しかも真っ赤でなくてはならなかった。

一事が万事この調子で、赤い色へのこだわりだけでなく、すべてにおいて好き嫌いが激しいのだ。癇癪《かんしゃく》を起こした時は、一時間でも二時間でも、とにかく宝のおなかをさすり続けた。そうすると、ようやく宝は泣きやんでくれるのだった。

きっと、わたし一人だったら、絶対に音を上げていたと思う。宝のエネルギーに負けて、行き詰まって途方に暮れて、宝を傷つけていたかもしれない。でも、わたしには、泉ちゃんがいた。

育児の先輩でもある泉ちゃんは、わたしが気持ちを爆発させそうになるたびに、大丈夫だよ、必ずうまくいく時が来るからと、優しく慰めてくれた。自分だって仕事で疲れているのに、夜中までくだらない愚痴にも付き合ってくれた。草介も草介で、自分が泣かされると知りながらも、宝の遊び相手になってくれた。オムツ替えも着替えも添い寝も、草介は手際がよく、幾度となく彼の優しさに助けられた。

十代の頃はあんなに気持ちが外に向いていたのに、宝を出産して母親になったとたん、わたしは自分の足元に目が向くようになった。とにかく、「わが家」ができたことが嬉しくて、家の外になるべく出たくなくなってしまったのだ。わたしにとっては、タカシマ家の屋根の下がいちばん刺激的で、くつろげる場所だった。

それでも、マチュピチュ村に暮らしている以上、他の住民と接点を持たずに自分たち家族だけで生きていくなんて、不可能だった。ゴミ出しのルールもあれば、町内会の集まりやお祭り、運動会もある。宝は率先して同世代の子たちの集まる場に行きたがったので、わたしも少しずつ外の世界へと連れ出された。

わたしも泉ちゃんも、まだ自分たちの関係をオープンにはしていない。わが家の居心地のよさに、ずっとこのままでいいと思ったこともある。でも、再び外の世界に踏み出した時、ありのままに生きていきたいという気持ちが、胸の奥底から湧き上がってきたのだ。だからこのことになると、必ず泉ちゃんと喧嘩になってしまう。

「子どもたちがいじめに遭ったらどうするの？　ここはいろんな人がいる大都市と違って、小さな村なんだよ。とっても保守的な人たちだし、ここで生きていくためには、とにかく周囲に溶け込んで、波風立てず、静かに暮らすことが一番なんじゃない？　理想と現実は違うんだから。おチョコちゃんも、もう少し大人になってよ」

毎回そんなふうに説き伏せられ、数日間は険悪なムードが続くのだ。だから、カミングアウトに関しては完全に棚上げ状態で、わたしたちがレズビアンだという事実は、家族の中だけの秘め事だった。もちろん、草介の通う小学校の先生にも、報告はしていなかった。

ただ、普通の家じゃない、何かが違うというニュアンスは、わざわざ自分たちが大声で公表しなくても伝わっているのかもしれない。自分では気がつかない、体臭みたいなものだろうか。タカシマ家の発する独特な匂いは、決して、マチュピチュ村の住民に百パーセント好意的に受け入れられているわけではないらしかった。

宝が保育園に入ったばかりの頃は、同じ園に通う母親たちからあれこれ質問されて、毎日が憂鬱だった。どこから来たの？　と遠慮がちに声をかけてきた人たちが、次第に、旦那さんは？　あなたたちはどういう関係？　などと根掘り葉掘り好奇の眼差《まなざ》しで聞いてくる。泉ちゃんはバツイチで、わたしは親とうまくいかず、草介は村の小学校に通っていると、話せる範囲のことは伝えたけれど、もっとも大切な泉ちゃんとの関係については、遠い親戚という嘘をつき通した。中には納得していなそうな人もいたけれど、こちらからも逆に育児や村での暮らしについて尋ね、毎回適当にやり過ごした。

草原にひとつ目の鍋が投げ込まれたのは、彼女たちからの質問攻撃がようやく落ち着きかけた頃だった。

もうそろそろ宝のお迎えに行こうと、出かける準備をしていた矢先のこと。草原の方で、何かが小石に当たったような、コツンという乾いた音が響いた。

何だろうと思って見に行くと、見覚えのない鍋が草むらの中に転がっていた。びっしりと焦げがついて、底が一面黒くなっている。古びたアルミの片手鍋だった。

カラスか何かが、嘴《くちばし》に引っかけて上空から落っことしたのだろうか。わたしをからかっているのかもしれないと、警戒しながら辺りを見回す。けれど、犯人らしき姿はどこにもない。とりあえず、誰かの落とし物かもしれないと、その鍋を家で預かることにした。でも、落とし物でないことくらい、頭の片隅ではわかっていた。

慌てて宝を保育園まで迎えに行き、家に帰っておやつを食べさせてから、鍋底にこびりついている焦げをきれいに落とした。焦げさえなくなれば、まだ使えそうな片手鍋だ。なんとなく嫌な予感がしたけれど、あえて考えないよう努めた。

数日後、ふたつ目の鍋がまた同じように置かれていた。今度は、ひびの入った土鍋だった。そして、また数日後に今度は取っ手の取れかかった文化鍋を見つけた時、さすがにこれが単なる落とし物ではないと確信した。要するに、わたしたち家族への、ねちねちとした嫌がらせだったのだ。

焦げのついていたアルミの片手鍋も、ひびの入った土鍋も、取っ手の取れかかった文化鍋も、どれも皆、このままでは用をなさない物ばかりだ。わたしたちが、用無しということだろうか。言いたいことがあるのなら、面と向かってはっきり言ってくればいいのに、こんな卑怯《ひきょう》な子どもじみたやり方が、腹立たしかった。自分たちがマチュピチュ村から出て行けと言われているようで、悲しくなった。

絶対に、こんなものを泉ちゃんには見せられない。

わたしは、台所の奥の戸棚に鍋を隠した。このことは、わたしだけの秘密にしておこう、そう心に決めたのだ。

鍋は、その後も草原に投げ込まれた。犯人は姿を見せないまま、昼間だけでなく夜の間にこっそり置いて行くこともあったので、わたしは朝一番に起きて、真っ先に草原に鍋が落ちていないかをパトロールするのが日課になった。警察に届けるほどとは言わないまでも、決して笑えない嫌がらせだったし、わたし自身、鍋をもらったところで、嬉しくも何ともなかったのだ。

嫌がらせは、次第にエスカレートした。度を超せば、単なる悪戯《いたずら》では済まされない。もしも、宝や草介の頭を直撃したら、どうするのだ。だから毎回、証拠写真を撮っておくべきかとも思った。犯人を特定するために、防犯カメラを設置するという手もある。実際にカメラが機能しなくても、ただ置いておくだけで効果があるかもしれない。

けれど、そんなことをする自分自身が惨《みじ》めに思えて、結局、写真は残さなかった。そんなことをしてしまったら、わたしたちは誰かから憎まれているのだと、認めることになってしまう。

さすがに、穴の開いた鍋にペンキではっきり「オナベ」と書かれていた時は、悔しくて、その場にしゃがみ込んで泣いた。いくら泣き止もうとしても、次から次へと涙がこぼれる。こんな幼いやり方で相手を困らせようとする人がいること自体、耐えられなかった。

ひとつ、ふたつ、と嫌がらせの鍋が増えていく。世の中には、こんなにも不要な鍋があふれているのかと、笑いすら込み上げてきた。嫌がらせをしているのが誰かわからないから、逆に村の人全員を敵のように感じてしまう。もしかしたら、子どもたちも同じようにいじめられているのかもしれないと不安になった。けれど、毎朝笑顔で家を出るふたりに、面と向かってその質問を投げかけるのはためらわれた。ふだんは親しげに世間話をしている宝の保育園のママたちも、内心ではわたしたちの存在を疎ましく思っているんじゃないかと、ついつい考えてしまう自分に疲れ果てていた。

けれど、隠し事をするにも限界がある。

泉ちゃんが台所の戸棚の扉を開けることなどめったにないはずなのに、とうとうその日、開けてしまったのだ。重ねられるだけ重ね、詰め込めるだけ詰めていたので、バランスを崩した鍋の山は、棚から一気に雪崩《なだれ》のように落ちてきた。宝は保育園へ、草介は小学校に行っていたので、その時家にいたのは、わたしと泉ちゃんふたりきりだった。

「何これ？」

使い物にならない鍋の山を前にして、泉ちゃんは絶句した。きっと何か嫌な気配を感じたに違いない。顔が曇っている。

もう、隠し通すことはできなかった。わたしは、正直に打ち明けた。なるべく泉ちゃんを刺激しないよう、角のない言葉で報告する。けれど、話を聞けば聞くほど、泉ちゃんは怒りを露《あら》わにし、そしてその怒りの矛先を、あろうことかわたしに向けたのである。

「おチョコちゃんが、あんな旗をこれみよがしにかかげたりするからじゃない！」

説明を聞くなり、泉ちゃんは怒鳴った。確かにレインボーフラッグを立てた時、泉ちゃんは心配そうだった。でも最終的には泉ちゃんだって同意してくれたのだ。なのに今さらわたしだけ責められるのは、納得できない。

「なんでわざわざ、人を刺激するような旗を立てたのよ！　今すぐ、外してきて」

泉ちゃんは大声で命令したけど、わたしにも言い分がある。言われるまま、レインボーフラッグを下げるわけにはいかなかった。

「なんで、何にも悪いことなんかしてないのに、こそこそと隠れて生きていかなくちゃいけないの？　事実は事実でしょう。わたしたちは、愛し合っているんだから。そうでしょう？」

悲しくて空しくて、我慢していたのにとうとう涙がこぼれてしまう。

「だけど、そういうことは、自分たちがわかっていればいいんじゃないの？　私はただ、ここで家族四人、静かに暮らせたら、それで幸せなんだよっ！」

泉ちゃんも、目を真っ赤にして泣いている。だけど、そんな言い方をされるなんて思ってもみなかった。だって泉ちゃんが傷つかないよう、こっそり鍋を隠しておいたのはわたしなのに。わたしが防波堤になって、泉ちゃんを守っていたのに。よりによって、どうしてわたしが非難されなくてはいけないのだ。非難されるべきは、こんな幼稚なやり方で嫌がらせをしてきた向こうの方なのに。

「じゃあ泉ちゃんに聞くけどさ、わたしたちの関係って何なの？」

わたしは一歩前に出て、泉ちゃんに詰め寄った。肝心なことだった。

「単なる同居人？　片親同士が一緒に住んで協力して子育てをしている、仲良しのお母さん友達？　ねぇ、ちゃんと答えて！」

何かを隠すことは、周りに嘘をつくことだ。嘘が嘘を呼んで、虚構のお城が出来上がっていく。そんな現実に、耐えられなかった。

「もう、わたしはこれ以上みんなに嘘をつきたくないよ！」

気持ちをおさえ切れなくなり、泉ちゃんにつかみかかった。泉ちゃんは、わたしの目をじっとまっすぐに見て言った。

「そんなに自分たちの存在を主張して、どうするの？」

質問自体が、悲しかった。もうこれ以上、泉ちゃんを、遠縁の人だなんて言いたくない。わたしは、しゃくり上げながら答えた。

「でも、こういう人間も世の中にはいるんだ、ってことをちゃんと知らせなきゃ、いつまで経っても変わらない。どんどん大多数と同じ色に塗られるんだよ。大声出さなくちゃ、聞いてもらえないもの」

でも、本当はわかっている。こっちが大声を出した瞬間に、向こうは急に紳士淑女の顔になって、大声を出すわたしたちを、まるで野蛮人を見るように軽蔑するのだ。わたしの父親が、かつてそうだったように。

「悔しいよ」

周りにごろごろと転がっている鍋が憎らしくなり、わたしは思いっきり叩いた。けれど、痛いのは自分の手の方だった。悔しいと思ったら、涙があふれて止まらなくなってしまう。

わたしは、あーん、あーん、と声を張り上げて泣いた。この世にはこんな泣き方もあるということを教えてくれたのは、娘の宝だ。

「なんで、女同士じゃいけないの？」

声を絞りだした。泣きすぎて、しゃっくりが止まらない。それでも、わたしは続けた。

「男と女は認められるのに、男同士、女同士だと、どうして急に変な目で見られるの？」

　わたしは今まで、同性同士で一緒に生きていく大変さや社会の壁の高さを、泉ちゃんほどにはわかっていなかったのかもしれない。そんなもの、愛さえあれば簡単に乗り越えられると信じていた。でも、現実はそんなに甘くも優しくもなかった。

「マチュピチュ村の人たちにとって、私たちはあまりに刺激が強すぎたのよ」

　わたしの背中をさすりながら、泉ちゃんが囁くように優しく言う。もう、声に刺々《とげとげ》しさは感じなかった。

「だからきっと、いきなり私たちが住み始めて、びっくりしたんじゃないかな？」

「じゃあ、これから先、どうすればいいの？　わたし、ここが大好きなのに」

　マチュピチュ村から離れることを想像するだけで、せっかく落ち着いた涙がまたあふれた。今さら別の場所で暮らすなんて、想像できない。すると、泉ちゃんが意外なことを口にした。

「このままでいいんじゃない？」

「このままって？」

「だから、私たちは今まで通り、堂々と胸を張って生きていけばいいってこと。そうすれば、私たちがふつうの家族だってことが、伝わると思う。何か大声で叫んで行動を起こすよりも、長期戦で、ゆっくりじっくりわかってもらうしか、ないと思うの。こうなったら、牛歩戦術だよ」

「ぎゅうほ？」

「だから、牛みたいにのろのろ歩いて、物事の進展を遅らせるってこと」

泉ちゃんが、目じりに皺を寄せて笑っている。その笑顔を見たら、ぎゅっと固まっていた心が、ふわりとほどけた。

わたしはいつだって、早く決着をつけたくなってしまうけれど、泉ちゃんは違う。のらりくらりとしながらも、気がつけばベストな結論にたどり着いている。

「そんなに焦らなくていいよ。まだまだ、人生は長いんだから！」

泉ちゃんに、ぽんと背中を叩かれた。確かに、いきなり自分たちの存在を声高《こわだか》に主張したところで、ここでは所詮、無理なのかもしれない。使い物にならない鍋の山を見ながら、わたしは尋ねた。

「このお鍋、どうしよう？」

この際思い切って、処分してしまってもいいのかもしれない。でも泉ちゃんは、確信に満ちた声で言った。

「せっかくだから、取っておこうよ。将来、何かに使えるかもしれないし。でも、これからはおチョコちゃん」

そこで泉ちゃんが言葉を区切って、わたしを見る。わたしは、泣きはらした顔を泉ちゃんに向けた。

「うちに鍋が置かれたら、毎回きちんと報告してくれる？　絶対に、おチョコちゃんひとりで抱え込まないで。いい？」

以来、晴れた日には草原の一角で、一緒に焦げた鍋を磨くようになった。泉ちゃんが即興でお鍋の歌を口ずさむと、わたしもそれに合わせてコーラスを入れる。泉ちゃんは自分のことをめったに話さないけれど、鍋を磨きながら、小学生の頃、合唱団に入っていたことを教えてくれた。だから、楽しいことがあるとつい歌いたくなるのだと。

どんな鍋でも一生懸命にこすればきれいになったし、嫌がらせの証拠品でも、何日もかけて磨くうちにだんだん愛着が湧いて愛おしくなってくる。

話し合いの結果、レインボーフラッグを下げてしまっては相手の思う壺だという結論になり、旗はそのままにすることにした。この点に関しては、泉ちゃんが譲歩してくれた。草介と宝のことは心配だったけれど、特に変わった様子もないので、しばらく黙って見守ることにする。

こうしてわたしたちタカシマ家は、今まで通り淡々と、前を向いて生きることにした。声高に何かを叫ぶのではなく、まるで小さな植物がそっと地面に根を張るように。

何も、やましいことをしているのではないのだから、わたしたちは、わたしたちの信じる道を進めばいい。

嬉しかったのは、ひな祭りだ。

わたしには、生まれた時に買ってもらった七段飾りの立派なおひな様がある。でも、駆け落ちの時にそれを持ってくることはできなかった。その時は、自分のおひな様なんてどうでもよかったのだけど、女の子の親という立場になってみると、ふつうにおひな様を飾れる家がうらやましかった。そのことを申し訳なく思っていたら、宝が保育園で折り紙のおひな様を作り、家に持って帰ってきてくれたのだ。

「カカとママにプレゼント！」

宝は、二つに折った画用紙を差し出しながら、わたしたちに言った。宝はわたしをママと呼び、泉ちゃんのことは草介と同じようにカカと呼ぶ。誰が教えたわけでもないのに、自然とそう呼び分けられていた。

宝から渡された画用紙を何気なく広げた瞬間、わたしは自分の目を疑った。だって、そこにはお内裏様とおひな様ではなく、折り紙のおひな様とおひな様がふたり仲良く並んで貼られていたのだ。

「こっちがカカで、こっちがママ」

宝が、唾液《だえき》で光る小さな指をさしながら教えてくれる。緑の色紙で折られているのが泉ちゃん、ピンクの色紙で折られているのがわたしだと言う。

世界一かわいらしいおひな様だった。角と角をきちんと合わせるのが難しかったのだろう。白い裏地がたくさん見えていて、折り紙としてはかなり不格好だけど、逆に宝らしい温もりを感じる。どこで覚えたのか、おひな様の周りには、色鉛筆でハートマークまで描かれていた。

きっと宝は、一生懸命、必死になって折ったのだろう。その姿が、目に浮かぶようだった。もしかすると保育園の先生は、ひとつはお内裏様にするよう言ったかもしれないけれど宝は自らの意志で、おひな様をふたつにしてくれたのだ。

きちんとマジックで顔が描いてあるおひな様は、見れば見るほど愛らしく、わたしと泉ちゃん、それぞれに似ている。鍋による嫌がらせを受けて気持ちが沈んでいた時期だったから、なおのこと、宝の折り紙がじんわり心にしみてきた。

宝はちゃんと、わかってくれているのだ。その小さな体で、わたしたちの関係をきちんと受け止めてくれている。

ふたつ並んだおひな様は、大丈夫だよ、ありのままの姿で生きていけばいいんだよという、宝からの強いメッセージに思えてならなかった。神様はきっと、いつだって両方の瞳をぱっちり開いて、ちゃんと見ていてくれるのだ。

後日、草介がおひな様を飾るための額縁を作ってくれた。小枝とベニヤ板を用いて作った、草介らしい素朴な額縁だった。けれどそれが、派手な色合いのおひな様に、ぴったり合っている。

草介は、いつだってそうだ。宝を出産してからというもの、どうしてもわたしや泉ちゃんの目は幼い宝に向かってしまう。そんな時もわがままを言ったりせず、逆にわたしたちをサポートしてくれる。草介は、絶妙なタイミングで見事なアシストをする天才だった。

そのおひな様は、タカシマ家の、文字通り家宝となった。

わたしにとっては、毎晩ぎゅっと胸に抱きしめて眠りたいほどの、大切な大切な宝物だった。


雪解けは、いきなりやって来た。

ボスが、タカシマ家に現れたのだ。この集落をまとめるリーダー的な存在で、泉ちゃんや保育園のママたちと、こっそり「ボス」というあだ名で呼んでいた。

黒々とした髪の毛に大仏様のようなパンチパーマをかけ、どんな時でも真っ赤なジーパンをはいている。わたしはいつも、その姿を目にしただけで縮み上がってしまい、前を通る時に黙礼することはあっても、言葉を交わしたことは一度もなかった。

家族四人でのんびりと過ごしていた日曜日の午後、呼び鈴が鳴った。最初にその姿を見つけた草介が、慌てた様子で台所に飛んできた。

「ボ、ボ、ボスがいるよ」

草介は、恐怖のあまり口が上手に回らない。

「お邪魔します」

そうこうする間にも、ボスの野太い声が響いてくる。

いきなりの訪問に、何をどうしていいのかさっぱりわからなかった。とりあえず、ボスを土間に案内し、泉ちゃんはコーヒーを淹れる準備を始めた。その手がかすかに震えている。

草原には、こいのぼりが泳いでいる。他の家のように立派なこいのぼりではないけれど、泉ちゃんが仕事で和菓子屋さんに立ち寄った際、もらってきたのだ。草介に、宝を連れて外で遊んできてくれるよう頼もうとしたところで、あろうことか、宝がボスのはいている真っ赤なジーパンの方へ一目散に近づいていく。

恐れを知らないとは、こういうことだ。

宝は、土間の椅子に座っているボスの膝に両手をのせて、ボスの顔を見上げた。そして、いきなりその胸元に手を伸ばして、こう尋ねた。

「おっちゃん？　おばちゃん？」

史上最悪の質問だった。

ただ、宝が思わず本人に聞いてしまったのも、無理はない。わたしや泉ちゃん、更にはママたちとの間でも、永遠の謎と言われていることだったのだから。見た目からは、ボスの性別は判断がつかなかった。胸の膨らみも、あるようでない、ないようであるという微妙な状態だった。

「おちんちんはないから、おばちゃんかな」

ボスは、低くしわがれた無愛想な声で答えた。

「だったら、お乳、見せて」

宝が、いきなりボスの着ているセーターをめくろうとする。わたしは急いで宝を抱き上げた。もうすでに十五キロ近くある宝は、両手で持ち上げるのも一苦労だ。

泉ちゃんが、ボスにコーヒーを出す。手は、まだ震えている。こんな時、泉ちゃんはちっとも戦力にならない。とりあえず大人だけで話し合おうと、改めて草介に宝の面倒をお願いしようとしたら、みんなに話がある、とボスのだみ声に呼び止められた。

結局、タカシマ家全員がボスと向き合う形になる。一体、何のためにボスが来たのか、さっぱり見当がつかなかった。

「悪かった」

全員が席に座るなり、ボスはテーブルにひれ伏した。

予想外の展開に、思わず泉ちゃんと目を見合わせる。ボスにいきなり謝られても、その理由が思いつかない。

「うらやましかったんだよ……」

ボスは、うつむいたまま、声を絞りだすようにして言った。

「あんたたちが、あんまり正直に生きてるから、嫉妬してしまったんだ」

ありのままの気持ちを伝えようとしている必死さが、かすれた声から伝わってくる。

でも、一体何を告白しようとしているのかわからなかった。わたしたちは、黙って次の言葉を待つ。長い沈黙の後、ボスはようやく重たい口を開いた。

マチュピチュ村で生まれ育ったボスは、大阪に集団就職し、そこで関西出身の男性と結婚したそうだ。そして妊娠を機に、故郷に戻ってきた。

ただ、お互いに愛し合って結ばれた相手ではなかった。

「好きでもない人と、生活のためにやむなく所帯を持ったんだよ」

うつむきがちに、ボスが言う。

「それでも、子どもだけはぽんぽん生まれてね。亭主は仕事ばっかりで家にいないし、せっかく子どもたちを育ててもみんな家を出て行くし。ようやく少し余裕ができてふたりで旅行でもしたいと思ってたら、亭主が倒れて。結局、最後までわかり合えないままだった」

今まで、何も知らなかった。わたしはただ、怖いおじさんかおばさんだとばかり思っていた。

ボスは今、マチュピチュ村に残された大きな家で、猫一匹と共に静かに暮らしていた。

「あんたらがここに越してきた時、胸騒ぎがしてさ」

ボスは続けた。

「自分たちが、生きたいように生きている。好きな相手と、共に暮らしている。しかも、楽しそうに力を合わせて子どもまで育てている。もう一回、人生がやり直せるなら、そうしたいよ……」

草介が、熱心にボスの話に耳を傾けていた。ふだんは騒々しい宝までが、草介の膝の上でおとなしくしている。いつの間にか、ボスは草介の目をじっと見て話していた。

「ずーっと、自分に嘘をついて生きているような後ろめたい気持ちだったんだ。だけど、今さら人生をやり直すことなんて、できない。それが辛くて辛くて、憂さ晴らしに鍋を投げてたんだ。うらやましかったから」

話を聞くうちに、もしかしてと思ったけれど、やっぱりあの嫌がらせの犯人はボスだったのだ。

「だけどあんたら、さっぱりへこたれなかったでしょ。このふたりが、庭で楽しそうに鍋磨いてるの見たら、いじめを企んでるこっちの方が、情けなくなってしまってね」

そこまで言うと、ようやくボスが微笑んだ。それから、さりげなく涙を拭き取った。

一連の謎が解けて、驚きはしたものの、わたしの心の中は穏やかだった。

「わかります」

コーヒーカップに口をつけようとしたボスに、泉ちゃんは言った。

ボスがじっと、その言葉の続きを待っている。泉ちゃんを勇気づけたくて、わたしはテーブルの下で足を伸ばし、そっと彼女の爪先をさすった。泉ちゃんは続けた。

「自分に嘘をつくって、しんどいですよね。今から思うと、私もずっとそれの連続だったから……。だけどおチョコちゃんに会って、本来の自分に気づけたっていうか……」

そこまで言うと、泉ちゃんは言葉に詰まった。

「でも、わたしたちだって、辛かったですよ」

これだけは犯人に伝えたくて、わたしはあえて声を上げる。

「決して、楽しくて鍋を磨いていたわけじゃありません。楽しく歌わなくちゃ、やっていられなかったんです」

泉ちゃんの心の声も、代弁しているつもりだった。

「本当にすまなかった」

ボスが、もう一度深々と頭を下げる。

「でも、打ち明けてくれて、ありがとうございます。だからこれからは、タカシマ家と仲良くしてください」

勇気を振り絞って、わたしは言った。それが、わたしの心に残っている、ボスへの最後の気持ちだった。

この村に戻って以来ずっと農業に携わってきたというボスの指は、爪の間にまで土が詰まって、そこから小さな植物の芽が出てきそうだった。

と、その時、絶妙なタイミングで異様な音が響き渡った。それは、どこまでも長く伸びる汽笛のような音色だった。

思わず泉ちゃんの方を見ると、泉ちゃんは私じゃないと言わんばかりに、激しく首を振って否定する。となると、犯人は宝に違いない。

「臭い臭い、窓開けて換気しよう」

草介が、真っ先に席を立って窓を開ける。お昼に、ハンバーグを食べたからだろうか。宝のおならは、いつになく濃厚だった。窓を開け放つと、草原から、爽《さわ》やかな、心地のいい風が吹いてくる。マチュピチュ村にも、遅い春が来ていた。草原の一角に咲く菜の花と水仙の黄色が、まぶしく目に飛び込んできた。

「よかったら、今度うちにごはん食べに来てよ。お詫《わ》びの印に、精一杯作らせてもらうから」

ボスはそう言って一礼すると、タカシマ家を後にした。

以来、鍋が草原に投げ込まれることは、二度となかった。その代わり、タカシマ家とボスとの、新たな交流が始まったのだ。時には、山盛りの芋の煮っ転がしや、からりと揚がった山菜の天ぷらなんかを差し入れてくれた。わが家で一緒に食卓を囲むこともあれば、宝がひとりでボスの家へ泊まりに行くこともある。

ただの怖いおじさんかおばさんだと思っていたボスが、実は心根の優しい、淋《さび》しがり屋で料理上手なご近所さんだったとは。

宝が四歳から五歳になるまでの一年間は、平穏な日々だった。

嫌がらせもなくなり、宝も以前ほど手がかからなくなっていた。赤に対する執着も薄れ、最近では赤い色の入ったヘアピンやリボンだけで満足してくれる。一時期は還暦のお祝いみたいに全身真っ赤にしないと癇癪を起こして手がつけられなくなっていたから、その頃と較べるとだいぶ楽になった。

宝は絵本が大好きなので、わたしと泉ちゃんと草介は、毎晩交代で宝に絵本を読み聞かせた。とりわけ宝は、ペンギンのオス同士のコンビが卵を温めて雛《ひな》を育てるお話に興味を持ち、読み終わってもすぐにもう一回読んでと駄々をこねる。その物語はまた、わたしや泉ちゃんにとっても、特別に励まされる内容だった。そんなふうにして、少しずつ少しずつ、宝にはわたしたちの関係を自然な形で伝えていった。

泉ちゃんと出会ってからもすでに五年が経ち、お互いに、短所も長所も心得ていた。

ふたりでいることが、もはや当たり前だった。長年連れ添った夫婦を、空気のような存在と表現することがあるけれど、泉ちゃんはまさに、わたしにとっての空気そのものだ。目には見えないけれど、ないとすぐに死んでしまう。

駆け落ちの時は小学一年生だった草介も、来年には中学生だ。キャッチボールが上手で、宝はそんなニーニーが大の自慢らしい。いつもちょこまかと後ろを追いかけては、ちょっかいを出そうと企んでいる。

面白いことと言えば、全く血がつながっていない草介と宝が、完全に同じ格好で寝ていることだ。ふたりは二段ベッドの上下に寝ているのだが、なぜかその寝相が同じで笑ってしまう。左足はまっすぐ伸ばし、右足だけ曲げて、数字の「4」のような形で眠っているのだ。その姿を見るたびに、わたしはなんだか嬉しくなる。

宝が成長するにつれ、行動範囲も広がり、家族四人で外出する機会も大幅に増えた。思えば、マチュピチュ村に越してきたばかりの頃は、家にこもりがちだった。家族三人、巣の中に身を寄せて、温もりを分かち合う小鳥のようにして寒い冬をやり過ごした。それはそれで幸福な時間だったけれど、あのままあの暮らしを続けていたら、どこかで行き詰まっていたと思う。閉塞感だけが膨らんで、途中でいきなりパンクしていたかもしれない。

そこに、絶妙なタイミングで宝が登場した。最初はあまりにも自由奔放な生き方に面食らってしまったものの、宝がタカシマ家という密室に思いっきりパンチやキックで風穴を開け、風通しを良くしてくれたのは間違いない。宝は、タカシマ家の息吹そのものだった。

今では、そんな宝の存在にもだいぶ慣れ、家族四人が、それぞれの立ち位置でタカシマ家を支えている。宝は明るさで、草介は優しさで、泉ちゃんは強さで、しっかりと補い合っている。わたしはわたしで、毎日おいしいごはんを作ることで、家族のおなかをいっぱいに満たしている。

そんな若さで落ち着いちゃって、どうするの？　山奥で暮らすなんて、毎日つまんなくない？

もしかすると、幼稚園からずっと一緒だった友人たちは、わたしのことをそんなふうに言うかもしれない。でも、わたしはちっとも、退屈なんかしていなかった。負け惜しみでも何でもなく、心の底からマチュピチュ村での暮らしが気に入っているのだ。

窓から見える景色は、同じようでいて、一日のうちでも刻々と変化する。草原や森、夜空や風には秘密がいっぱい隠されていて、毎日が発見の連続だった。家にいるのが好きなわたしにとって、家事をしながら家族の帰りを待つことが、何よりも幸福なことだった。

きれいな星空の見える所で泉ちゃんと暮らしたいと思っていた夢が、気がつくとその通りに実現している。わたしにとってはそれだけで、もう人生の勝利者、成功者になった気分だった。

泉ちゃんの了承を得た上で、わたしは親しくなった人たちに、ひとりずつ、カミングアウトをはじめた。鍋事件が、わたしの背中を後押しした。やっぱりわたしはわたしらしく、正々堂々と正直に生きていきたい。不特定多数の人を相手に公表することには反対だった泉ちゃんも、個別に、しかも慎重にカミングアウトすることについては、ゴーサインを出してくれた。

「わたしね、実は泉ちゃんと愛し合ってるの」

どの人にも、最初は同じように切り出した。

自分の聞き違いかと思ってきょとんとする人、ハッとしてわたしを凝視する人、あ、そうとあっさり聞き流そうとする人、反応は様々だった。

同世代のママたちは、そうじゃないかと思ってた、とか、そういう生き方もあるよね、などと、わりと肯定的に受け入れてくれる人が多かった。けれど中には、打ち明けたとたんに関係がぎくしゃくし、結果として疎遠になってしまう人もいた。そうなるのも覚悟の上だったけれど、落ち込むこともあった。そんな時は何かが空気を伝わって届くのか、ボスがおいしいごはんを持ってきてくれたり、泉ちゃんが仕事の帰りにお土産のケーキを買ってきてくれたりする。

驚いたのは、草介の通う小学校の先生に報告しに行った時だ。今までは、授業参観にも保護者面談にも泉ちゃんがひとりで行っていたから、わたしが直接担任の先生に会うこと自体、初めてだった。わたしは、同じ家で暮らす遠い親戚ということになっていた。

折り入ってお話がありますと事前に伝え、放課後、泉ちゃんとふたり揃って緊張しながら応接室に向かう。一学年に一クラスしかない小さな学校で、担任の先生も、一年の時からずっと変わらない。子どもたちに人気がありそうな、優しい男の先生だった。

本当は泉ちゃんの口から報告する約束だったのに、なかなか切り出さないので、わたしが単刀直入に話した。よく知っている相手にカミングアウトするのとは訳が違い、多少は緊張したけれど、なんとか言葉につまらず説明することができる。ホッとしてため息をついた時、

「知っていましたよ」

そう先生がおっしゃったのだ。

あまりに驚いてふたりとも絶句していると、転校して早々、草介が自ら先生に話したという。担任の先生は、懐かしく思い出すような素振りで教えてくれた。

「草介君が、ひとりで、僕のところに来たんです。それで、うちにはお母さんがふたりいます。でも、先生がそれを知っていることを、お母さんたちには内緒にしておいてあ

げてください、って。彼なりに、大人に気を遣っていたんだと思いますよ」

最初は信じられなかったけれど、草介なら、そんなこともありうるかもしれない。草介は、いつだって先回りして、相手を傷つけないよう心をくばるのだ。

「最初は我々も前例がないしびっくりしてしまったんですけど、草介君が自然におふたりの話をしてくれたので、すんなりと受け入れられたんです」

「草介は、家庭環境のことで、いじめられたりしなかったんですか?」

それまで押し黙っていた泉ちゃんが、身を乗り出して質問すると、担任の先生は穏やかな笑みを浮かべて否定した。

「最初は僕もそれを心配したのですが、周囲の子は、あっという間に転校生の草介君を受け入れました。彼は、とても思いやりがあって、優しい子です。クラスにひとり、周りの児童に馴染めない子がいたんですが、その子とも仲良くしてくれるようになって」

自分たちのことで草介がいじめられたりしていないと知った泉ちゃんは、見るからに安堵した様子だった。ずっと気になって尋ねたかったことを、ようやく聞くことができたのだ。

草介は家に誰も友達を連れてこないので心配だったけど、毎日楽しそうに学校に通う姿を見て、きっと大丈夫だと互いに言い聞かせてきた。けれど、もしかするとそれも、草介に友達がいなかったわけではなく、彼らの反応にわたしたちが傷つくかもしれないと、あえて家に連れてこなかったのかもしれない。

ふたりで草介の学校に行って以来、泉ちゃんもカミングアウト問題を真剣に考えるようになった。事実に蓋をするだけが得策ではないと、草介が教えてくれたらしい。そして面談から一月後、泉ちゃんはガソリンスタンドの社長夫妻に、本当のことを自らの口で打ち明けた。

結婚式への招待状が届いたのは、宝が五歳の誕生日を迎える数日前のことだ。

わたし宛ての、真っ白い封筒が届いた。ドラム缶のお風呂の修理をしようと外に出ていた泉ちゃんが、ちょうど来た郵便配達員から直接受け取り持って来てくれたのだ。わたしが、台所でおやつのドーナツを揚げている時だった。

「おチョコちゃんにだって」

泉ちゃんから手渡された封筒を裏返すと、そこには従姉と知らない男性の名前が書かれていた。泉ちゃんにコーヒーを淹れてもらい、揚げたてのドーナツを味見しながら封を開ける。届いたのは、結婚式への招待状だった。

もしもわたしが受け取っていたら、人知れず、どこかに隠していたに違いない。けれど、泉ちゃんにばれてしまっている以上、届かなかったことにはできない。

「行っておいでよ。おチョコちゃんと、仲良しだった人でしょ。出席してあげなって」

従姉の桜子《さくらこ》のことは、折に触れて泉ちゃんにも話していた。一人っ子のわたしにとって、桜子は歳の近いお姉ちゃんのような存在で、毎年夏は、祖父母の所有する別荘で一緒に過ごしていたのだ。信頼のおける桜子には、自分がレズビアンであることも、今、泉ちゃんというパートナーがいてマチュピチュ村で一緒に暮らしていることも、包み隠さず伝えていた。

「嫌だよ」

わたしは、即答した。

「泉ちゃんと一日でも離れるなんて、淋しすぎるもの」

「でも、ふたりで出席するわけにはいかないんだから……」

泉ちゃんは、言葉を濁しつつも核心をつくことを口にした。

そう、確かにそうなのだ。桜子の結婚式にふたり並んで参加することは、限りなく不可能だ。当然そこには、わたしの両親も出席するのだから。

わたしを連れ出した泉ちゃんのことは一生許さない、何があっても絶対に島原家の敷居はまたがせない。これが、駆け落ち以来ずっと両親が貫いている姿勢だった。

「だったら泉ちゃん、一緒に行って、その式の間だけ、どこかで待っててよ。それでさ、その後、マチュピチュ村じゃできないことをするっていうのは、どう？」

我ながら、いいアイディアだと思った。想像しただけで、急に楽しくなってくる。

「たとえば？」

わたしはしばらく考えてから、提案した。

「人前で、堂々と手をつないで歩くの。そしてつないだら、もう絶対に離さないようにするの。ねぇ、そうしよう？」

よく考えれば、マチュピチュ村に住み始めてもう五年以上経つけれど、旅行など一度もしたことがないのだ。わたしは年に一度、お正月だけは宝を連れてしぶしぶだが実家に帰っている。けれど、泉ちゃんは一度たりとも、遠出をしていなかった。

「泉ちゃん、たまには、外の空気も吸わなくちゃ！　ねぇ、デートしようよ。せっかくだもん」

わたしの頭の中では、桜子の結婚式よりもむしろ、泉ちゃんと旅行することの方がメインイベントになっていた。

「でも、子どもたちはどうするの？　まだ、ふたりだけで留守番させるのは……」

と、そこまで泉ちゃんが言いかけた時だ。

「かーさん、行ってきてよ。宝の面倒は、僕が見るから大丈夫だって」

この春から中学生になった草介が、声変わりしそうな微妙な声で言う。

「大丈夫！」

宝も宝で、大好きなニーニーとふたりだけでお留守番をするという計画に心をときめかせているのか、力強く胸を張る。

「ね、子どもたちもそう言ってくれてるんだから！」

わたしは泉ちゃんの手を取ってうながした。こんなチャンス、めったにない。

「じゃあ、お休みがもらえるかどうか、一応社長に聞いてみるけど……」

とつぜん降って湧いたようなイベントに、わたしは今にも踊りだしてしまいそうだった。


たった一泊二日の旅行だというのに、泉ちゃんはわざわざ新しい服と靴を買い揃え、美容室に行って髪の毛もきれいにセットした。出発の日が近づくにつれ、わたしにまで泉ちゃんの緊張と興奮が伝わってくる。

結局、子どもたちはボスが預かってくれることになった。今までもたまに宝がお泊まりに行くことはあったけれど、こういう形で面倒を見てもらうのは初めてだ。草介が部活の練習に持って行くお弁当も、ボスが作って持たせてくれるという。ふたりで旅行に行くことを、誰よりもボスが喜んでいた。

「たまには大都会の空気を吸ってきな。土産話、楽しみにしてるから」

早朝、ボスに見送られ、マチュピチュ村を出発する。

電車を乗り継ぎ、最後は新幹線で東京に向かった。はじめ泉ちゃんは、車で行こうと提案したのだ。その方が安上がりだし、ふたりっきりになれるからと。けれど、今回はあえて、他の人たちもいる公共の乗り物で行くことにした。それが、わたしたちには必要に思えた。出会ってから六年、わたしは自分たちの関係をなるべく開いて、解放したかった。

わたしが桜子の結婚式に出ている間、泉ちゃんは、子どもたちへのお土産を探しにデパートへ行くという。夕方、駅前の喫茶店で落ち合う約束をし、わたしたちは一旦別れた。

とても素敵な式だった。白無垢《しろむく》姿の桜子は美しかったし、横に並ぶ旦那さんは常に桜子を気遣っていた。何の気兼ねもなく、みんなから祝福してもらえる新郎新婦が、心の底からうらやましかった。わたしたちもこんなふうに結婚式を挙げられたら、どんなに幸せだろう。

ただ、同じテーブルについた両親との関係は、最悪だった。形式上の里帰りの時はほとんど言葉を交わさないくせに、結婚式となると笑みを湛《たた》えて話しかけてくる。家族の不和を悟られるのを恐れてのことだとわかり、胸がムカムカした。やっぱり、こんな親を泉ちゃんに会わせるわけにはいかない。

桜子と旦那さんに挨拶し、足早に式場を出て慌てて待ち合わせの場所に向かうと、すでに泉ちゃんがコーヒーを飲みながら待っていた。全然おいしくないコーヒーなのにすごく高い、と文句を言っている。泉ちゃんのコーヒー代だけ払って、すぐに店を出る。

引き出物があったし、泉ちゃんも泉ちゃんでいろいろ買い物をしてきたようなので、ふたりの荷物をまとめて駅のコインロッカーに預けた。泉ちゃんが式について何も尋ねなかったので、わたしも一切報告はしなかった。それよりも、これからのことで頭がいっぱいだった。

「行くよ」

大通りの前に立ち、泉ちゃんに確認する。泉ちゃんは前を見据えたまま、しっかりと首を縦に振った。泉ちゃんの方に手を伸ばすと、一本ずつ交互に指をからめてくる。その力強さに、わたしは泉ちゃんの覚悟を感じた。いよいよ、念願のパレードが始まるのだ。

駅からまっすぐに延びる並木道を、わたしたちは手をつないで闊歩《かっぽ》した。派手な格好をした若者グループの間を抜ける時も、タバコを吹かす外国人の前を通る時も、横断歩道で赤信号を待つ間も、わたしたちは決して手を離さなかった。

まるで、手のひらと手のひらがくっついてしまったかのように、わたしたちはいつまでも、お互いの手を握りしめていた。わたしには、泉ちゃんの手が命綱に思えた。

本当に、長い間夢見ていたのだ。同性同士では、人前で手をつなぐことすらままならない。何のためらいもなく、人目を気にせず、堂々と手をつないで歩ける男女のカップルが、うらやましくてうらやましくて仕方がなかった。

けれど現実は、想像していたほど輝かしい時間ではなく、むしろ切ないものだった。わたしたちが手をつないで歩いている姿を見ると、みんなが、明らかに視線を逸らすのだ。一瞬ぎょっとして、数秒後には今のは見なかったことにしようとでも言うように、そっぽを向く。マチュピチュ村の住人みたいにあからさまにじろじろと見ないかわり、都会の人たちは平気で無視する。女同士で手をつないで歩くわたしたちは、ここにいるのに黙殺され、いないことにされてしまう。

わたしは今まで、自分たちが手をつないで歩けないのは、保守的なマチュピチュ村のせいだと決めつけていた。だから、都会にさえ行けば、それがすべて解消されて自由に歩けると高をくくっていた。でも、実際はそうじゃなかった。

「それがわかっただけでも、いいじゃない」

夜、ホテルのレストランで天ぷら定食を食べながら、泉ちゃんはさらりと言った。最初からこの結末を予測していたかのような口ぶりだった。

計画では、マチュピチュ村にいたら決して味わえない、おいしくてお洒落なレストランにでも行ってみるつもりだったのだ。けれど、並木道を往復してからコインロッカーに預けた荷物を取り出し、満員電車に揺られてようやくホテルまでたどり着いた時には ふたりとも疲れ切っていて、ベッドに体を預けたとたん、起き上がれなくなってしまっていた。もう、一階のレストランまで移動しただけでも、ヘトヘトだった。

「ごめんなさい」

テーブルの向こうでお新香を頬張る泉ちゃんに、心から謝った。ふたりのパレードを実行するために、泉ちゃんは仕事を休んだ上、交通費だの宿泊費だの、無駄な出費を強いられていた。自分の軽はずみなアイディアに巻き込んでしまって申し訳なかったと思ったら、じわじわと涙がにじんできた。

「こんなことで、泣かないの」

泉ちゃんが、自分の膝の上に置いてあったナプキンで、わたしの涙を拭こうと手を伸ばす。

「だってさぁ……」

こんなはずじゃなかったのにと思うと、後悔ばかりが湧き上がってくる。桜子の晴れ姿を見られたこと自体は良かったけれど、またしても両親の嫌な面を垣間見てしまうし、またまた泉ちゃんとの結婚願望に火がついてしまうし、差し引くと断然マイナスの方が大きかった。

手をつないで歩くという最大の目的が成功したのならまだしも、思いもよらない残念な結果になってしまったのだ。何よりも、自分の考えの未熟さが腹立たしかった。

「早く、帰りたいね」

あんなにこの旅行を楽しみにしていたのに、自分の口から、思ってもみない言葉が飛び出してびっくりする。こうして泉ちゃんと一緒に外にいる時でも、マチュピチュ村が恋しくて恋しくてならなかった。

夕食後、早めに部屋に戻ってティーバッグのお茶を飲み、シャワーを浴びてからベッドに横たわった。マチュピチュ村にいれば、洗濯だの掃除だのと、何かとやることがあって忙しいのに、都会のホテルではテレビを見るくらいしか時間の過ごし方が思いつかない。でも、どのチャンネルを回しても、くだらなく思えてしまう。マチュピチュ村のわが家にテレビはないから、わたしたちにはふたりでテレビを見る習慣が全くなかった。

「寝よっか」

まだ十時前だったけど、寝間着に着替えながらわたしは言った。

「そうだね」

泉ちゃんに続いて、わたしもベッドに潜り込む。ツインよりも安かったので、広々としたダブルベッドだ。

実は、久しぶりにしようと思って、泉ちゃんには内緒で、こっそり勝負下着を持ってきていた。宝もだいぶ手がかからなくなってきたから、もうそろそろそういう習慣を再開させたい。今夜がそのきっかけになればと思っていた。

でも、いざその場面になっても、なんとなく色っぽい気持ちにはならなかった。

わたしたちは、広いベッドの上で手をつなぎ、天井を見上げた。手をつなぐなら、何もわざわざ人前に出なくても、これで十分なのだ。今まで泉ちゃんの主張してきたことの意味が、なんとなくわかった。

しばらく無言で天井を見つめてから、わたしはおもむろに言った。

「草介たち、ちゃんとごはん食べたかな？」

「きっと、ボスが張り切ってご馳走を作ってくれたんじゃない？」

「さっき食べた高級天ぷらより、ボスが揚げてくれる天ぷらの方が、ずーっとおいしいね」

泉ちゃんが片手を伸ばして、照明を暗くする。それでも、外の明かりが漏れてきて、部屋はぼんやりと薄明かりに包まれていた。

「宝が、おりこうさんにしてくれているといいけど……」

「今度は、家族四人で旅行しようね」

最後に泉ちゃんの言った言葉が、まさにわたしたちふたりの心境を表していた。

久しぶりのデートだなんて喜んでいたのは家を出る時だけで、いつだってマチュピチュ村に残してきた子どもたちのことを考えてしまう。どこに行っても、今度は一緒に連れてきてあげようと思うばかりで、今日一日ずっと、本番の家族旅行のロケハンをしている気分だった。いつの間にか、わたしたちは「親」になり、それが当たり前で、自然になっていた。手をつないで話をするうち、気がつくと眠っていた。

翌日、予定より早い新幹線に乗り、マチュピチュ村に戻った。ふたりでボスの家まで迎えに行くと、宝が全速力で飛び出してくる。宝が抱きついた相手は、わたしではなくて泉ちゃんだった。わたしには、何よりもそれが嬉しかった。

結局、家がいちばんなのだ。マチュピチュ村に勝る楽園など、どこにも見つからない。そのことに気づけただけでも、やっぱり有意義な時間だった。授業料は、高くついてしまったけれど。


秋が深まり、畑で収穫したサツマイモを台所に運んでいる時だ。

電話が鳴ったので受話器を取ると、泉ちゃんがお世話になっているガソリンスタンドの社長の奥さんからだった。わたしも二、三回会ったことがある。泉ちゃんの知り合いの中では、カミングアウトをしている数少ない人物の一人だった。

わたしが、のんびりとお天気の話題を持ちかけると、千代子さん、それどころじゃないの、と遮り、奥さんが切羽詰まった声で話し始めた。

泉ちゃんが、ガソリンスタンドで倒れたのだという。床にうずくまっていたところを社長さんが見つけ、すぐに救急車を呼んでくれた。社長さんは同業者同士の会合があったため、かわりに奥さんが病院まで付き添ってくれたそうだ。泉ちゃんが運ばれたのは、わたしが宝を出産したのと同じ病院だった。今は、そこで点滴を受けているらしい。

わたしは、足がガクガクと震えてしまい、立っていられなかった。手も震えて、しっかり受話器を握っていないと、床に落っことしそうになる。

奥さんは、今すぐ命がどうのこうのっていう状態ではないと言ってくれた。でも入院をしなくちゃいけないみたいなのよ、と心配そうに付け足した。

電話を切り、泉ちゃんの保険証や現金、銀行のキャッシュカード、それに数日分の着替えを持ち、自転車に飛び乗った。宝が保育園に入る時、電動の自転車に買い替えていて正解だった。

無我夢中でペダルを漕《こ》ぐ。一秒でも早く、泉ちゃんに会いたかった。この目で生きている姿を確認しなければ、自分がどうにかなってしまいそうだった。

わたしは毎日、たとえ今日が泉ちゃんと過ごす人生最後の一日になっても、後悔しないような生き方をしたいと思っていた。でも、それはあくまでたとえの話で、実際に最後の日が来るのは、もっともっと先だろうと安心していたのだ。

今朝もまた、泉ちゃんはわたしが引きっぱなしにした椅子に、盛大に足の指をぶつけて文句を言っていた。でも、怖い顔で怒った泉ちゃんが最後の姿として永遠に刻まれるなんて、絶対に絶対に嫌だった。まだまだ、泉ちゃんと一緒にいたい。

病院の入り口のすぐ横に自転車を停め、駆け足で受付へと向かう。泉ちゃんの病室を確認すると、わたしは一目散に廊下を走った。階段を一段飛ばしにして三階まで駆け上がり、泉ちゃんの病室を探す。

見つけた瞬間、大声で叫びながら病室の中に飛び込んだ。それなのに本人は、呑気に女性週刊誌なんかめくっている。

「どうしたの?」

髪を振り乱して突入してきたわたしを見て、逆に目を丸くしてきょとんとする。

「だって、泉ちゃんが倒れたって……」

言うそばから、涙があふれた。最悪のことも、考えたのだ。そこへ、奥さんが花を持って現れた。

その、あまりにのんびりとした病室の空気に、緊張の糸が切れ、どっと疲れが押し寄せた。全速力で自転車を走らせたのだ。膝の力が抜け、体中から汗が噴き出している。涙をごまかしながら、奥さんにお礼を伝えた。もしも、泉ちゃんが車を運転中だったり、ひとりの時に倒れていたらと思うと、背筋が凍りそうだった。泉ちゃんはけろっとしているけれど、事の重大さをわかっていないだけなのだ。

「ただの過労だって。そんなに心配することでもないよ。生理中で、ちょっと貧血ぎみになってたんだと思う」

泉ちゃんは、なんでもないことのように言った。でも、全然ちょっとした問題などではなかったのだ。

数日間入院して精密検査を受けると、結果は想像以上に悲惨なものだった。今すぐ命にかかわるような重篤な状況ではないものの、血糖値とコレステロールの値がかなり高く、腎臓をはじめとする内臓全体が弱っているという。このまま放置するわけにはいかない。

ひとりで大丈夫と言う泉ちゃんを説き伏せ、わたしは身内として、先生からの説明を一緒に聞いた。こういう時、泉ちゃんだったらもじもじして、その場に居合わせるのを避けるくらい人目を気にするけれど、そんなことを言っている場合ではない。自分たちがどう思われようが、見られようが、今のわたしにはどうでもよかった。

先生の説明を聞きながら、わたしはあることを決めていた。それはもう、絶対に動かせない決意だった。

お見舞いを終えて家に戻ると、泉ちゃんがここにいない現実を目の当たりにし、泣けて泣けて仕方なかった。泉ちゃんが使っていたマグカップを見ると涙が込み上げ、歯ブラシやタオルに触れるだけで嗚咽《おえつ》するほど涙を流した。

だって、泉ちゃんが死んじゃったら、この淋しさが永遠に続くのだ。そのことをちょっとでも想像してしまうと、もう気持ちの収拾がつけられない。

草介と宝の前では、精一杯何でもないように振る舞っていたけれど、夜、布団に入ってひとりになると、隣に泉ちゃんがいないだけで、涙があふれて眠れなかった。わたしは、その数日間に一生分の涙を流した。

よく考えると、わたしたちは歳が十六も離れているのだ。だから、ふつうに考えたら、わたしよりも泉ちゃんの方が先に逝ってしまう。わたしは最初、恋愛に年齢なんて関係ないと思っていた。ふだんの暮らしで、歳の差を意識することもほとんどない。でも、歳が離れていればそれだけ、一緒に過ごせる時間が短くなる。

だから、泉ちゃんには一日でも長くわたしのそばにいて、長生きしてほしかった。

それが、わたしの人生の、新たな目標になった。

退院の日、ガソリンスタンドに置きっぱなしになっていた車を、社長が病院まで運転して持ってきてくれた。病み上がりなのに運転してもらうのは忍びなかったけど、わたしが免許を持っていない以上、ハンドルを握ることができるのは泉ちゃんしかいない。おチョコちゃんはおっちょこちょいで危ないからと、車の免許を取らせてくれないのだ。でも、こういうことが積もり積もって、倒れたのだろう。もう、泉ちゃんに頼ってばかりではいられない。

車がバイパスを走り出してから、断固たる決意でわたしは言った。

「泉ちゃん、仕事を辞めて」

もう何日も前から、自分の中では決めてあった。案の定、泉ちゃんはわたしの考えを鼻で笑う。

でもわたしは、家が病院だったからわかる。つい最近まで元気にしていた人が急に亡くなったり、まだ若いのに倒れて寝たきりになったり。病気は誰にでも起こりうることなのだ。

「食生活に関しては、わたしもすごく反省しているの。もっと、泉ちゃんの体のことを考えるべきだったって」

「じゃあ、そこを改善すれば、十分じゃない」

泉ちゃんが尚も呑気に言うものだから、わたしはつい、大きな声を出してしまう。

「泉ちゃんは、草介や宝の保護者だし、わたしのパートナーなんだよ。わたしは、一日でも長く、泉ちゃんと一緒にいたいの！」

愛しいはずの泉ちゃんへの感情が、一瞬にして苛立《いらだ》ちへとすり替わる。本当は今日、喧嘩なんてしたくなかったのに……。

一体どうやったら、泉ちゃんにこの気持ちがわかってもらえるのだろう。泉ちゃんに甘えっぱなしで、わたしは家で自分の好きなことばかりやっていた。その積み重ねによって、泉ちゃんが過労で倒れたのだ。あれは、もう止めてという、体からの悲鳴なのだ。しばらく、お互いに無言でやり過ごしていた時だ。

「でも、私が仕事辞めたら、その後どうやって生活していくの？」

泉ちゃんが、ハンドルを握ったままぽつりとつぶやいた。もちろん、その質問に対する答えはもうちゃんとわたしの中で準備してある。

「今度はね、わたしが働くの」

そう言うそばから、泉ちゃんが首を振って否定した。

「ちゃんと最後まで話を聞いてよ！」

こっちは、まじめに話しているのだ。もう一度気を取り直して、わたしは続けた。ずっと、考えていたことだった。

「うちで、ゲストハウスを始めようと思って。民宿みたいなものだよ。ほら、うちにはさ、使っていない部屋がまだあるでしょう？　そこにちょっと手を加えて、ゲストが泊まれるようにするの。泉ちゃん、覚えてない？　マチュピチュ村に越してきてすぐ、家の修理をしたじゃない。あの時、いつかそういうことがやれたらいいねー、ってふたりで話したんだよ」

実はあの時の会話を、わたしはずっと心の深い所で温めていたのだ。今がまさにその時に思えた。

「そうだっけ？」

泉ちゃんが、とぼけたような口調で言う。本当に記憶にないのか、態度が煮え切らない。

「でも、マチュピチュ村みたいな辺鄙《へんぴ》な所に、誰が来るの?」

頭ごなしに否定されるかと思ったら、泉ちゃんは案外ちゃんと聞いてくれている。ここぞとばかりに、わたしは言った。

「わたしたちの仲間だよ。もちろん、同性愛者専門ってわけじゃないし、そういう人たちに向けたラブホテルってことでもないよ。だけどわたしたちだって、一緒に旅行したくても、なんとなく気が引けちゃって出不精になったりしてたでしょ。世の中には、そういうカップルがいっぱいいると思うの。だから、人目を気にせず気軽に遊びに来られる場所があったら、素敵じゃないかと思って。これは、泉ちゃんが倒れたからとつぜん思いついたわけじゃなくて、わたしの中では、もうずーっと前から、思い描いていたことなの」

「だけどさぁ」

泉ちゃんは、なんだか面倒臭そうに唇を尖らせた。

「そこで私は、何をしたらいいの?」

態度とは裏腹に、前向きな質問が返ってきた。わたしは、嬉々として説明する。

「薪《まき》を割ったり、ガラスを磨いたり、ごはん運ぶのを手伝ったり、お客さんの相手をしたり、そういうことだよ」

「最後のは、できそうにないけど」

「だったら、お客さんの相手は、しなくてもいいよ。泉ちゃんが家にいれば、子どもたちと過ごす時間も増えるし、いいと思うの。あのさ、最初の頃、泉ちゃんと毎日家を直したりしたでしょ？　あの時間が、ものすごく好きだったの。だから、ゲストハウスは、そこにもっと人が増えるって感じだよ」

話すうちに、ぐんぐん気持ちが膨らんでくる。今すぐにでも、ゲストハウスを始めたい心境だった。

「貯金も少しは貯まったし、宝もだいぶ手がかからなくなったから、そろそろ本腰を入れて、新しい暮らしを始めようよ」

一気に喋ってから、運転している泉ちゃんの顔をおそるおそるのぞき込む。

「少し考えさせてくれる？」

いつもの調子で、泉ちゃんはさらりと言った。

事は、予想以上のとんとん拍子で動いた。

わたしの構想を打ち明けてから数日後、泉ちゃんはガソリンスタンドの社長と奥さんに、事情を説明したそうだ。そして、無事に辞めることで話がまとまった。後任の人が見つかるまでは仕事を続けるものの、泉ちゃんの体調を考慮して、仕事の量を減らしてくれるという。

泉ちゃんの送別会は、家でやることになった。送別会を自分の家でやるというのもおかしな話だけれど、泉ちゃん本人が、ぜひわが家で社長夫妻に感謝の気持ちを伝えたいと言い出したのだ。

夜、ガソリンスタンドを閉めてからの宴会なので、宝はもう休んでいる。草介も、挨拶だけして、自分の部屋に引っ込んだ。

ただでさえ来客の少ないタカシマ家に、泉ちゃん側のゲストが来るなんて、初めてだった。わたしは、泉ちゃんがお世話になった恩人ふたりを精一杯もてなしたかった。近い将来オープンするゲストハウスの、予行演習も兼ねていた。

エビフライ、肉じゃが、マカロニサラダ。

泉ちゃんの入院以来、野菜中心の低カロリー食が続いていたので、その反動が出たのかもしれない。社長夫妻に感謝の気持ちを伝えたいあまり、ボリューム満点のメニューになってしまう。でも、社長も奥さんも、喜んで食べてくれた。

「宿が完成したらさ、うちにも、案内のチラシを置いてあげるよ。外から来た人たちには、すごくいいよって宣伝してあげるから」

社長は、お酒を飲んですっかり上機嫌になっている。

「だったら一度、ご招待しますので、おふたりで泊まりに来てください」

お酒を勧めながら、泉ちゃんが社長に明るく話しかけた。人見知りで不器用な泉ちゃ

んが、家族以外の人とこんなふうに屈託なく話している姿が、新鮮だった。それでつい、

「泉ちゃん、仕事場ではどんな感じだったんですか？」

と、奥さんに尋ねた。わたしの知らない泉ちゃんを、もっともっと知りたかった。

するると、オレンジジュースを飲んでいた奥さんが、

「最初はねぇ」

意味ありげにしなを作って、社長を見る。ふたりは、熟年なのに少しも馴れ合ったところがなくて、まるで新婚さんのようだった。

「この人、ぶっきら棒だから」

頬を赤く染めた社長が、泉ちゃんのおでこを小突く真似をしながら茶化した。

「泉さんは、恥ずかしがり屋さんなのよねぇ」

今度は奥さんが、助け舟を出してくれる。

「でも、おふたりからいろいろ教わるうちに、仕事が楽しくなったんです」

泉ちゃんが、初々しい笑顔で答えた。

「淋しくなるよ」

酔っ払ったのか、社長がハンカチで涙を拭いている。その様子を愛おしげに見つめながら、

「お客さんに、泉さんが辞めちゃうんです、って伝えると、みなさん、とてもがっかり

なさるの」

奥さんもまた、しんみりとして言った。

「でも、あれだな」

社長は、お酒をグッと一気にあおりながら言う。

「こんなにかわいい人が家にいたら、外に働きに行く気になんか、なんないだろう。それに、子どもたちだっているんだし」

社長と奥さんの視線の先には、草介が宝を重たそうに抱っこしている数年前の写真が飾られている。

「安心したよ」

社長はそうつぶやくと、おもむろに体を倒し、奥さんの膝枕で少し眠った。ごめんなさいね、と小声で謝りながらも、奥さんは社長を起こさなかった。泉ちゃんがそっと立って、社長の体に毛布をかける。よくあることなのかもしれない。

そこには、わたしの知らない世界で生きる泉ちゃんがいた。泉ちゃんは泉ちゃんで、このタカシマ家以外にも、ちゃんと根を下ろし、美しい花を咲かせていたのだ。結局、送別会がお開きになったのは、深夜二時過ぎだった。

またねー、と笑顔で言って、奥さんは社長を支えるようにしながら車に向かう。

「いい夫婦だね」

寄りそうふたりの後ろ姿を見ていたら、そうせずにはいられなくなって、わたしはそっと泉ちゃんの手を取った。

「うん、あんなふうに歳を重ねながら生きていけたら、いいよね」

わたしも、同じことを考えていた。

「おふたりに、子どもはいないの？」

お互いに尊重し合って仲のいい両親だったら、さぞかし子どもは幸せだろうと思った。

「奥さん、すごく欲しかったんだけど、できなかったんだって。だから私を、娘みたいにかわいがってくれたのかもしれない」

夜空には、ちらほらと星が出ていた。泉ちゃんが倒れて病院に運ばれた時は、この先どうやって生きていこうかと暗い気持ちになってしまったけれど、今は将来に対する希望が、マチュピチュ村で見上げる星空みたいに、点々と強い光で輝いている。

これから、わたしたちには大変なことが山ほどあるのかもしれない。でも、泉ちゃんさえ隣にいてくれれば、どんなに高くて険しい山でも、乗り越えられる自信があった。きっと大丈夫だと、何の根拠もないのにそう思えた。

わたしたちは、約半年を費やして改装に挑んだ。まずは雪が降る前に、急ピッチで家の外の補修を行う。この家に住んで、六年が経つ。入居する時に突貫工事で直した所が、かなり怪しくなっていたので、この際、本格的に修繕することにした。

屋根はすべて新しくし、壁もペンキできれいに塗り直した。すっかり色あせてしまったレインボーフラッグも、新たに縫った。

六年前と違うことは、即戦力として草介も力仕事を手伝ってくれるようになったことだ。マチュピチュ村に越してきた時はまだ小さかったのに、今ではもう地元の中学校に通い、日々、野球部での練習に励んでいる。背もぐんと伸びて、泉ちゃんよりも大きくなり、もうすぐわたしも越されてしまう。すっかり声も変わり、あの頃とは見違えるように成長した。思春期にさしかかったのか、ますます口数が少なくなったけれど、心の優しさだけは、いつまで経っても変わらなかった。

草原の一角には、木と木の間にハンモックを吊るした。ゲストが気兼ねなくいつでものんびりできるよう、他にもブランコやベンチを設置した。カップルで使ってくれてもいいし、もしかすると、わたしたちと同じように子連れで来るゲストだっているかもしれない。

もちろん、異性愛者だって大歓迎だ。要するにここは、どんな人でも拒まずにありのままを受け入れる、開かれた場所。この空間を、ほんのひと時でも自分らしさを取り戻す、安らぎの場にしたかった。

コーヒーに始まり、朝、昼、晩、わたしたちはまた、毎回一緒に向かい合って食事をとるようになった。食事内容は、泉ちゃんの体に負担がかからないよう心がける。ガソリンスタンドで働いていた頃は、とにかくスタミナのつくものをなるべく速く食べるという食生活だったから、仕事を辞めたことで、食べ方もかなり改善されたみたいだ。

泉ちゃんは少しずつ体重を正常の範囲内に戻し、スリムになって若返った。血糖やコレステロールの値も、短期間のうちにかなり下がった。食事療法が、功を奏したらしい。

マチュピチュ村に雪が降り始めると、今度は家の中の作業に没頭した。工事としては、外よりも中の方が大がかりだった。ゲスト用の部屋は、全部で三つ。元宿直室の畳の部屋と、小さめの洋室が二間で、和室と洋室は、ふすまを開くと大広間としても使うことができる。ゲストは、最大十人まで収容可能だった。

和室の改装のため畳を剝がすと、囲炉裏が現れた。冬場は、そこに炭を入れると、かなり暖かくなるだろう。野菜やお餅を焼いたり、お湯をわかして日本酒を温めることもできる。

新たに、半露天の五右衛門風呂も作った。外にはドラム缶のお風呂があるけれど、それに抵抗を感じて入れない人のために、内風呂も用意したのだ。今まで家族のリビングとして使っていた土間は、インテリアを工夫して、そのままロビー兼食堂として使用する。

三畳ほどの小さな部屋は、誰もが出入りできる図書室にし、泉ちゃんが読み終わったマンガやわたしが取り寄せた雑誌のバックナンバー、草介が夢中になって読んだ野球の解説書、宝が繰り返し読んだ絵本などをすべて並べた。もちろんその中には、もうボロボロになってしまったけれど、オス同士のペンギンが仲良く子育てをする絵本もある。ちょっとした椅子とテーブルを用意し、そこにお湯の入ったポットと茶葉を置いておけば、各自が好きなようにお茶を飲みながら本のページを開いたり、物思いにふけったりすることができる空間になった。

何も特別なもてなしをするつもりはない。凝った料理を出す考えもなく、ふだんの夕カシマ家の暮らしにゲストが加わる、そんなふうにしようと思っていた。決して何かを押し付けるのではなく、そっと寄り添うような宿にしたかった。

宿の名前は、「ゲストハウス虹」に決めた。

「それが、ぴったりだと思う」

泉ちゃんも、すぐに賛成してくれた。

「冬は、鍋料理をメインにしようと思うの。鍋なら、うちにいっぱいあるでしょ」

わたしが言うと、近くで会話を聞いていた草介と宝が、両手を上げて満面の笑みを浮かべる。ふたりとも、鍋が大好きなのだ。わたしは、あの頃嫌がらせで大量にもらい受けた鍋を、なんとか再利用できないかと考えていた。穴が開いてしまっているものは、植木鉢として使うつもりだった。

こんなふうにして、家族が一致団結し、タカシマ家は第二のステージへ向けてまい進した。

「虹色憲法」ができたのも、この頃だ。

何度も何度も家族会議を開いて、タカシマ家の憲法を制定したのである。

自分には決して嘘をつかない。

一日に一回は、声を上げてげらげら笑う。

うれしいことはみんなで喜び、悲しいことはみんなで悲しむ。

絶対に、無理はしない。

辛かったら、堂々と白旗をあげる。

どれも当たり前のことだけど、すべて大切なことだ。

ゲストハウス虹が開業したのは、草介が中学二年生になってから一月ほどが経った、マチュピチュ村全体が新緑に包まれ、一年のうちでもっとも弾んだ気持ちになる季節だった。

たくさんの手続きと書類に、一時はどうなることかと思ったけれど、こうして無事オープンできて、喜びで胸がいっぱいだった。

記念すべき最初のゲストは、マチュピチュ村にある棚田の写真を撮るためにやって来たという、アマチュアカメラマンの男性だった。土地鑑がなく道に迷っていたところを、たまたま部活帰りの草介が通りかかり、その流れでわが家に連れてきたのだ。日帰りできると思っていたらしい。マチュピチュ村は、面積としてはかなり広いということを知らなかったようだ。

最初のゲストだと告げたら、恐縮して帰ろうとしたので、半ば無理やり引きとめた。もう、陽が暮れかかっている。遭難などしたら、それこそ一大事だ。山にはまだ雪が残っているし、最近まで熊の目撃情報が絶えなかった。

ドラム缶での入浴を済ませた男性と、家族全員で食卓を囲む。今夜のメインディッシュは、スパゲティナポリタンだ。それを、タカシマ家ではご飯のおかずとして食べる。他に、タラの芽の天ぷらとポテトサラダ、お味噌汁や沢庵などが、食卓にのぼっている。泉ちゃんには、一人分だけ野菜の煮しめを用意した。

最初は男性も、いくぶん緊張している様子だった。けれど、食事をするうちに少しずつ打ち解け、自分のことを話し始めた。奥さんに先立たれ、今は一人暮らしだと言う。趣味は、全国各地にある棚田の風景を写真に収めることだった。

翌朝、男性が立派なカメラでタカシマ家の家族写真を撮ってくれた。よく考えると、四人で一枚の写真に収まることは、めったになかった。めったにないどころか、もしかしたら一枚もないかもしれない。

男性は後日、開業記念だと言って、大きく引き伸ばした写真をわざわざ額装までして送ってくれた。

草介が木にペンキを塗って作った「ゲストハウス虹」という看板の横に、家族四人が整列している。一番左に草介、次に宝、その隣にわたし、一番右に立っているのが泉ちゃんだ。全員、手をつないでいる。悪ふざけをした宝が、完全な白目で写っているけど、これもきっと時間が経てば、家族のいい思い出になるだろう。

背後には家があり、その周りには草原が広がっている。柔らかい朝の光に包まれて、そこにはタカシマ家のすべてが写っていた。足りないものも、余計なものも、何もなかった。

やがて、マチュピチュ村は夏を迎えた。

草介は毎朝、川の水が冷たいうちに、近くの沢まで行って、新鮮な水を汲《く》んできてくれる。その貴重な水でお味噌汁を作り、ご飯を炊き、コーヒーやお茶を淹れるのだ。まだまだ軌道に乗るという段階ではないけれど、開業から季節が一巡りし、だんだんと、途切れずにお客さんが来てくれるようになっていた。始める前は、わたしたちのようなカップルがたくさん来るんじゃないかと予想していたけれど、実際には同性愛のお客さんは少なかった。

泉ちゃんがお世話になっていたガソリンスタンドの社長夫妻も、結婚記念日にふたりで泊まりに来てくれた。そして約束通り、いろんな人にゲストハウス虹を紹介してくれた。ガソリンスタンドの待合室に置いてあったチラシをたまたま目にして寄ってくれたお客さんが、二回、三回と繰り返し来てくれることもあり、少しずつ、顔なじみの常連さんも増えてきた。

気負わずにふだん通りの生活をオープンにしていたのが、逆に新鮮だったのだろうか。ありきたりのサービスをしないことがかえって評価されるなんて、おかしな現象だった。それに、こんな山奥の村に来てくれる人がいるだろうか、という当初の気がかりは、全く、これっぽっちも当たらなかった。何もないマチュピチュ村だからこそ、ありのままの自然を求め、遠方からでも人がやって来るのだ。車で来る人ばかりかと思っていたらそうでもなく、バイクや自転車ではるばる訪れる人もいるし、電車やバスを乗り継いでわざわざ遠くから来てくれる人もいる。

公共の交通機関を使って来てくれるお客さんに関しては、泉ちゃんが最寄りの駅やバス停まで車で迎えに行ってくれるようになった。帰りも、同じように送り届ける。人見知りの泉ちゃんが初対面の人を車に乗せるなんて、最初は心配していたのだけれど、なんとかうまくやっているみたいだ。

お客さんの送迎以外にも、細々とした部屋の補修や、ドラム缶のお風呂の管理、薪割りなどの仕事があって、ほとんど休む暇なく体を動かしている。もちろん、朝、お客さんにコーヒーを振る舞うのも、泉ちゃんの日課だ。やっぱり、わたしの贔屓目《ひいきめ》ではなかったらしい。泉ちゃんの淹れるコーヒーは、お客さんにもすこぶる好評を博している。

おかえりなさい。

いってらっしゃい。

わたしたちは、家族を迎えるのと同じ言葉でお客さんを出迎え、送り出した。共に食卓を囲んで同じ料理を口にすれば、それだけで家族だった。宝が花火をしたいと言えば、お客さんも誘って一緒に草原で花火をし、わたしたちが忙しい時に宝がかまってほしいと駄々をこねれば、お客さんが虫取りや川遊び、木登りをして、宝の相手をしてくれる。

草介も、部活が休みで家にいる時は、率先してお客さんにマチュピチュ村を案内し、彼らの話を熱心に聞いている。

自分たちの暮らしを、包み隠さずオープンにしているからだろうか。不思議なことに、ゲストハウス虹を始めてからというもの、わたしたちの関係を詮索したりうがった目で見たりする人はいなくなった。つまり人は隠すから、そこに何があるのか見たくなるのだ。きっと、誰もが素っ裸で歩いていたら、痴漢をしたり隠し撮りしたりする気持ちだって、失せるのではないかと思う。

その男性がやって来たのは、草原一帯が、ふっくらとした靄《もや》に包まれた朝だった。

宝は小学校に、草介は中学校に行き、前の晩に泊まったお客さんも送り出し、一息つこうと、泉ちゃんと土間でコーヒーを飲みながらラジオを聞いていた時だ。ふと顔を上げると、窓の向こうに人が立っていた。

でも最初は、目の錯覚かと思ったのだ。あまりにも、存在感がないというか、頼りなかった。上から消しゴムでこすったら、そのまま消えてしまいそうな人だった。

わたしと泉ちゃんは、お互いに目を合わせて首を傾《かし》げた。もしかすると、道に迷ってたまたまここを通りかかっただけかもしれない。

「今日は、薪割りが終わったら、ちょっと町まで買い物に行ってくるよ」

「そしたら、ついでに洗濯石けんも買ってきてくれると助かる」

「おチョコちゃんは、今日、どうするの？」

「わたしは、草介のセーター、途中になっているのを編んじゃおうかな」

そんな会話を交わしていた時だ。

ゲストハウスの入り口のドアがノックされた。泉ちゃんとふたり、思わずぎょっとしてのけぞってしまう。泉ちゃんがドアを開けたとたん、冷たい風が吹き込んだ。

見ると、さっきの男の人の手にはゲストハウス虹の案内が握られている。ガソリンスタンド以外にも、町のお花屋さんなどが、ご厚意で置いてくれるようになっていたから、きっとどこかで手に入れたのだろう。

「今晩、泊めていただけますか……」

泉ちゃんと並んで立つと、その細さがいっそう際立つ。頰がやつれて目の下にくまがあり、顔色もすぐれない。

「部屋、空いてる？」

泉ちゃんが、わたしに尋ねた。わたしは念のため、ノートを開いて確認した。今日は、天文マニアのグループから囲炉裏の間への予約が入っているだけで、残りの洋室は空いている。

「大丈夫だよ」

わたしが答えると、男性は安心したのか、足元に荷物を下ろした。ただ、まだチェックインの時間には早いし、部屋も準備ができていない。泉ちゃんがそのことを伝えると、チェックインの時間になったらまた来ると言う。ノートに、名前と連絡先を書いてもらった。スズキと片仮名で書かれたその文字は、あまりにも頼りなく心細そうだった。

「大丈夫かしら？」

ふたりきりになってから、わたしは言った。マチュピチュ村の人はそのことに関して口が重く、ふだんからなるべく話題にしないようにしているけれど、ここは、自殺の名所への通り道なのだ。

裏山をひたすら歩いて行くと、湖に面した断崖絶壁があって、そこから身を投げる人がいるらしい。近頃は、インターネットの普及で、そういう情報がどんどん外に漏れてしまう。つい先日も、興味本位で見に行った若者グループのひとりが誤って足を滑らせ転落するという、悲しい事故があったばかりだ。そのたびに地元の人たちは、暗い気持ちにさいなまれる。マチュピチュ村の、負の顔だった。ある時、ボスが声を潜めて教えてくれたのだ。

ただ、通り道とは言っても、その場所までは大人の足でも小一時間かかるし、かなり道が入り組んでいて、土地鑑がないとたどり着くことは困難だ。ネットに詳しい地図が出ているらしいのだが、実際に歩くと道とも言えないような獣道《けものみち》で、たいていは迷って元の所に戻ってしまう。

「おチョコちゃん、私、ちょっと、胸騒ぎがする」

泉ちゃんは、暗い顔をしてつぶやいた。

わたしは、テーブルの上で泉ちゃんの手をぎゅーっと握りしめた。気のせいかもしれないけれど、泉ちゃんの指は、なんとなく冷たくなっている。

「いつも通り、おかえりなさい、って迎えてあげようよ」

泉ちゃんを勇気づけるように、明るい声で答えた。

「そうだね」

泉ちゃんは、必死に何かをこらえているような表情で言った。わたし以上に、動揺しているらしかった。

今わたしたちにできることを、当たり前にやるしかない。それで、自分たちにできる精一杯のことをしたら、いってらっしゃーい、と、また笑顔で送ってあげよう。わたしたちがやれるのは、そこまでだ。

そのことを、お互いに確認し合った後、いつも通りに自分たちの仕事に取りかかった。わたしは部屋に掃除機をかけ、洗濯をし、リネンを交換して、ベッドを整えた。泉ちゃんも、予定通りに薪割りを終えたら、車で買い出しに行った。

こんな時は、なるべく平常心を保たなくちゃいけない。でもこれが、ゲストハウス虹、始まって以来の大事件であると、わたしたちは心のどこかでわかっていた。

「おチョコちゃん、話があるの」

わたしが晩ごはんの下ごしらえをしていた時だ。泉ちゃんが、ふらりと調理場にやって来た。

「面と向かうと話しづらいから、私にも何か手伝わせて」

泉ちゃんがそう言うので、わたしはすり鉢とすりこ木を持ってきて、そこに保温中のご飯を入れた。

「きりたんぽ作るの、お願いしていい？」

小さく頷いてから、泉ちゃんはご飯をつき始めた。わたしは、泉ちゃんに背中を向けて牛蒡《ごぼう》のささがきを作る。かなり気温が下がっているので、今夜はきりたんぽ鍋の予定だった。

「まだ、おチョコちゃんには言ってなかったことなんだけど」

ぺたぺたとご飯粒をつぶしながら、泉ちゃんは言った。

「私の母親ってさ」

泉ちゃんが言葉を続ける。わたしはびっくりして、思わず泉ちゃんの方を振り返りそうになった。

泉ちゃんの口から、家族の話を聞いたことは一度もなかった。わたしが尋ねようとしても微妙に避けるのがわかったので、ある時期から、無理に知りたいとは思わなくなっていた。お正月も、帰る家はないときっぱり言っていたし、きょうだいがいるという話を聞いたこともなく、家族とは、もうずっと音信不通のようだった。

そんな泉ちゃんが、自ら母親の話を始めたのだ。時おり手を休めながら、泉ちゃんの声にそっと耳を傾けた。

「……あのね、私が小学校を卒業する日に、亡くなってしまったの」

ひっそりと、泉ちゃんは言った。すりこ木を持つ手は、止まっていない。

「式に来てくれるはずだったんだけど、どうしてだか、来てなくて。卒業証書を見せたくて慌てて家に帰ったら……。見つけたのが私だったから、本当に辛かったな」

今すぐ振り向いて、泉ちゃんの背中をぎゅっと抱きしめたかった。けれど、泉ちゃんが必死で闘っているのが伝わってきたから、わたしもぐっとそのままで堪えた。何も、言葉が出なかった。

「父親には、絶対にお母さんのことを人に喋っちゃいけないって口止めされていたし、もしかしたら私がもっと優しくしていれば、お母さん、そんなふうになっていなかったんじゃないか、ってすごく悔やんだの。一時期は、全部自分のせいだって思って眠れなかった。それから、何か自分に不幸が訪れるたび、お母さんのせいだ、って逆恨みするようになって。中学、高校の時は、お母さんを憎んだり、自分を責めたり、生きた心地がしなかった。だから――」

そこまで言うと、泉ちゃんは口ごもった。

「うん」

ここにいるよ、という気持ちを込めて、わたしは答えた。

「だから、おチョコちゃんのことも、わかったんだよ。なんとかしたい、って思ったの」

わたしはもうこれ以上堪えきれなくなり、くるりと振り返って泉ちゃんの背中に抱きついた。言葉なんていらない。ただただ、泉ちゃんの震える背中を温めてあげたかった。

しばらく経ってから、泉ちゃんは言った。

「おチョコちゃん、涙を拭いてくれる?」

言われるまま、シャツの袖を伸ばして泉ちゃんの目じりに当てる。

「涙が入っちゃったら最悪だもんね。食べる人まで、悲しくなっちゃうもの」

「そうだね」

必死で涙をこらえる泉ちゃんの姿にわたしも胸がいっぱいだったけど、確かに今は泣いている時ではない。泉ちゃんが、どうして急にそんな話をしたのか、理由ははっきりしている。

「おいしいごはんを作って、おなかいっぱい食べてもらおうよ。それで、気持ちよくお風呂に入ってもらって、ぐっすりと朝まで寝てもらおう。そうしたら、気持ちも変わるかもしれない。私、今度こそ、お母さんにできなかったことを、しようと思うの」

泉ちゃんは力強くそう言うと、できた、と小声で言って、すり鉢を両手で持ち上げた。

いつだってお客さんとの出会いは、一期一会だ。

もしかしたら、あのまま彼が戻ってこない可能性だって、十分ありえたと思う。でも、神様はわたしたちに小さなチャンスを残してくれた。チェックインの時間から三十分ほど過ぎた頃、スズキさんはまたゲストハウス虹に現れた。

「おかえりなさい!」

わたしは、いつも通りに出迎えた。そのことで、緊張がほぐれたのかもしれない。あとは、ふだん通りに接することができた。

宝と草介も家に戻り、天文マニアチームの四名も全員揃い、スズキさんと泉ちゃんも席について、いつもと同じように夕飯が始まる。六時半で、外はもう真っ暗になっていた。

天文マニアチームの話だと、やっぱりマチュピチュ村の星空は、かなりレベルが高いらしい。わたしはすっかり見慣れてしまって有難味が薄れているけれど、「日本でいちばん星がきれいに見える里」というキャッチフレーズも、あながち誇張表現ではないそうだ。いつの間にか宝は、四人の中でいちばん顔が整っていると思われる若い男性のあぐらの中に、ちゃっかり腰を落ち着けている。

自分で作っておきながら言うのもなんだけれど、きりたんぽ鍋はしみじみと味わい深く、おいしかった。舞茸はボスが山に入って採ってきてくれた天然物だし、鶏も近所で飼われている地鶏をさばいてもらったものだ。ハツやレバー、砂肝などの内臓系を一緒に入れたから、より味に深みが出ている。セリもしゃきしゃきと歯ごたえがよく、何よりも、泉ちゃんが手伝ってくれたきりたんぽのご飯のつぶし加減が、絶妙だった。

スズキさんも、食は細いけれど少しずつ食べていた。あまりあからさまに視線を送らないよう気をつけながらも、泉ちゃんと交代で様子をうかがう。部活の後でおなかを空かせているのだろう、草介が何杯もおかわりしている。宝も、草介に負けまいと躍起になって口を動かしていた。

食後、デザートの柿を食べ終えると、天文マニアチームの四人はすぐに身支度を整え、望遠鏡をのぞきに行った。宝も星が見たいと言うので、彼らに森の奥へと連れて行ってもらう。

泉ちゃんは、食後に一杯だけ自家製の梅酒を飲むのが近頃の定番だった。テーブルには、まだ草介も残っている。すると、後片付けをしていたわたしの耳に、泉ちゃんの声が聞こえてきた。

「一緒に、飲みません？　おチョコちゃんの作った梅酒、おいしいの」

ひとりで飲むのが好きな泉ちゃんが、誰かを誘うなんてありえないことだった。泉ちゃんの切実な思いが伝わってきて、胸が苦しくなる。

「ごめんなさい。僕、飲めないんです」

何も悪いことなどしていないのに、スズキさんは申し訳なさそうに体をますます小さくして謝った。

パッと見た感じだと、歳の頃は三十代前半だろうか。ただ、もっと若いようにも、もっと年老いているようにも見えて、実際のところはわからない。

わたしは、お酒を飲めないと言った彼に、温かいアップルサイダーを作ることにした。林檎《りんご》ジュースに、スライスした林檎と柚子《ゆず》の皮、オールスパイスなどを入れ、弱火で気長に温める。草介もよく飲むので、たっぷり作った。寒い時にこれを飲むと、スパイスの効果か、身も心もほかほかと湯気が立ちそうなくらいに温かくなる。

「どうぞ」

出来立てのアップルサイダーを差し出し、草介と自分の所にも、同じようにコップを置いた。

息を吹きかけてから一口飲んだスズキさんが、顔をほころばせる。寒空の下でスミレがそよ風に揺れるような、そんな儚《はかな》い笑顔だった。

「おいしいです」

囁くように、彼は言った。

草介も、静かにアップルサイダーを飲んでいる。わたしも、コップに口をつけた。甘くて爽やかな林檎ジュースにスパイスが香って、口に入れた瞬間、ざわざわとしていた気持ちが穏やかになるのがわかった。

風の強い夜だった。耳を澄ましていたスズキさんが、ふと天井を見上げた。

「何の音ですか？」

わたしたちはもう耳慣れてしまったけれど、バサバサという激しい音に驚くお客さんも少なくない。

「レインボーフラッグが、風にあおられているのよ」

泉ちゃんが静かに答えた。

「レインボーフラッグ、ですか？」

スズキさんが、きょとんとした表情で泉ちゃんを見返す。

「虹色の旗、知りません？」

泉ちゃんの言葉に、スズキさんが首を傾げた。今度はわたしが、レインボーフラッグの意味を説明した。スズキさんは、興味深そうに何度も何度も頷いている。

「ここに越してきてすぐ、おチョコちゃんが縫ったんだよね」

「泉ちゃんに外せって言われて、喧嘩したこともあったけど」

「でも、結局そのままにしておいたんだよ」

「それで、ゲストハウス虹を始める時に、初代のレインボーフラッグが色あせちゃって何だかわかんなくなったから、もう一回、新しい布をつないで縫い直したのよ」

わたしたちは、思い出話に花を咲かせた。

「今となっては笑い話になっちゃったけど、いろいろあったよねー。鍋事件とかさ」

わたしが言うと、

「そうそう、大変なことも山ほどあったけど、おチョコちゃんと一緒だから、なんとか乗り越えられたのよ」

　泉ちゃんも、当時を思い出しながら言う。すると、草介がちらちらと意味ありげな視線を送って寄越したのだ。

　ふと見ると、スズキさんが涙を流していた。わたしたちの他愛ない思い出話が、彼の心のどこかを刺激してしまったのかもしれない。わたしたちは、とっさにどうしていいのかわからなくなり、言葉を失った。

「ごめんなさい」

　口元を押さえながら、スズキさんは声を震わせた。

「ゲストハウス虹って、そういう意味だったんですね」

　スズキさんは一瞬、泣き笑いの表情になったが、その後、本格的に泣き出した。涙は後から後からこぼれ出て、やつれた彼の頬を静かに濡らす。

「うちは、レズビアンマザーの家庭なんです」

　ずっと黙っていた草介が、口を開いた。

「だから、母親がふたりいるんです」

　わたしたちの関係を堂々と説明する草介の姿に、思わず感動しそうになった。でも、そんな場面でないのはわかっていた。

　こらえてもこらえても、スズキさんの口元から嗚咽がもれる。泉ちゃんが手を伸ばして、彼の背中をさすっていた。男の人がこんなふうに泣く姿を、わたしは初めて見たかもしれない。草介がティッシュの箱を持ってきて、数枚抜き取りスズキさんに手渡す。彼は、ティッシュに顔を埋《うず》めるようにして泣き続けた。

ずっとこらえていたのだろう。万年雪のように凍って固まっていた心の澱のようなものが、今、溶けだしたのかもしれない。

わたしたちは、ただ黙って、スズキさんの中にある悲しみの嵐が過ぎるのを静かに待った。しばらくしてから、彼が言った。

「僕、子どもができないんです」

泣きじゃくりながらの告白だった。辛いなら言わなくてもいいんだよ、そう言ってあげたかった。でも、誰かに聞いてもらうことで、心が軽くなることもある。

草介が、すーっと席を立って部屋を離れた。いつもはお客さんの話に耳を傾ける役の草介だけど、今回に限っては自分がここにいない方がいいと察したのかもしれない。草介が部屋を出てから、スズキさんは再び話し始めた。

「早く子どもが欲しいから努力してたんですけど、何年経ってもなかなかできなくて。念のため病院で検査をしてもらったら、ほとんど精子がいないって言われました。妻は子どもを強く望んでいるのに、その夢を叶えてあげられないのが情けなくて。彼女は年齢的にもぎりぎりだから、もしかしたら僕と別れて別の人と再婚してもらった方が、妻にとって幸せなんじゃないか、って。でも、そのことをずっと言い出せなくて、黙って家を出てきてしまったんです」

すすり泣く声だけが、しんみりと土間に響いた。わたしたちみんなが力を合わせて円陣を組んでも、その悲しみを持ち上げて支え、どこかほかの場所に移動させることは難しかった。少なくとも、わたしにはそう思えた。

でも、泉ちゃんは違ったのかもしれない。泉ちゃんは、目の前のスズキさんに何かを伝えようと必死だった。

「私たちも、大変だったのよ。昔はおチョコちゃんとしょっちゅう喧嘩してたの。息子もまだ小さかったし、私にも見えていないことがたくさんあった。でも、こう言っちゃ身も蓋もないけど、時間がね、解決してくれたの。毎日、同じ景色を見て笑ったり泣いたり、同じ物を食べるうちに、だんだんお互いに距離が近づいて、相手のことが理解できるようになったの。でも、全然慰めにならないよね……」

泉ちゃんが、唇を嚙みしめている。悔しいのだ。結局は何の力にもなれない自分自身を、いちばん不甲斐なく思っている。でも、泉ちゃんが伝えたかった何かは、確かに伝わったのかもしれない。顔を上げると、スズキさんはつぶやくように言った。

「さっき、みんなでごはんを食べていて、家族っていいな、って、僕、すごく思ったんです。自分をこんなふうに黙って受け入れてくれて、本当に感謝しているんです」

彼の声には、ほんのりと陽がさしている。そのことに勇気づけられて、わたしはきっぱりと言った。

「奥さんと、作ればいいじゃない。あなたたちだけの色の家族を、時間をかけて創造すればいいでしょう。血のつながりだけがすべてではないんだから」

わたしたちだって、時間をかけて家族になったのだ。やがてスズキさんは、心の中にあった何かに気がついたような表情で、二度三度と頷いた。

その時、勢いよくドアが開いて、宝が転げるように帰ってきた。

「おなかすいたー」

あれだけきりたんぽ鍋を食べたのに、もう空腹とは驚異的な食欲だ。

宝の登場により、その場の空気ががらりと変わった。テーブルに広げてあった灰色の布が、一瞬にして赤にすり替わっている。宝は間違いなく、無敵のマジシャンだ。

「もう休みます。実は昨日、一睡もできなかったんです」

泣き疲れてしまったのだろうか。スズキさんが、眠たそうな表情を浮かべている。一晩中この辺りをさまよっていたのかもしれない。だとしたら、間に合って本当に良かった。

「おやすみなさい」

スズキさんが、まっさらな布団でぐっすりと眠ることができますようにという祈りを込めて、わたしは言った。

　他人から見たら、なんだそんなことと感じるような問題かもしれない。でも、それは他人が口を挟むべき領域ではない。第三者からはどんなに大したことがないように見えても、本人が死にたいと思ったら、それはその人にとってそれだけ重い問題だということだもの。わたしも経験者だから、その気持ちは理解しているつもりだった。

　翌朝も、みんなで一緒に朝ごはんを食べる。朝食は、いつもと同じように炊きたての玄米と、煮干しで出汁《だし》を取ったお味噌汁、それにボスに作り方を習った特製がんもどきだった。量としてはかなり多かったけど、スズキさんはご飯粒ひとつ残さず平らげた。

　帰り際、スズキさんは入り口にかかげられた「虹色憲法」を指さして言った。

「これ、最高っすね」

　その顔が、笑っている。心地のよいそよ風に吹かれているような、爽やかな表情だった。

「家族みんなで考えたの。どれも当たり前のことだけど。でも、大事なんだよ。当たり前のことを、当たり前にする、ってことの積み重ねが」

　わたしたちが話していると、泉ちゃんもやって来た。

「私たちだって、こうして生きていられるんだから、絶対に大丈夫よ！　ここは、世の中のはじっこだけど、私にとっては特等席だもの」

いつになく、ほがらかな声だった。

「とにかく、家に帰って正直に妻に話してみます。おふたりを見ていたら、なんだか急に会いたくなっちゃって。ありがとうございました」

まるで昨日とは別人のように、スズキさんの表情が明るくなっている。

「いってらっしゃーい！」

「また来てねー」

わたしたちは彼を車で駅まで送ると、その背中が見えなくなるまで、いつまでも手を振り続けた。

百人のお客さんに、百パーセント同じように満足してもらうのは難しいと思う。もちろん中には、こんな所に二度と来るもんかと暴言を吐いて帰る人もいる。どんな世界もそうだろうけど、百戦百勝なんてありえない。

だけど、心を尽くせば、こんなふうに誰かの心をちょっとは変えることができるのだ。きっと、人生はそんなに甘くはないから、彼がまた死にたいほどの苦しみを味わう時が来るかもしれないけれど。

その後も、悩みを抱えた人々は、ふらりとゲストハウス虹に現れた。なぜだか、ここにはそんな磁力のようなものがあるのかもしれない。

わたしたちはそのたびに、精一杯、自分たちにできることをやった。

喉が渇いていれば冷たい水を、おなかが空いていればおいしいご飯とお味噌汁を、体が冷えていれば温かいお風呂と気持ちのいいタオルを用意する。そして、相手の話にじっと耳を傾ける。わたしたちにできるのは、それだけだった。

どんなお客さんも、笑いや涙、苦しみや喜びを抱えてやって来るのだ。

一緒に来るはずだった彼とお別れし、ひとりで来た失恋直後の男の子と明け方までヤケ酒を飲んだり、十代の若いカップルが、ここで子宝を授かったと報告に来てくれたり、トランスジェンダーのカップルが一週間続けて泊まったり、ゲストハウス虹には、日々いろいろな人が足を運んだ。

自分たちがレズビアンであることが何でもなく思えるほど、人はそれぞれみんな違って、虹のように色とりどりだった。しかも虹の色は六色でも七色でもなく、グラデーションとなって無数に存在する。

思わぬ収穫と言えば、ゲストハウス虹ができたことで、結果的にわたしの夢が実現したことだ。

夕方になると、子どもたちがどこからともなく草原に遊びに来るようになっていた。きっかけは、宝が同級生を家に連れてきたことだった。そのうちにどんどん、宝と関係のない子どもたちまでが集まるようになり、夕方になると、ゲストハウス虹のお客さんがびっくりしてしまうくらい賑やかになる。

よく考えると、田舎とは言え、子どもたちが自由に遊べる場所は限られていた。都会のような児童公園もあまりなく、大きな公園はあっても、そこへは車を使わないと行けない。田舎の子どもは自然に親しんでいるように見えるけれど、むしろ逆で、家に帰ってテレビを見たりゲームをしたりして過ごす方が圧倒的に多いらしかった。

その点、ゲストハウス虹の草原は適度に大人の目も届くし、ブランコやハンモックなどの遊び道具も充実している。木登りだってし放題だ。落ち葉のじゅうたんに寝っ転がるのも、プロレスごっこも、大声を出すのも、ここなら思いっきり楽しめた。

子どもたちのそんな様子を見るたびに、わたしは草介と公園でお見合いした日のことを思い出さずにはいられなかった。あの時、子犬のようにちょこまかとわたしの後を追いかけてきた草介。そんな彼が、今は子どもたちの相手をしてくれるまでに成長したのだ。つわものの宝に鍛えられているせいで、よその子の相手など、草介にとってはお手の物だった。草介の周りには、いつも、子どもたちによるかわいい人垣ができている。

週末には、子どもたちを相手に青空レストランを開いたり、夜、星を見ながら詩の朗読会を開催したり、ボスを講師に招いて料理教室をやったり、いつの間にかゲストハウス虹が、マチュピチュ村に住む子どもたちの憩いの場にもなっていた。

わたしは、夕方が夜にすり替わるまでの、ほんの短い黄昏《たそがれ》タイムを、草原のベンチに腰掛け味わっていた。一日のうちで、もっとも心が穏やかになる時間帯だった。周囲の木々の葉は、赤や黄色に色づき、輝いている。

するとそこに泉ちゃんがふらりとやって来て、隣に座るなりぽつりと言った。

「やってみればいいのに」

いきなりだったので、何のことを言っているのかわからなかった。泉ちゃんに向かって首を傾げると、

「だからさぁ、保育園だよ、保育園」

泉ちゃんは、そんなこともわからないのかと、ちょっと呆《あき》れるような素振りで言った。

「おチョコちゃんの夢、保母さんになることだったんでしょう」

確かに、そうだった。でも、目の前にいろいろなことが現れて、あれもこれもやってみたくて、正直、そのことを忘れかけていた。泉ちゃんが、ずっと覚えていてくれたことの方が驚きだった。

「だけど、今だってほら、もう保育園のようなものだよ」

わたしは、歓声を上げて走り回る子どもたちの姿を見つめながら答えた。

「だけど、それをちゃんと形にしたらいいと思うの。今なら、できるよ。私も協力するし、草介だって、保育士の仕事が向いているんじゃないかと思うもの」

宝が、どこからか猫を連れてきて、地面の上でじゃれ合っている。

「でも、そんなの、本人に確認しなきゃ、わからないじゃない。草ちゃんだって、やりたいことがあるかもしれないでしょう？」

わたしは、少しムキになって言い返した。どんなことでも、親が勝手に子どもの進路を決めるのには、断固として反対なのだ。自分の親がそうだったから、それで自分が嫌な思いを重ねたから、自分の子どもには絶対に同じことをしたくないと思っていた。

「まぁね。でも、草介が保育士の資格を取って、おチョコちゃんが園長先生になれば、ふたりで保育園を開けるんでしょう？」

「それはそうだけど」

自分が園長先生だなんて、想像するだけで背中がこそばゆくなってくる。

「ここで難しかったら、どこかに土地を見つけてもいいんだし」

泉ちゃんは、かなり具体的に考えているようだった。

「なんかさ、おチョコちゃんには、最初の気持ちを貫いてほしいの。今が、いいチャンスだと思うのよ」

けれど、そんなふうに熱く語ってくれる泉ちゃんの横顔を見るうち、ふと疑問がわいた。

「だったら泉ちゃんは？　夢はないの？」

考えてみると、わたしは自分のやりたいことばかり大声で語って、泉ちゃんにとっての夢が何かを、きちんと聞いていなかった気がする。

「うーん、何だろう」

泉ちゃんは、首をひねった。

「遠い先の未来のことなんて、考えたことないからなぁ」

ひとり言のようにそうつぶやくと、だんだん曇った表情になる。わたしは、目の前で子どもたちがはしゃぎ回る姿を見ながら、泉ちゃんの心の中から言葉が浮かび上がるのをじっと待つ。

暮れはじめた空に、堂々と一番星が瞬いている。冷たい風が通り過ぎるのを待つようにして、泉ちゃんは静かに言った。

「明日も、おチョコちゃんの隣で目を覚ますこと、かなぁ。家族みんなでごはんを食べて、お風呂に入って、あー、今日も一日楽しかったね、って笑い合いながら、布団に入って眠ること。

そういう穏やかな日々が、いつまでも続くこと。だから、私の夢は、もう実現しちゃっているの」

好きな人と共に歳を重ねること、家族が平和に暮らすこと。

ありきたりだけれど、それ以上の贅沢があるだろうか。

わたしたちがお互いに幸せなおばあさんになれたら、そしてその姿を誰かに見てもらえたら、きっと、ささやかな希望にはなれるのかもしれない。

はじっこでもちゃんと根を張って生きていけることを、わたしは自分のこの体で証明したかった。泉ちゃんの夢を、一日でも長く更新させたかった。

第三章　ハネムーンと夜の虹

七歳の誕生日のことは、今でもたまに思い出す。

部屋中に散らかった荷物を無理やりクローゼットに押し込んで、友人たちを招いた。母さんは、僕の好物である竜田揚げとちらし寿司を大量に買ってきてくれた。最初はがんばってご馳走を手作りすると言っていたのだが、僕が断ったのだ。母さんは、料理が得意ではない。

それでも母さんは、その日の朝、市販のスポンジケーキに生クリームを泡立てパイナップルを飾り、バースデーケーキを作っていた。僕には内緒にしているつもりだったらしい。明け方に母さんが眉間に皺を寄せてケーキと格闘しているのを見て、そんなことしてくれなくてもいいのにと、可哀想になった。だから、母さんが不格好なデコレーションケーキを持って登場したとたん、僕も友人たちと一緒に大袈裟に驚いて、母さんをめいっぱい喜ばせた。

それから母さんは、おもむろに僕へのプレゼントを持ってきた。一緒に買いに行ったのだから、当然、袋の中身を知っている。プレゼントなんだから、サプライズじゃなくちゃ意味がないのに……。

あの頃の母さんは、家事以外にも僕のぜんそくの看病など、いろいろなことに疲れていて、そんなことにまで気が回らなかったのだ。今だったらあれが、一種の育児ノイローゼだったと理解できる。でも、当時の僕はそんな母さんを見て混乱した。母さんは時々、もぬけの殻のようになって、いくら僕が話しかけても振り向こうとしなかった。一緒に暮らしていたはずの父さんは、いつのまにか家に帰らなくなっていた。

だから僕は、いつも心の中で叫んでいた。

いいのに、いいのに、いいのに、いいのに。

がんばらなくていい、無理しなくていい、掃除も食器洗いもしなくていい。ただ母さんはそこにいて、時々笑っていてくれるだけでいいのに。僕だっていくらでも手伝うのに。

だけど、誕生日を迎えて七歳になっても、やっぱりそれを上手に伝えることができなかった。

僕はもったいぶってリボンをほどき、丁寧に袋を開けた。プレゼント用にラッピングすると余計にお金がかかってしまうのに、母さんは少し躊躇ってから、お願いします、と小声で言って包装を頼んだのだ。

友人たちの手前、そして少しでも母さんを喜ばせたくて、中身を取り出した僕は、目をみはって驚いてみせた。友人たちから、羨望《せんぼう》の声が上がる。それは、スーパーカーのプラモデルだった。

その後僕は、夏休みを利用して、サマーキャンプに行った。

いったい、僕がいない間、どんな魔法が使われたというのだろう。空港まで迎えに来てくれた母さんは、見違えるように変わっていた。実際、別の人だと思って母さんの前を素通りしてしまい、後ろから呼び止められたほどだ。まじまじと母さんを見ていたら、母さんが笑った。久しぶりに見る、母さんの朗らかな笑顔だった。新しい何かが始まっていた。

魔法の正体が明らかになったのは、数日後のことだった。一緒にお風呂に入っていたら、母さんがいきなり言ったのだ。好きな人ができたと。しかも、相手は女の人だと。僕は、その時すでに、父さんには母さん以外に好きな人がいるということを感じとっていた。だから、これで父さんと母さんはおあいこになったのだと思った。だって、母さんにも父さん以外に好きな人ができたのだから。

確か、その後すぐに僕は千代子さんとどこかで会ったはずだ。けれど、そのことはあまり記憶にない。思い出せるのは、母さんと千代子さんと一緒に、あの街を出た日。後にふたりが、「駆け落ち」と呼ぶようになった記念すべき日の出来事だ。

その日、僕は母さんに連れられ、商店街にある喫茶店に行った。母さんは家を出る時から、ずっと無口だった。僕は、早足の母さんを精一杯追いかけた。母さんは一旦足を止めると、思いきったように喫茶店のドアを開けたのだった。

奥の席に座り、すぐに飲み物を注文した。僕がお願いしたのは、クリームソーダだ。母さんと喫茶店に入るのも初めてなら、クリームソーダを注文するのも初めてだった。

「カカね、千代子さんと一緒になって、もう一回、人生をやり直してみようって思っているの。ソースケも一緒に来てくれるかな?」

メニューの書かれた紙を閉じながら、母さんは言った。深い意味はわからなくても、母さんの真剣さだけはまっすぐに伝わって、僕は迷わず「うん」と頷いた。

クリームソーダを飲んでいると、千代子さんが現れた。僕もまた、母さん同様、千代子さんの魔法にかかっていた。わざと音を立ててクリームソーダを飲みながら、大人の会話に聞き耳を立てる。ふたりは大きな地図を広げ、行き先を確認しているようだった。

ただ、クリームソーダは、濃い緑色をしているせいで、手洗い用の液体石けんを飲んでいるようにしか感じなかった。あれ以来、僕は一度もクリームソーダを口にしていない。

これから遠くに行くのだと、母さんが僕に説明した時だ。いきなり千代子さんがこちらに手を伸ばし、握手を求めてくる。

「草ちゃん、これからどうぞよろしくお願いします！」

僕も手を差し出すと、千代子さんは力強く握りしめた。どう返事をしたらいいかわからなかったので、ぺこりと頭を下げる。千代子さんは、なかなかその手を離さなかった。

母さんが一番先に立ち上がり、僕、千代子さんの順で席を立つ。母さんに続いて商店街を歩いて行くと、近くの駐車場に、一台の車がとまっていた。見慣れないモスグリーンの、小型バスみたいな丸みのある車だった。

母さんが運転席に座り、僕はその斜め後ろの後部座席に座った。助手席には、荷物がふたつ置いてある。母さんと千代子さんのものらしかった。僕の隣に、千代子さんも乗り込む。やがて車はエンジンをふかすと、駐車場を出て、家の近くに戻ってきた。運転席から振り向いた母さんが、いつになく真剣な顔で言う。

「ソースケ、大事なものがあったら、家に戻って取っておいで。カカたちは、そこに車を停めて待っているから。ソースケのものは、全部まとめて段ボールに入れてあるでしょ」

母さんは、おもむろにズボンのポケットから家の鍵を取り出し、僕に手渡した。

「はい、これでドアを開けて。それで家を出る時に鍵をかけたら、新聞受けからこの鍵を中に入れておいてくれるかな。あとは全部、オトーがやってくれることになっているから」

僕はすぐに車のドアを開け、外に出た。ぐずぐずしていたら、置いていかれるかもしれないと焦ったのだ。もちろん僕は、母さんと同じくらい父さんのことも好きだった。もう二度と、父さんとは会えないのかもしれない。想像すると、走りながらも涙がこぼれた。

大事なものを持って来るようにと、母さんは言った。僕にとって大事なものとは、何だろう。必死に考えながら家に戻り、段ボールの中をあさった。ついさっきまで僕の家だった場所なのに、なんだか妙によそよそしかった。僕は、底の方に沈んでいたグローブを引っ張りだし、それをランドセルの中に入れた。

小学校に入学する時、両親がお祝いにとプレゼントしてくれたグローブだった。あの時は本当に中身を知らなかったから、正真正銘のサプライズプレゼントだった。その時にセットでもらった、軟式ボールも引っ張りだす。ボールの表面には、父さんの字で、「そうすけくん、しょうがっこうにゅうがく、おめでとう」と書いてある。

ランドセルには、まだ少し空間が残っている。でも、他に何を入れたらいいのかわからなかった。怪獣のおもちゃもカードゲームも、誕生日にもらったばかりのスーパーカーのプラモデルさえ、「大事なもの」とは思えなかった。

母さんは多分、あの時僕がグローブを選んだことを知らないはずだ。幼心に、これは母さんには秘密にしておかなければならないことだと、心得ていた。だから、新しい家に越してからも、グローブは目立たないところに隠していた。

僕の父さんは昔、野球の選手だったという。高校生の時、夏の甲子園大会にも出場したことがあるほどの実力だった。僕も何度か、父さんが宝物にしている「甲子園の土」とやらを見せてもらったことがある。触るとふかふかして、まるで自分自身が甲子園のマウンドに立って、歓声を浴びているような気持ちになったものだ。

社会人野球をやめてからは、地元でリトルリーグの監督をつとめていた。僕は、そのリトルリーグに入るのが夢だった。でもきっと、それも叶わなくなるかもしれない。だからせめて、グローブだけは一緒に連れて行きたかったのだ。これさえあれば、父さんとつながっていられるような気がした。まるでグローブが、父さんの手のひらのように思えた。

新聞受けに鍵を滑らせた瞬間、想像以上に大きな音が響いた。いくら僕の手がまだ細いとは言え、向こう側に落ちてしまった鍵を拾い上げることは、もうできない。

外に出ると、夏の光がまぶしかった。僕は猛ダッシュして、母さんと千代子さんの待つ車に戻った。もう、涙は乾いていた。もしも僕の人生を、紀元前と紀元後に分けるなら、間違いなくこの日が境目だったと思う。

僕がはっきりと覚えているのは、そこまでだ。

その後、宝が誕生し、僕たちは四人家族になった。気がつくと、それが当たり前になっていた。やがて、母さんと千代子さんは「ゲストハウス虹」を開業した。そのうち、父さんの顔も声も匂いも、思い出せなくなっていた。

たぶん、僕があの日のことを鮮明に覚えているのは、グローブのせいだ。母さんや千代子さんのいない時、僕はそっとグローブを取り出し、手にはめた。壁や空を相手に、一人でキャッチボールに没頭した。

小学校に入る時はぶかぶかだったグローブが、小三くらいになると、手にしっかりと馴染むようになっていた。父さんが監督をつとめるリトルリーグに入れるのは、小学校三年生からだったから、両親はそれに合わせてこのグローブを選んでくれたのかもしれない。でも残念なことに、マチュピチュ村にはリトルリーグが存在しなかった。

四年生、五年生の時も、まだ手を入れて指を広げることが可能だった。でもさすがに六年生になるときつくなり、小学校を卒業する頃にはどんなに指を縮めても、もうグローブに手を入れることは難しかった。気がつくと、ボールの表面に書いてあった「おめでとう」の文字もかすれ、すっかり読めなくなっていた。

中学生になった時、僕は今度こそ野球をやりたいと思った。でも、母さんを傷つけてしまいそうで、怖くてなかなか言い出せなかった。僕にとって、野球とは父さんそのものであり、野球部に入りたいなんて言ったら、千代子さんの存在を否定しているように母さんに思われてしまうのではないかと、不安だったのだ。

もう少し早く、母さんと千代子さんが出会っていたら、と思うことが時々あった。そうしたら僕はもっと小さくて、宝みたいに、何の疑いもなく母さんと千代子さんを本当の両親であると信じられたかもしれない。

結局、どうしても我慢できなかった僕は、こっそりと野球部に入部した。僕のチームはお世辞にも強いとは言えなかった。それでも、朝練があり、放課後の練習があり、週末には練習試合があり、ほとんどの時間が野球漬けだった。先輩と後輩の関係も多少は厳しかったけど、練習が終われば和気あいあいとした雰囲気になる。もちろん、まじめに練習はしていたけれど、勝ったり負けたりすることより、野球をすること自体が楽しかった。

マチュピチュ村は冬が長く、雪がある間はグラウンドを自由に使えない。冬場の練習はサッカー部と合同で雪上サッカーをしたり、本気モードの雪合戦をやったり、野球以外の練習も取り入れていた。だから尚更、雪のない時期にグラウンドで野球ができること自体がもう、大きな喜びだったのだ。

僕が野球部に入ったことは、あっという間に家族にばれてしまったけれど、母さんはちっとも嫌な顔をせず、練習試合や公式試合がある時は、よく、家族総出で応援に来てくれた。その頃になると、うちには母親がふたりいるということは、周知の事実になっていた。特に母さんは、そのことで僕が同級生からいじめられるんじゃないかと心配していたようだけど、小学校でも、母さんが心配するような事態にはならなかった。ふざけ半分の、ちょっとしたからかいはあったけれど、学校に行きたくなくなるほどの深刻な問題には至らなかった。

ただ、両親が女同士だからということとは関係なく、思春期を迎えた中学生男子の一般的な感覚として、家族総出で応援に来られるのはあまり嬉しくない。

だって、母さんはまだしも、千代子さんはさっぱり野球のルールを知らないのだ。ただのフライをホームランだと勘違いして大喜びしたり、たまに相手のエラーをこっちの快挙と間違って意味不明の歓声を上げたり、さんざんだった。そうなるともう、僕は千代子さんの言動が気になって、野球に集中できなくなってしまう。

一番おかしかったのは、右中間ヒットを、宇宙にまで飛んでいきそうな勢いのある当たりだと、なんの疑いもなく信じ込んでいたことだ。僕はそれを思い出す度に、どんなに緊迫した試合の時でもうっかり笑いそうになってしまう。毎回、頰の筋肉をきゅっと引き締めなくてはいけなかった。

たぶん、応援に駆けつけているタカシマ家の女性三人の中で、もっとも野球を理解しているのは保育園児の宝だった。宝だけは、僕の送りバントがきれいに成功するのを的確に喜んでくれたし、パスボールとワイルドピッチの違いもわかっていた。

ミラクル宝。

誰が最初に考えたのかは思い出せないけれど、いつしか宝は、家族の間でそう呼ばれるようになっていた。

宝は、僕の後を追いかけてきては、何でも僕の真似をする。母たちは、これじゃあ金魚のフンじゃなくて草介のフンだね、なんて冗談を言い合っていたけれど、そのしつこさと言ったら、本当にすごいのだ。正直、中学生にもなると自分の部屋にこもってやりたいこともあるのに、宝はそれをさせてくれない。僕が部屋に入れば自分も入りたがり、僕が部屋を出れば自分も一緒にくっついてくる。まるで、衣服について離れないひっつき虫のようだった。

その行動を逆手にとって、宝にキャッチボールを教えたのだ。もちろん最初は、投げるのではなく、地面を転がすだけだった。僕がボールを転がすと、宝が喜んで拾いに行く。それを、宝なりに投げ返してくる。たどたどしくても、キャッチボールはキャッチボールだ。

僕は、あの時「大切なもの」として持ってきたグローブを、宝に託した。四月生まれの宝は、年齢のわりに体格がよく、保育園の年長組にもなると、もうグローブがぴったり合うようになっていた。まだまだボールに力がないけれど、きちんと僕の手元に返してくる。宝は飲み込みが早くて、筋が良かった。

いわゆるキャッチボールという体裁が取れるようになったのは、宝が小学二年生に上がった頃だ。その年、僕は高校生になっていた。

この時は正直、野球を続けるかどうか、かなり迷った。マチュピチュ村の中学の野球部とは違い、僕が進んだ県立高校の野球部は、かなり本格的だった。すでに自分に野球の才能がないのはわかっていたから、僕が入ったら逆に足手まといになるかもしれないと思ったのだ。

でも、最終的には野球を続けた。高校は、中学よりも更に遠い場所にあったので、僕は体力づくりも兼ね、山道を自転車で通学した。頭も丸刈りにして、朝早くから夜遅くまで野球に明け暮れた。家に帰るのはほとんど寝るためだけになり、ゲストハウスの手伝いも以前のようにはできなかった。

高校のグラウンドには夜間の照明もあったし、冬場は室内練習場も使うことができる。ピッチングマシーンも数台あったので、いくらでも練習することが可能だった。部員数も五十人近く、上下関係も厳しかった。監督の他にコーチがいて、時々ＯＢが練習を見に来てくれた。週末ともなれば、県外まで遠征試合に出向き、本当に四六時中、野球のことばかり考えていた。

僕は、二年に進級する頃から、自ら選手兼マネージャーになった。女子マネはふたりいたけれど、男子のマネージャーは僕一人だけだった。同性でないとできないケアもあるから、男子マネージャーは重宝される。ただ僕の場合、送りバントだけは正確にできたので、試合で送りバントが必要な場面では、時々ピンチヒッターとして打席にも立った。

ノックの練習の時は監督さんの手にボールを渡し、終われば土手の向こうに落ちてしまったボールを探しに行く。マシーンを使いすぎてボールの糸が解《ほつ》れれば、それを二本の針を使って縫い合わせた。テーピングや絆創膏《ばんそうこう》、湿布《しっぷ》の補充、ピッチャーの肩を冷やすためのアイシングの用意も欠かせないし、合宿の時は部員が着た大量のユニフォームを洗濯する。やることは、いくらでもあった。公式試合ではベンチに入ってスコアも記録し、夏の甲子園大会の地区予選ともなれば、女子マネと一緒に必勝祈願の千羽鶴をひたすら折り続けた。

練習後のグラウンドをトンボでならすのも、ピッチャーのプレートを素手できれいに整えるのも、僕にとっては試合に出るのと同じことを意味した。実際は試合に出られなくても、野球のそばにいられるだけで幸せだった。その間は、すべてを忘れることができる。いつの間にか、母さんよりも千代子さんよりも背が伸びていて、ふたりを見下ろすようになっていた。

そして僕は、高校卒業と同時に家を出た。

もう、これ以上家にいられなかったのだ。家族が疎ましかったわけでは、決してない。でも、限界だった。いつまでも「草ちゃん」でいられるはずはなく、母さんを「母さん」とは呼べても、千代子さんを「ママ」とは呼べなかった。宝を真似して片膝を曲げながら寝るのも、途中から後ろめたさを感じるようになっていた。

こんなふうに、小さなズレは、ちょっとずつちょっとずつ段差を大きくし、気がつくと、絶対に乗り越えられない壁になっていたのだ。

僕は、マチュピチュ村から車で一時間ほどの所にある、海沿いの町のコールセンターに就職した。何より給料が良かったし、福利厚生もしっかりしていて、たくさんの人が働いている分、休みも取りやすいとのことだった。とにかく人の役に立つ仕事がしたかったのと、自分は単純に人の話を聞くのが好きなので、その仕事が向いているだろうと思ったのだ。コールセンターの仕事は大変らしいよと言うクラスメイトもいたけれど、ひとりで生活するためなのだから、がんばるしかない。

当然ながら、ふたりの母は僕の一人暮らしに反対した。彼女たちは、いつまでも仲良しタカシマ家でいたいという強い願望を持っていた。母さんは、車の免許を取って家から通えばいいじゃないと言った。千代子さんは、この家から草ちゃんがいなくなったら、悲しくなっちゃう、と涙ぐんだ。

でも僕は、職場に通うには会社の寮に入った方が楽なのだと、ふたりを粘り強く説得した。通おうと思ったら通えない距離ではなかったけど、交通費が出なかったし、勤務時間が不規則なので、なるべく職場の近くに住みたかったこともある。

僕が家を出る日、千代子さんはまるで僕を戦地にでも送り出すような悲愴《ひそう》感を滲《にじ》ませていた。

「何かあったらいつでも戻ってきてね。連絡してくれたら、どんな時でも鍵はあけておくから」

母さんの運転する車が動いてからも、手を振りながら後ろを駆け足でついてくる。

「おチョコちゃんは、大袈裟だねぇ」

そう言いながらハンドルを握る母さんも、目に涙を浮かべていた。

宝は、最後まで見送りに来なかった。僕が家を出ることを告げたら、怒って口もきいてくれなくなっていたからだ。でも、宝が部屋から出てこなくて、逆に良かったと思う。宝にまで泣かれてしまったら、僕はせっかくの決断を覆してしまったかもしれない。

ワンルームの寮で一人暮らしをするのと同時に、野球はやめた。卒業、という表現がいちばん合っている。僕は、野球を卒業した。

ただ、たとえ人の話を聞くのが好きでも、それを仕事にするとなると事情は異なる。絶え間なくかかってくる電話に応え、一日中ヘッドセットを当てて話を聞いていると頭と耳が痛くなるし、通話しながらパソコンに入力するという作業にもなかなか慣れることができなかった。「バカヤロー」といきなり怒鳴られることも日常茶飯事で、それでも敬語を使い、自分のせいではないのに謝り続けた。

通話時間、電話を受ける回数、敬語の使い方、返事の仕方、上司への質問で席を離れた頻度、更にはトイレのため電話を受けられなかった時間までが秒単位でデータ化され、記録される。その日の仕事が終わる頃には、文字通りもぬけの殻状態で、寮に帰っても何もやる気が起きなかった。一か月に及ぶ研修の間に、同期で入った十人のうち七人が、体調不良を理由に仕事を離れた。

電話の向こうの相手は、時としてオペレーターの僕たちをサンドバッグか何かだと思って、容赦なく強いパンチを打ってくる。見ず知らずの、顔も知らない相手には、面と向かっては言えないような汚い言葉も、平気で言えるらしい。でも、姿は見えないだけで、こっちも生身の人間だ。強く打たれれば当然痛いし、血が出たり、内出血したりすることもある。当たり所が悪ければ、命にもかかわるだろう。

そんな時に僕の心を支えてくれたのは、あれほど距離をおきたいと思っていたはずの家族だった。うっすらと広がる涙の膜の向こうに見えてくるのは、マチュピチュ村の雪景色であり、耳を澄ますと、母さんと千代子さんと宝の楽しそうな笑い声が聞こえてくる。正直、何度も心が折れそうになったけど、家族に会える日を目指し、とにかくその日までは仕事を続けようと気持ちをつないだのだ。

ゴールデンウィーク中に一日だけ休みをもらい、僕は社会人になって初めて実家に帰った。初任給で買ったプレゼントを、早く三人に渡したかった。それに、ゲストハウスの手伝いもしたかったのだ。マチュピチュ村は、ゴールデンウィークの頃からようやく春らしくなり、お客さんも増える。ここからが、書き入れ時だった。

新緑が、目にまぶしかった。気の早い人は、すでに田んぼに出て作業を始めている。昨日までの疲れが、すーっと体の外に流れていく。

その日は満室で、三組のゲストが泊まりにきていた。一組は幼い子どもたちのいる家族連れ、一組はレズビアンのカップル、もう一組はマチュピチュ村に山菜を採りに来たという老夫婦だった。夜は、タカシマ家も含め、大勢でのにぎやかな宴会となる。

僕は、久しぶりに生身の人間と、普通の会話を交わしていた。血の通った会話と言えばいいのだろうか。怒鳴られたり、謝ったり、やたらと丁寧な言葉で見えない相手に気を遣いながら説明したり、いつのまにかそれが日常になっていた。仕事が終わるともう誰とも話す気力がなかったし、声も聞きたくない。少しずつ少しずつ心が麻痺《まひ》して、感覚をなくしていた。

そんな時だったから、相手の顔を見ながら話せることに安心できたし、こっちが普通なのだと、その感覚を思い出すこともできた。他愛ないお喋りが、何よりも平穏で心地よく、楽しかった。千代子さんに対する母さんの小言すら、じんわりと懐かしく胸に響いた。

家族連れも、レズビアンのカップルも、老夫婦も、もし今日という日にここに来なかったら、お互い顔を合わせることなどなかったかもしれないのだ。そんな人たちが、酒を酌み交わし、言葉を交わしている。そういうのが、なんだかすごく素敵に思えた。家を出たせいもあるのか、僕は半分、ゲストハウス虹のゲスト気分を味わっていた。

食卓に並ぶ春の恵みはどれも見事だ。ぜんまい寿司に、タラの芽のフリッター、フキノトウのクルミ味噌、ワラビのオリーブオイル和《あ》え。ボスが差し入れてくれたコンニャクや、豆腐もある。こういう食事を、自分が今まで以上においしいと感じながら食べていること自体が不思議だったけど、家を出たからこそ、より味わえるようになったのかもしれない。この一月で、マチュピチュ村が完全に僕のふるさとになっていた。

千代子さんは、一通りの後片づけが済むと、母さんの晩酌に合流した。母さんは、僕がプレゼントした赤ワインをあけ、時間をかけて飲んでいる。宝は、以前僕と半分に区切って使っていた部屋を独占できるようになったのがよっぽど嬉しいのか、夕飯が終わるとすぐに僕があげた真っ赤なリストバンドを持って自分の部屋に引っ込んだ。僕も少しだけ、母さんの晩酌に付き合うことにする。

千代子さんは全くお酒が飲めないが、母さんが飲んでいるのを見ていると、自分もお酒を飲んでいるような気分になり、酔っ払ってしまうのだという。ふたりで陽気に歌謡曲など歌っている。

母さんが口を開けて笑う姿を見ていたら、急に涙があふれてきた。千代子さんも、けらけらと甲高い声で笑っている。じゃれ合っているふたりの姿は、夕方、草原に集まってくる子どもたちと一緒だった。

翌朝、タカシマ家の女性三人に見送られ、家を出た。マチュピチュ村の夜の静けさがそうさせるのか、家に戻った安心感か、久しぶりによく眠れて気分がよかった。

「体に気をつけてねー」

「いってらっしゃーい」

「またお土産待ってるよ！」

三人がいつまでも手を振っているから、僕も坂道の途中で何度も立ち止まっては手を振り返した。千代子さんの足元には、昨日プレゼントした冷え防止用の五本指ソックスがさっそく覗いている。

リピーターのお客さんがよく言う「レインボーマジック」とは、このことかもしれない。特別な言葉をかけられたりしたわけではないのに、僕もまた、なんだか前向きな明るい気持ちになっていた。

最初は、相手の言葉をすべて真に受けていた。バカと罵《のの》られれば、自分は本当にバカでどうしようもない人間なのだと思って落ち込んだし、ノロマと文句を言われれば、どうやったら素早く対応ができるようになるのか、寝ないで真剣に考えた。相手に責められれば、本当に自分が悪かったと思って心の底から反省したし、イタズラ電話でからかわれれば本気で腹を立てていた。

でも、三か月も働くと、だんだん、そうではないことがわかってくる。

責められるのは自分が悪いわけではないし、第一相手は、僕のことなんかこれっぽっちも知らないのだ。コールセンターのオペレーターは、顔が見えない分、単なる嫌がらせの標的にされることも少なくない。

特に、平日の午後は悪質な電話が増える。そういうことも、仕事をするうちにだんだんわかってきた。きっと、相手も仕事で嫌なことがあったのかもしれない。同じように客から理不尽なクレームをつけられたのかもしれない。

そんなふうに、気持ちを切り替えて考えられるようになったのだ。そして、自分に嫌がらせをすることでちょっとでも気持ちが晴れるのなら、相手の役に立っているんじゃないかと思えるようになった。

極端な例かもしれないけど、これから殺人を犯そうと企んでいた人が、僕と話すことで気が紛れ、殺意が失せるのなら、本望なのだ。そのことで殺される人を減らすことができれば、つまり自分も世の中の平和に役立っているということであり、幸せに貢献している証拠になる。

理不尽な話をえんえんと聞かされる時は、毎回、家族で過ごした冬の日のことを思い出した。

マチュピチュ村は、冬になると積雪が五メートルを超える。棚田も畑も、すっぽりと分厚い雪の層に覆われてしまう。ゲストハウスの宿泊客も減るので、家族だけで過ごせる時間が多かった。だから振り返ると、幸せな記憶の背後には、必ず雪が降っている。

雪原ピクニックは、タカシマ家における冬の恒例行事だった。見渡す限りの雪原を、家族が一列になって進んでいく。たいてい、先頭を歩くのは母さんだ。続いて、千代子さん、宝、僕と続く。マチュピチュ村に降る雪は水分が多いから、かんじきを履いていても、一歩進むごとにずぼっと足が沈み、重たくなる。

僕たちの足音を聞きつけて、野ウサギが顔を出すこともあった。どうやら春が来たと勘違いして、穴から出てきてしまうようなのだ。雪の上を縦横無尽に颯爽《さっそう》と駆ける野ウサギの姿は、まるで流れ星のように一瞬で見えなくなり、その度に僕たちは立ち止まってその姿を探した。

小高い丘の頂上に到着すると、僕らは立ったままおにぎりを頬張った。ボスをはじめとする地元のお年寄りたちにアドバイスをもらいながら、タカシマ家の棚田で育てたお米で作ったおにぎりだ。片手でも食べやすいよう、中には卵焼きやソーセージ、沢庵などがぎっしりと詰まっている。千代子さんが雪原ピクニックのために考案した、特製の巨大おにぎりで、それを、雄大な景色を見ながら頬張るのだった。

心地よく疲れた体を、爽やかな風が吹き抜けていく。千代子さんの顔くらいあるおにぎりだったけど、みんな残さずに平らげた。更に宝は、デザートと言って、雪の上に練乳をたらし、それを這いつくばるようにして舐めていた。その姿はまるで、蜜を吸うカブトムシか何かのようで、じっとしたまま動かない。たまに、千代子さんも真似をして同じようにやっていたっけ。

帰りは、下りなのでソリで一気に滑る。雪の上を横向きにゴロゴロと転がったり、でんぐり返しをしたり、いくらでも遊ぶことができた。

そうやって雪原ピクニックを思い出していると、たいていの嫌がらせや苦情を聞き流すことができた。いや、思い出すという表現は、適切ではない。その時間、電話を受けながら、僕は同時に雪原ピクニックに出かけているのかもしれない。目の前に真っ白い雪原が広がると、僕はつかの間、時空を超えて雪の上を無言で歩いた。もちろん、しかるべき所で相づちを打ったり、パソコンに内容を打ち込んだりするのは、忘れない。とにかく相手が納得するまで、電話を切らない。それが、コールセンターのルールだった。いつの間にか、理不尽な理由をつきつけて怒りをぶつけてくるお客様にも、笑顔で対応できるようになっていた。

その電話がかかってきたのは、僕が二十歳になったばかりの時で、仕事を始めてから一年半くらいが経っていた。離職者が後を絶たないこの職場では、仕事が一年以上続くと、もうベテランの立場になってしまう。

早朝の電話だった。回線を切り替えると、すすり泣く声が聞こえた。年配の男の人のようだった。

「お電話ありがとうございます」

僕は穏やかに明るい声で言った。それでも、相手は泣いているばかりで、応えない。トラブルになりそうな時は、自分で勝手に判断せず、座ったまま挙手をして、リーダーを呼ぶ決まりになっている。

右手を挙げてから数秒後だった。肩を叩かれて振り向くと、リーダーからメモ用紙を渡された。メモには、そのまま話を聞いてあげるようにという走り書きの文字がある。

僕は、黙って男性の言葉を待つことにした。

目の前に泣いている人がいれば、ハンカチを差し出したり、背中をさすったり、手を握ったりできるかもしれない。でも相手は、おそらく一度も会ったことがないだろう、顔も知らない人なのだ。そんな時、僕はもどかしさを感じてしまう。電話回線では、声や言葉でしか伝わらない。なんとかしたくても、どうしようもできないことがたくさんあるのだ。

「牛が死んだよ」

しばらく声を殺して啜り泣いていた男性がそう言ったのは、通話開始からすでに十分近くが経った頃だった。

「大切な、牛だったんですね」

僕は、心を込めて言った。

「かーちゃんと、一生懸命育てたんだよ」

男性は、嗚咽しながらも言葉を放った。僕はじっと黙って、次の言葉を待つ。

「だけども、地滑りで小屋がつぶれて下敷きになってさ、救うことができなかったの」

男性には少し、言葉の端々に独特の訛《なま》りがあるようだった。僕は、数週間前に起きた大規模な水害のことを思い出した。ただ、その水害での死者は出ていないはずだった。

「かーちゃんと、約束したんだ。牛、ちゃんと育てるって……」

もしかすると、男性の妻は、すでに亡くなっているのかもしれない。だから唯一、その牛が家族だったのかもしれない。たとえ死者はいなくても、見えないところで、大切なものを失って途方に暮れている人がいる。

「花子《はなこ》は、天国に行けるかい？」

またしばらく泣いた後、男性は質問した。僕は、静かに答えた。

「行けます。きっと、行けます。だから、安心してください」

電話回線を通した会話はすべてチェックされているから、この会話も聞かれているはずだ。でも、恥ずかしいなんて少しも思わなかった。両方の頰に流れる涙を拭いながら、僕は続けた。

「がんばってくださいね」

「だけど兄ちゃん、がんばるったって、もう何をがんばったらいいか、わかんないんだよ。いっぱい、いーっぱいがんばってきたから」

「でも、それでも、諦めないでください。負けないでください」

そう言って男性を励ますことしか、僕にはできなかった。

「兄ちゃん、ありがとう」

男性は最後、そう言って電話を終えた。ありがとうと言われることなど滅多にない仕事で、感謝の言葉を言われたのだ。それはまるで優しいパンチのように、僕のみぞおちの辺りに深く深く入り込んだ。ふとパソコンを見ると、男性と会話を始めてから、すでに三十分が経っていた。

こんなふうに、百回に一回、いや千回に一回は、心が温かくなる電話だった。そんな時は、宝くじに当たったような気分で、心から嬉しくなる。そういう電話が紛れているからこそ、この仕事を続けられるのだ。

この電話がきっかけとなり、僕は少しずつ、積極的に相手と関わるようになった。電話の向こうで赤ちゃんの泣き声が聞こえれば、大丈夫ですか？　と声をかけ、呼び鈴の音がすれば、しばらく電話口で待機した。人は、そんなちょっとした気遣いや思いやりで気持ちが緩み、怒りが収まったり、優しくなったりする。

結果として僕は、ぐんぐん評価を上げた。丁寧に接する態度が良かったらしく、リーダーにまで昇格した。最初は契約社員だったのが、やがて正社員として採用された。

僕はだんだん、仕事に生きがいのようなものを感じられるようになった。内容的にはますます過酷になったけれど、もしかするとこれは僕にしかできない仕事かもしれない。そう思うと、勉強もスポーツも取りたてて得意ではなかった自分が、この仕事に選ばれた人間のように思えて、誇らしかった。

電話では限界があることに気づき、仕事が休みの時は、寮の近くにあるお年寄りの集まる施設で、傾聴のボランティアも始めた。こちらは、相手から目の前で直接話を聞くことができるので、本当に楽しかった。時には相手の手や肩や背中に触れながら、声に耳を傾けた。同じ話を何度聞かされても、自分にとっては意味不明の言葉の羅列でも、全く気にならなかった。ただただ話を聞いているだけで、僕自身が救われるのだ。

傾聴のスキルを磨けば、もっともっと、困っている人の役に立てるかもしれない。たとえば、自然災害で突然家や家族を奪われた人がいたら、そこに駆けつけて話を聞く。そうすることで、少しでも相手の心が軽くなるなら、僕は喜んで耳を傾ける。そんな社会貢献がしたいと、僕は真剣に考えていた。そういう日が来るのを想像することで、目の前の現実、つまりは嫌がらせや罵詈雑言《ばりぞうごん》にも耐えられた。


Xデーは、ある日突然やって来た。

仕事から寮に帰って夕飯を済ませ、一人でテレビを見ながら歯を磨いていた時だ。激しくドアを叩く音と共に、ニーニー、ニーニー、と大声で叫ぶ声がする。チェーンを外してドアを開けると、宝がジャージ姿のまま血相を変えて立っていた。中学生になった宝は急に体格がよくなり、僕の背をも超しそうな勢いだった。

「どうしたんだよ？」

これまで母さんと一緒に車で立ち寄ることはあっても、宝が一人で寮に来たことなんてなかったし、時間も時間だ。自転車を飛ばして来たらしく、寮の前の敷地には、宝の自転車がとまっている。

「とにかく中に入れて」

宝はぶっきら棒にそう言うと、ずかずかと部屋に上がり込んできた。僕は、流しのコップで口をすすいでから、宝と向かい合う形でコタツに足を入れる。小さなコタツなので、ぶっちょうづらの宝の顔がすぐ近くまで迫っていた。

「飯は？」

おそらく学校からまっすぐ来たはずだ。ということは、まだ夕飯も食べていないだろう。黙って首を横に振った宝に、何か食べ物を用意しようと腰を浮かせた時だった。

「ニーニー、ちゃんと教えて！」

宝が僕のセーターの腕をぎゅっとつかんだ。よく見ると、体全体から、ただならぬ気配が漂っている。とりあえず食事は後回しにし、話を聞くことにした。

それでも宝は、なかなか喋ろうとしない。言い出しそうになっては口を噤《つぐ》み、また言い出しそうになっては口を噤んでしまう。そんな時は、ただじっと待つしかない。長期戦になる予感がした。

とりあえずお茶だけでも出してやろうと、再び席を立ちかけた時だ。

「私、カカとママの子じゃないの？」

いきなり宝が言った。

「ニーニーと、ホントの兄妹じゃないってどういうこと？」

涙ながらにそう訴えると、宝はコタツのテーブルに突っ伏した。

こういう日がいつか必ず来るとは思っていた。僕の中のその恐れは、宝が小学四年生になった頃からくすぶっていた。性教育が始まるのはその頃だし、女子は、小学生で生理が来ると聞いたことがある。ませた子同士で、そういうことを話す機会もあるはずだ。

でも宝は、小学六年生になっても、中学一年生になっても、何も言いださなかった。

だから僕は内心、ホッとしていたのだ。宝は、自分なりにそのことを理解し、消化して、反乱を起こすこともなく、すみやかにそれを受け入れたんじゃないかと、高をくくっていた。でも、どうやら違ったらしい。

「っていうか、宝、お前」

何も気にせず、敬語を使わずに話しかけられるのが新鮮だった。

「今の今まで、自分があのふたりの子どもだって、信じてたのか？」

驚きを込めて僕が言うと、いきなり宝がクッションを投げつけてくる。宝は、中学からソフトボールを始めた。女子とは思えないような強さで、クッションが飛んできた。

「ごめん、バカにしたわけじゃないよ。だけど、てっきり宝はもう、そのことを知っているとばかり思ってたから……」

僕は宝のことを、ずっとませた妹だと思っていた。でも、僕が思っている以上に、純粋で初心《うぶ》なのかもしれない。宝が何も答えようとしないので、僕が勝手に話をするしかない。

「保健体育の授業で、習っただろ？　子どもっていうのは、精子と卵子が結合してできるって。でもって、精子は男にしかないし、卵子は女にしかない。ってことはつまり……」

そこまで僕が言いかけると、

「女同士じゃ、赤ちゃんができないんでしょ！」

手元に何も投げるものが見つからなかったのか、宝が僕に拳を振り上げる。僕は、すんでのところで、宝の腕をキャッチした。

「私が悔しいのはね」

宝は、声を絞り出すようにして言った。頬には涙が流れている。

「ニーニーが、何も話してくれなかったことだよ。ニーニーは、何もかも全部知ってたんでしょ。運命共同体なのに、なんで教えてくれなかったの？」

「ごめん」

僕が謝ると、

「そんな簡単に謝らないで！」

更に宝の怒りを買ってしまう。

「お前、実の父親のことが気になるのか？」

恐る恐る僕が尋ねると、宝は即座に首を振って否定した。

「じゃあ、なんでそんなに怒ってんだよ。確かに生物学的に言うと母さんはお前の親ではないけど、生まれた時から一緒にいるんだぞ。母さんと千代子ママは、必死でお前を育てたんだ。おしめ替えたり、だっこしたり、おんぶしたり。そうやって、本物の親になったんだよ。いいか、宝」

僕は続けた。

「確かに、俺と宝が、ふたりからできた子どもじゃないっていうのは、ある面では事実だ。でも、俺と宝は、どっちもあのふたりの子どもで、正真正銘の家族っていうのは、真実だと思うんだ」

「事実と真実なんて、どう違うのよ」

泣き腫らした真っ赤な目で、宝が僕をにらむ。僕は、心を落ち着けて話を続けた。

「事実は、時に間違うこともあると思うんだ。でも真実は、どんなに世の中が変わっても、普遍的なんだよ。大事にしなくちゃいけないのは、真実の方だと思うんだ」

高島草介として生きるようになってから、僕はそんな考えを身につけていた。タカハシが事実でも、真実はタカシマだと。そうやって僕は、自分の中に発生する違和感を、その都度その都度なだめてきた。

「ニーニーは、淋しくないの？」

僕が差し出したティッシュで豪快に洟をかみながら、宝が尋ねる。

「淋しい？　何が？」

「だから、血がつながっていないってこと。だって、ママや私とは……」

「赤の他人だって言いたいのか？」

「でも、実際はそうなんでしょう」

宝が、悔しそうに唇を噛みしめている。

「淋しくないって言ったら、嘘になるかもしれない。でも、もうそんなこと、超越しちゃってるっていうか、忘れちゃってるよ。このメンバーで一緒にいるっていうのが、当たり前だから」

本心を言ったつもりだった。

宝が、くちびるを尖らせて不服そうな顔をする。

「私、カカと自分がすごく似てると思ってたのに……」

「それは、一緒にいるうちにだんだんお互い似てくるんだよ。母さんと千代子ママがいい例じゃないか？　あのふたり、血なんか全然つながっていないだろ？　でも、なんか似てるじゃないか。いつも一緒にいると、人って似てくるんだよ。それが、家族なんだよ」

それから僕は、僕が覚えている限りのタカシマ家誕生のエピソードを話し始めた。

宝は、ふたりの駆け落ち話や自分が生まれた時のことを、時々笑いながら嬉しそうに聞いていた。あの日、母さんは怖気づいてしまって千代子さんの出産に立ち会えなかったのだ。その代わりに、小学二年生になったばかりの僕が、分娩台の横に付き添った。生まれたばかりの宝は、本当にキラキラと光って見えた。あの時、あんなに小さかった女の子が、もう十四歳になったなんて。

　ふと時間が気になってケータイを開くと、いくつも留守電が入っている。慌てて聞くと、母さんからだった。宝が家に帰らない、何かわかったら教えてほしい、と心配している。

　僕はすぐに折り返して、事情を説明した。母さんは、今すぐ車で迎えに行くというが、宝は今晩、どうしても家には帰りたくないと言い張る。結局、今夜は僕が寮で預かることにした。

「ったくもう、親に心配かけるなよ」

　宝の頭を小突くと、

「ごめんなさい」

　さすがに悪いと思ったのか、宝はふて腐れたように口を尖らせつつも謝った。

　おなかが空いたと急に言い出したので、僕は宝に袋麵を茹《ゆ》でてやった。モヤシとワカメを一緒に入れて、最後に卵でとじれば完成だ。よっぽど空腹だったらしい。宝は一言も喋らず一気に食べ終えると、更にもう一袋要求し、結果的には二人前をぺろりと平らげた。驚異的な食欲だ。僕はもう、いくら空腹でもそんなには食べられない。仕事を始めてからの三年間で、明らかに食が細くなっている。

　布団を敷いている時だ。

「ニーニー、グローブあるんでしょ？」

いきなり、宝が切り出した。

確かに宝の言う通り、グローブとボールだけは、どうしても捨てられなくて、高校時代に使っていたのを一緒に寮に持ってきている。

「キャッチボールしようよ」

「いつ？」

「今に決まってるじゃん！」

宝は、当然のように答えた。

「暗くてボールが見えにくいし、寒いから明日の朝にしないか」

反論しても、宝はいっこうに聞く耳を持たない。強引に腕を引っ張られ、僕は無理やり外に連れ出された。

途中コンビニに寄って宝のデザートと僕の缶コーヒーを買い、河川敷にある公園に向かう。高三の夏に甲子園大会の地区予選で負けて以来の、キャッチボールだった。

パシッ、とグローブに吸い込まれる球の勢いが懐かしかった。さすがピッチャーなだけあって、宝はいい球を投げてくる。フォームは、以前にも増してきれいになっていた。見事なまでの、満月の夜だった。

以来、宝はふらりと寮に遊びに来るようになった。男子寮だし、女性を連れ込むのは基本的には禁止になっていたけれど、寮と言っても会社が借り上げているアパートなので、そのことにいちいち目くじらを立てる人はいなかった。

あの一件があったからだろうか、宝はわかりやすい形で反抗期を迎えた。時々、千代子さんから長い相談の電話がかかってくる。宝にどう接していいかわからないと嘆く千代子さんに、僕もどう声をかけていいのかわからなかった。

宝のもやもやの矛先は、百パーセント千代子さんに向けられているようだった。急に髪を染めたりなんかして、宝って奴は、本当にわかりやすい。

宝は、親に嘘をつかれていたのが許せないのだと主張するけれど、中学二年生まで、自分がふたりの母の子どもだと何の疑いもなく信じられたことの方が、実は奇跡なのだ。母さんと千代子さん、そして僕までが加担して、宝に幸福な御呪《おまじな》いをかけていたのかもしれない。その御呪いが解けてしまい、宝は今、必死に自分の運命と闘っている。

その日、宝は平日の昼間にやって来た。事前に一言連絡してくれればいいものを、宝は必ず奇襲する。僕が彼女を部屋に連れ込んだりしていないか、わくわくしているらしいのだ。残念ながら、その期待には応えられずにいる。

その日は夜勤だったので、まだ布団にくるまっていた。リーダーを任されるようになってからというもの、夢の中でもずっと電話の音が鳴っていたり、怒られたり謝ったりしている。全然、眠った気がしないのだ。現実と夢の境界がぼやけて、結果的に慢性の睡眠不足が続いていた。好きだった傾聴のボランティアにすら、なかなか行けなくなっていた。

頭痛と耳鳴りに耐えながら、なんとか玄関のドアを開けると、

「はーい、たこ焼き」

宝が、いきなりビニール袋を突き出す。その瞬間、もわっとたこ焼きの匂いがして、僕は思わず顔を背けた。最近、食欲がほとんどない。

「ニーニーは、何にでもソースをかけて食べるんだって、あのふたり、いっつも言ってるよ」

「それは、子どもの頃の話だろ」

お茶を淹れるためのお湯を沸かしながら、お年頃の宝を気遣い、とりあえずパジャマだけは着替えることにする。

「何にでもソースをかけて食べていたのは、別にソースが好きだった訳じゃないよ」

狭いユニットバスでジーパンに足を突っ込みながら、ドア越しに話しかけた。

「じゃあ、どうして?」

「母さんの作る料理が、あまりにひどかったから。あの頃の母さん、味音痴だったんだよ。でも、そんなこと本人に向かって言えるわけないだろ」

「だからニーニーは、今でもソースが好きなふりをしてるの？」

まぁな、と言いながらユニットバスのドアを開けると、宝がハーブティーを淹れてくれていた。千代子さんが、自分で育てたハーブを乾燥させて、わざわざ送ってくれたものだ。

「それよりもお前、高校、どうすんだよ？」

ソースの話題を打ちきり、ベッドを背もたれに二人で並んで座ると、本題に入った。

宝には、僕と違ってソフトボールの才能がある。本当は、中学から野球をやりたかったらしい。でも、女子の入部希望届は受理されず、しぶしぶソフトボール部に変更したのだ。今ではもう、僕よりも速い球を投げる。おそらく、本気で勝負をしたら、僕は宝の投げる球にバットを当てることさえ難しいだろう。

どうやら宝が進学先で迷っているらしいことは、千代子さんから聞いていた。県内にあるソフトボールの強豪校に進んではどうかと、部活の顧問に言われているそうだ。そこだったら、推薦で入れるかもしれない、と。

「でもさー」

宝は、煮え切らない。

「そこ行ったら、寮生活になるんだよ。ニーニーも私も、ふたりとも家を出ちゃって平気？」

「何言ってんだよ、今さら」

親がうざったいとか何とか言って、さんざん暴言を吐いているのはどこのどいつだ。

「それにさ、そこ入ったら、レギュラーもらえないかもしれないじゃん。だったら、もっと弱いチームに入って、そこでニーニーみたいに楽しく部活をやる、っていうのも選択肢なんじゃないかなーと思って」

「あのなぁ」

たこ焼きをひとつ、宝の顔に投げてやりたい気分だった。

「俺は俺で、本気で野球をやってたの。甲子園目指して、闘ってたんだから」

「でも、マネージャーだったじゃん」

「マネージャーはマネージャーで、重要なんだよ」

ただ、なんとなく宝が言いたいこともわかる。要は、宝が将来、どういう方向に進みたいかだ。

「高校卒業後の進路は、考えているのか？」

兄貴風を吹かせて、僕は言った。

「そんなのわかんないよ」

「でももし本気でソフトを続けたいっていうんなら、強豪校に行くべきだよ。ソフトでオリンピックに出たいとか、そういう夢みたいなのは、ないのか？」

僕が尋ねると、宝に鼻で笑われた。

「だったらニーニーに聞くけどさー」

宝がまくしたてる。

「ニーニーは、ちゃんと夢を実現できてるわけ？　ニーニーは、今の仕事に満足なの？　ニーニーには、夢、なかったの？」

勢いよくそう言うと、宝は三角座りした両膝の間に顔を埋めるような格好でうつむいた。ふと、宝にだけは本当のことを喋りたくなった。

「あるよ、夢」

意表を突かれたのか、宝が顔を上げて僕を見る。

「どんな？」

「一緒に暮らすことかな？　好きな人と……」

僕がそう言葉にした瞬間、沈黙が流れた。正直に話したことを後悔しかけた時、

「そんなこと!?」

宝が相好《そうごう》を崩して、ぷっと吹き出した。

「簡単じゃん！　ニーニー、謙虚すぎるよ。だって、それって当たり前のことでしょう？」

僕は、それに何も答えられなかった。

「もしかして、ニーニー」

「何だよ?」

「好きな人がいるの? ねぇ、誰? 教えて。一緒に暮らすのが夢ってことはさ、もしかして、相手は人妻だったりするんでしょ! もしかして、ニーニー、不倫? 奪っちゃいなよ!」

宝が体を押しつけるようにして面白おかしく詮索してくるのを、僕はなんとかかわして立ち上がった。

「相手は知らないから」

僕の発言に宝は、

「だったらさっさと告白すればいいじゃん!」

さも簡単なことのように言い放った。

やっぱり、宝に本心など打ち明けるべきではなかったのかもしれない。

たこ焼きを食べ終えて満足したのか、宝は一時間もしないうちに帰ると言い出した。最近は、友達の家を泊まり歩いているらしい。僕は、なるべくさりげなく聞こえるよう、宝に忠告する。

「千代子ママが、心配してるぞ」

宝は、都合の悪い話になると、すぐに聞こえないふりをする。

「学校にも、行ってないんだって？」

「部活には、ちゃんと出てるもん」

「だけど、もう受験生なんだし、勉強もしないと」

「だって、授業が難しくて、全然ついていけないんだもん」

宝と話しながら、あ、そういえば、と思った。宝はいつの間にか、赤い色の服を着なくなっていた。そして、僕の単なる気のせいでなければ、ミラクル度もかなり薄まっている。

それが、大人になるということだろうか。だけど、そんな宝の悪あがきも、そう長くは続かなかった。


家族会議が開かれたのは、宝が自分の出生に関する事実を知ってから、ほぼ一年後のことだった。草ちゃんにも絶対に来てほしいの、と電話口で話す千代子さんの声には、鬼気迫るものがあった。

「わたしの方から、カミングアウトさせてもらいます」

勢ぞろいした家族を前に、千代子さんは淡々とした口調で話し始めた。

「今さらカミングアウトなんかしなくたって、わかっているよねぇ」

母さんが、茶々を入れる。

「どうせママとカカが、レズビアンだってことでしょ。子どもは産めない、って話でしょ」

宝も、不機嫌な顔でそっぽを向く。この場にいること自体が耐えられないという態度だった。

「残念だけど、違いますよ。今日皆さまにお集まりいただいたのは、わたしの体のことです」

とつぜんの告白に、一同が静まり返った。

「わたしね、癌《がん》なの。子宮癌だって」

千代子さんは、さらりと言った。あまりにもあっさりと言うものだから、最初は、風邪を引いたとか、親不知《おやしらず》が生えてきた、という程度にしか聞こえなかった。

癌？　千代子さんが？

頭の中が真っ白で、何も考えられない。

「……でも、早期発見ってことでしょう？」

どのくらい時間が経ったのかはわからないけれど、長い長い沈黙の壁を破ったのは、母さんだ。母さんは、寒さに打ち震えるような声で、おそるおそる声を絞り出した。けれどその問いかけに、千代子さんが無言で首を横に動かす。

「だけど、手術したり治療したりすれば、治るっていうじゃない」

母さんは、今にも泣き出しそうだった。くちびるがぶるぶると震えている。宝は、怒ったような表情で、ずっと壁の一点を見つめている。僕は、吐きそうになるのを必死に堪えた。

「癌は、治らないよ」

千代子さんは、確信に満ちた声で断言した。

「でも、取れば生存できるんでしょう？」

生存という言葉の響きが、いかにも重々しい。

「だってわたし、子宮は取りたくないもの」

「こんな時に何言ってるのよ！」

母さんが、怒鳴った。僕だって同感だ。癌に侵された臓器を取って体から癌細胞を追い出せるなら、そうするのが普通だろう。でも、千代子さんは違う。

「嫌。子宮を取るなんて、絶対に嫌」

その話になると、今までのあっけらかんとした態度が一変した。

「なんで。命と引き換えにしてまで守るものじゃないでしょう？」

母さんが、バシッとテーブルの表面を叩いた。

「何言ってるの。取っちゃったら、泉ちゃんの赤ちゃん、産めなくなるもの」

千代子さんが、涙ながらに訴える。

「何こんな時に冗談言ってるのよ。私たちはレズビアンなんだから、もともとふたりの子どもはできないでしょう？　もう、笑わせないで」

「産めなくないよ。産めなくないんだよ。ほら」

そう言うと、千代子さんは封筒から新聞の切り抜き記事を取り出し、テーブルの上に置いた。それは、アメリカでクローン技術を応用し、将来的には母親ふたりの卵子からでも受精卵ができるかもしれないというニュースだった。他にも千代子さんは、自分たち同性愛者に関する新聞の記事を、こつこつと集めていたらしい。いくつもの切り抜きが入っている。

「だけど、今はそんなこと言ってる場合じゃないでしょう！」

母さんの意見に、僕も全くの同感だった。

「でも近い将来、技術が確立されて、同性愛者でも自分たちのＤＮＡを持つ子どもを産める時代が来るかもしれないじゃない。その時に、子宮がなかったら、後悔するでしょ。わたしは、それが嫌なの」

そう、千代子さんが力説した時だ。

「それまでテメーの命が持たなかったら、そんなの何の意味もねーだろー！　自分のことばっか、考えてんじゃねーよ！」

宝が立ち上がり、思いっきり自分の椅子を蹴っ飛ばした。ここまで乱暴な宝を見るのは初めてだった。宝は怒りを露わにし、そのまま自分の部屋に引きこもった。家が壊れるかと思うくらいの、ものすごい音を立ててドアを閉める。もしかすると僕がいなくなった後のタカシマ家では、これが日常茶飯事なのかもしれない。

宝が退席したので、三人で家族会議を再開した。

「だけど、治療はするわよね？」

母さんが、腫れ物に触るように千代子さんに尋ねた。

「しない。抗癌剤も放射線治療も、絶対にしない。そんなことしたって、命を縮めるだけだもの」

「もう、バカなこと言わないでよ！　さっき宝も怒ってたけど、あなた一人の命じゃないんだからね。そうだ、お父様に相談して。いい病院を紹介してもらえるでしょう。そうよ、そうしましょうよ。草介、今すぐおチョコちゃんの実家に連絡取って」

母さんは、今にも裏返りそうな声で言った。僕も、それがいいと思った。何と言っても、千代子さんの父親は医者なのだ。僕たちのような素人がない知識を総動員させるより、専門家に意見を聞くのがいちばんいいと思う。けれど、それには千代子さん本人が猛反発した。

「絶対にやめて！　親にだけは、口が裂けても言わないで。そんなことしたら、わたし、二度とこの家に戻れなくなるよ。もう会えなくなっても、いいの？　お願いだから、それだけは勘弁して。わたしは最後まで、家族といたい。わたしの家は、ここだから」
最後は、涙で声が聞こえなかった。
「だったら、手術はちゃんと受けよう？」
泣いている千代子さんの背中をさすりながら、母さんがなだめるように言う。
「ご両親には言わない。約束する。だから、いいでしょ。それだけは、私たちのために
してくれるよね？　それでおチョコちゃんの体から、癌がいなくなれば、いいわけでし
ょう？」
母さんは、熱心に説得した。
母さんは泣きやまない千代子さんを寝室に連れて行き、少しベッドで休ませた。戻っ
てくると、おもむろに棚からコーヒーポットとミルを取り出す。ミルの中にコーヒー豆
を入れると、無言で僕に手渡した。
豆は、とっくにひき終わっていた。なのに僕は、気づかずにそのまま手を動かしてい
たらしい。母さんが、そっとそばにやって来て、僕の手からミルを抜きとった。その顔
が、涙で光っている。千代子さんからのカミングアウトを聞く前のタカシマ家に、時間
を戻したかった。
「順番で言ったら、絶対に私なのにね。なんで、おチョコちゃんが先なわけ？」
母さんは、僕に背中を向ける格好で、コーヒーを淹れている。ぽたぽたと落ちる雫《しずく》の

音が、母さんの涙の音のようだ。

「でも、癌になっても手術を受けて元気になっている人は、いるでしょ」

なんとか母さんを、そして自分自身を慰めたかった。同じ職場で働いている同僚の中にも、胃癌になって胃を半分摘出した人がいたはずだ。それでも、ちゃんと働いている。

なのに母さんは、そんな淡い期待を裏切るような発言をした。

「おチョコちゃんが死んじゃったらどうしよう……」

目の前が真っ暗になったその瞬間、何かを思い出しそうになる。記憶の糸を手繰り寄せた先にあったのは、幼い頃のぜんそくの発作だった。あれが始まる少し前、予感がしてわかるのだ。来る、来る、来る、来る、とカウントダウンするうちに、意識を失うほどの息苦しさに襲われている。

でも今、ぜんそくの発作は起きなかった。僕のぜんそくは、マチュピチュ村に来て以来、ただの一度も起きていない。だけどいっそのこと、あれが来て、僕の胸に立てこもった絶望を、粉々に打ち砕いてくれたらよかったのに。

テーブルに突っ伏していると、母さんが、できたコーヒーをカップに注いで出してくれた。顔を上げると、僕の母親としてではない、ひとりの女性としての母さんが立っている。

「おチョコちゃんに、コーヒーいっぱい飲ませたのがいけなかったのかしら。それであの子、癌に……」

「関係ないって」

僕は少し苛立ちながら、母さんの言葉を否定する。

「きっと、いっぱい無理してたのよね。ゲストハウスを始めてから、おチョコちゃん、働きづめだったもの。私に楽させようとして、自分は身を粉にして働いていたの。私、なんてひどいことしてたのかしら……」

母さんが、上の空でひとり言のように喋っている。

この日母さんが淹れたコーヒーは、お世辞にもうまいとは言えなかった。いや、せっかく淹れてくれたのにそんなことを言うのは母さんに申し訳ないけど、本当にまずかった。世界中の怒りと憤りと悲しみを集め、それをぐちゃぐちゃに混ぜて煎《せん》じたような味なのだ。いつもは朗らかに漂うはずの香りも、一切しない。それは、僕の舌や鼻の感覚がおかしくなったせいか、それとも母さんの淹れ方に問題があったせいか、わからない。おそらく、その両方だろう。

僕は、母さんの淹れてくれたコーヒーを、初めて残した。母さんもまた、大好きなコーヒーを半分も飲まずに流しに捨てた。

おい、宝。

お前のミラクルで、千代子ママの病気くらい、なんとかしろよ！

部屋に引きこもった宝に、僕はそう言ってやりたかった。でも、宝はもう、そこまでタフじゃない。当然だが、宝もまた、母さんや僕と同じくらいショックを受けている。紛れもなく、宝を産んだのは千代子さんなのだ。

母さんの粘り強い説得の末、千代子さんは県の総合病院に入院した。そして、結果的には子宮を全部摘出するという七時間にも及ぶ手術を受けた。

医療の現場では、本人の意思が最優先されるそうだ。でも、万が一本人が意思を表明できない状況になったら、その時は家族に判断が求められる。ここで言う家族とは、血のつながった、という意味だ。宝は千代子さんと血がつながってはいるけれど、弱冠十五歳だ。そこで、自分の身に何かあっても混乱しないよう、千代子さんは手術前、主治医や看護師さんに、母さんとのことを包み隠さず話した。

手術は、成功した。

その日は、僕と母さんが病院で待機した。宝は、きちんと学校に行ってから病院にやって来た。千代子さんからのカミングアウトがあってからというもの、宝は茶色にしていた髪の毛を黒く染め直し、家にも毎晩きちんと帰ってくるようになった。

癌細胞は、すでに子宮全体にまで及んでいたそうだ。ただ、不幸中の幸いと言うべきか、他の部位への転移は認められなかった。その結果に、千代子さん本人が手放しで喜んだ。

それでも、その後の治療を受けないという千代子さんの意志は頑なだった。主治医は、抗癌剤や放射線による治療を勧めたが、千代子さんは絶対にしないと言い張った。正直、僕ら家族にも、主治医の言葉を信じるべきなのか、千代子さんの気持ちを尊重するべきなのか、わからなかった。千代子さんは、自分の体のことだからと譲らなかった。

当の本人があまりにも元気そうに見えたので、家族としても、その治癒力を信じたかった。化学的な治療をして、逆にその副作用に苦しむことの方が怖かったのもある。だから、結果的に千代子さんの希望通り、抗癌剤も放射線治療もしなかった。

千代子さんの入院中、ボスやガソリンスタンドの社長夫妻はもちろん、子どもたちもかわいらしい手作りのお見舞いの品を持って、かわるがわる病院に来てくれた。みんな、夕方になると草原に遊びに来る子どもたちだった。小さなお客さんが現れると、千代子さんはどんなに体が辛そうな時でも、ベッドを起こし、できる限りの明るさで子どもたちをもてなした。


あれは、子どもたちが帰った後だった。

もらったばかりの野の花を牛乳瓶に活けて戻ると、千代子さんが窓辺に立って夕陽を見ながら歌を口ずさんでいた。耳を澄ますと、かすかに声が聞こえてくる。歌っているのは、千代子さんと同じ名前の演歌歌手が歌い大ヒットしたという懐メロだった。酔っ払った母さんとふざけて、よく一緒に大声で歌っていたっけ。

僕が病室に戻ってきたのに気づいたのか、千代子さんはふと歌うのを止めて振り返った。歌っていたところを見られたのが気まずかったのか、ちょっと恥ずかしそうな笑みを浮かべている。僕としては、もっとその歌声を聞いていたかったけど。

千代子さんは、ベッドの縁までゆっくりと移動し、そこに浅く腰かけた。それから、

「草ちゃん、さっき持ってきてくれた本、出してくれる？」

と僕に言った。

千代子さんにリクエストされ、寮のそばの市立図書館から借りてきた本だった。たくさんあったので、紙袋に入れたまま、物置の中にしまっておいたのだ。袋ごと枕の脇に置くと、千代子さんは中から一冊の本を取り出した。

「これがあったなんて、奇跡ね。草ちゃん、借りてきてくれてありがとう」

千代子さんが手にしたのは、子ども向けにわかりやすく解説された、空に関する本だった。すでに多くの人の手垢《てあか》がついて、表紙の角も丸くなっている。

「これね、小学校の図書室に置いてあって、大好きだったのよ」

千代子さんが、本を両手で胸に抱きしめながら、懐かしそうな顔をした。それから、旧友との再会を果たすように、ゆっくりとページをめくり始めた。

窓の向こうでは、いよいよ夕陽がまぶしい光を放っている。はちみつ色の光を浴びた千代子さんの髪の毛が、ススキの穂のように輝いていた。

熱心にページをめくる横顔を、僕は黙って見ていた。きっと小学生の頃も同じ顔で、同じ瞳で、同じ本のページをめくっていたのだろう。小学生の千代子さんなんて想像もつかないけれど、会えるなら、会ってみたいと思った。

すると、いきなり千代子さんが顔を上げ、僕に尋ねた。

「草ちゃん、ムーンボーって聞いたことある？」

きっと千代子さんの目には、僕がどんなに成長しようが、歳を取ろうが、たとえ背中の曲がったおじいさんになろうが、初めて会った、小学一年生のままなのだろう。千代子さんの声には、いつだってそんなニュアンスが含まれている。

「ムーンボー？」

恥ずかしながら、僕はその時、何かお菓子の棒かと思った。でも違うらしい。

「夜に出るね、虹なのよ。それを見ると、昔からいいことがあるって言われているの」

「夜なのに、虹が出るの？　日本でも、見られるってこと？」

いまいち想像ができなくて、僕は立て続けに質問した。

「そう、気象条件が整えば、すごく稀《まれ》だけど、見られるんですって。でも、日本ではどうかなぁ。わたしが知っているのは、ハワイのムーンボーの話。それをね、わたし、子どもの頃からずーっと見てみたかったの。死ぬ前に、一回でいいから、見たいんだよね。そしたら、奇跡が起きるかもしれない……」

「何、言ってんだよ。手術、成功したんだから、見に行きたかったら、いつだって行けるでしょ」

自分がこの人の息子だということを意識しながら、わざと乱暴な言い方をする。

「それもそうよねぇ」

千代子さんが、薄く微笑む。指先でちょっとでも触れたら、とたんに壊れてしまいそうなほど、儚い笑顔だった。

帰り際、僕が病室から出ようとした時だ。

「ねぇ、草ちゃん」

千代子さんが、切羽詰まったような声で僕を呼んだ。

振り向くと、

「お願いしたいことがあるんだけど」

少し強張《こわば》った表情で言うので何かと思ったら、

「草ちゃんの手をね、おチョコママに少しだけ貸してほしいの」

千代子さんが、遠慮がちに僕を見上げた。

ベッドのそばに戻って右手を差し出すと、千代子さんはそっとそれを左手で包みこむ。

昔はよく、こうして手をつないで歩いていた。でも、いつからか千代子さんの手には触れられなくなった。触れられないどころか、避けるようにすらなっていた。

どうしたらいいのかわからずにいると、千代子さんはまぶたを閉じたまま、陽だまりのような声で囁く。

「やっぱり、あの時の男の子って、草ちゃんだったんだよね。最近、よく夢に出てくるの。あの時は、助けてくれて、ありがとうね。わたしの人生って結局、占い師の言った通りになっちゃった。でも、草ちゃんがあの時の男の子だっていうのは、泉ちゃんに内緒だよ。泉ちゃん、きっとやきもち焼くから」

何のこと？　そう尋ねそうになって、慌てて口を噤んだ。千代子さんのまつ毛が、濡れていたからだ。千代子さんの言葉の意味は、わかりそうでわからなかった。

ほどなく、千代子さんは退院した。毎日のように家に帰りたいと言っていたから、ようやく念願が叶っての帰宅だった。

様子を見ながら、ゲストハウスの仕事も再開した。千代子さんの体を気遣い、母さんが先頭に立って切り盛りするという。

僕も、仕事で休みが取れると、なるべく家に戻った。バイクの免許を取ったので、寮から家まで帰るのにかかる時間も、だいぶ短くなっていた。いよいよ本格的な受験シーズンが到来した宝は、勉強とゲストハウスの手伝いを両立させようと一生懸命だった。

空き時間ができると、母さんと千代子さんは、よくマチュピチュ村を散策する。それが、千代子さんのリハビリとしても効果的だった。ふたりはもう、誰の目も気にしなくなっていた。堂々と手をつないで歩いていたし、そんな姿を見ていちいち気にとめる人もいなくなっていた。

千代子さんの調子がいい時は、一時間も二時間も、散歩に出たまま戻らない。さすがに途中で何かあったのではと気をもんでいると、ふたりがじゃれ合いながら帰ってくる。そんなことが、幸福だった。見ているだけでこんなにも幸せになるのだから、きっと千代子さんや母さんは、もっともっと、幸せだったに違いない。

千代子さんが病気になって、ふたりの仲はより深まっているように見えた。そこには、息子である僕や、娘である宝すら入り込む余地がない。春になると甘い樹液を出すカエデの木のように、愛し合うふたりの体からも、いつもほのかに蜜みたいな香りがする。

ふたりは、片時も離れなかった。僕は、こんな時間がこれからも永遠に続くのだと信じていた。

母さんから電話があったのは、退院から数か月後の、十月末のことだ。

それまでも、ふたりの母からは時々電話がかかってきていたから、別段珍しいことではない。けれど、今回は少し、様子が違う。

「とにかく、次の休みの日に来てくれる？　あの子が、またバカなことを言い出してきかないの」

電話口で、母さんはまくしたてるように言った。千代子さんをあの子と突き放して呼ぶ時は、たいてい何かある時だ。ただ、詳細は会ってから話すと言う。

数日後、仕事が終わってからバイクを飛ばして家に戻った。玄関のドアを開けようとしたところで、ふたりの激しい口論が聞こえてくる。

「ちゃんと戻してって言ってるでしょ！」

母さんの声だ。どうやら、千代子さんがいつも椅子を引きっぱなしにする癖を、母さんがまた咎《とが》めているらしい。

「気づいたら、戻してくれたっていいでしょう？　そんなことで、いちいちガミガミ言わないでよ」

「ったく、なんでそんなにおチョコちゃんはだらしがないの？」

「なんか最近の泉ちゃん、怒ってばっかり。ヒステリーだよ。更年期？」

「そうやって、年寄りをバカにしないでよね！」

「年寄りなんて、ひとことも言ってないじゃない」

「更年期ってことは、そう言ってるようなもんでしょ！」

当分終わりそうになかったので、僕はしばらく草原のベンチに座って、ほとぼりが冷めるのをじっと待つことにする。

十五分後、静かになったのを見計らいドアを開けた。すぐに母さんが不機嫌そうな顔で奥から出てきた。

「大丈夫？」

僕が小声で尋ねると、

「どうもこうもないわよ。お願い、おチョコちゃんを説得して。あの子、ソースケの言うことには、ちゃんと耳を傾けるから」

母さんは、自分にはお手上げだとでも言いたげに、これ見よがしにため息をつく。前回会った時より、母さんの頭にはずい分と白髪が増えていた。

母さんの荒っぽい言葉をつなぎ合わせると、どうやら、千代子さんが結婚式を挙げると言い出しているらしいのだ。母さんと声を潜めて話していたら、千代子さんが洗濯物を抱えて戻ってくる。

ふたりが顔を合わせた瞬間、またバトルが始まった。

「だから、体がちゃんと回復してからにすればいいでしょう！　元気になれば、どこだってまた行けるんだから。お医者様だって、安静にして無理はしないようにって言ってたじゃない」

ただ、千代子さんにも千代子さんの主張があった。母さんのその言葉に、真っ向から反発する。

「それじゃあ、意味がないの。この年末に、わたしは家族でハワイに行きたいの。泉ちゃんと、結婚式がしたいんだってば！　一生のお願いなんだから、聞いてくれたっていいじゃない！」

年末にハワイ？　さすがに、僕もびっくりした。それは確かに、あまりに急な話かもしれない。母さんが続ける。

「一生のお願いなんて、大袈裟なこと言わないでよね！」

「でもわたしはもう、こんな寒くて暗い冬には耐えられない。暖かくて、明るい場所に行って年を越したいの」

「おチョコちゃん、今までずっと、マチュピチュ村の冬が大好きだって言ってたくせに」

「でも今は気分が滅入るの。もう、暗い冬はこりごり」

「いつか本物のハワイに行くとして、今はハワイアンセンターとかで我慢すればいいでしょう。日本にも、暖かい場所くらいいっぱいあるんだから。南の島だってあるんだし」

「もう、泉ちゃんったら、この期に及んでバカなこと言わないでよね。ハワイとハワイアンセンターを一緒にしないで！」

ねぇ、といきなり千代子さんに同意を求められ、僕はしどろもどろになりながら曖昧《あいまい》に頷いた。さっき千代子さんが口にした、ハワイという言葉が引っかかっていたけれど、それを深く追及することができない。また、母さんが応戦する。

「こんな時に結婚式なんて、わざわざしなくたって、もう理解してもらっているわけでしょう？　このままで、いいじゃない。おチョコちゃん、何が不服なの？」

確かに、母さんの言っていることにも一理ある。僕も、今更という気持ちを拭えない。けれど、それを打ち破るほどの勢いで、千代子さんは力説した。

「今、このタイミングで、ウェディングドレスが、着たいの！　わたしたち、法的には結婚できないけど、それでもちゃんと祝福されたいの。これまでずーっと、なし崩し的にここまできたでしょ。でも、わたしはきちんと区切りをつけたい。泉ちゃん、わかってよ」

「全然わかんない。今じゃなくていいじゃない！　何も、病み上がりに……。それで体調が悪化したら、どうするつもり？」

「今だから、やりたいんじゃない。今じゃなくちゃ、いけないの！」

話は、平行線のままだ。僕は、ふたりの口論に、一歩も入り込めないで立ち往生するばかりだった。

「それに、年末年始は混むし、飛行機のチケットだって買えないよ。第一、宝の受験だってあるんだから。親として無責任なこと言わないでよね」

少し冷静さを取り戻した声で、母さんが続ける。

「幸せな両親の姿を見せることは、受験勉強よりずっと大事だと思う」

千代子さんも譲らない。僕の中の千代子さんは、いつも、風に吹かれるままそよそよと生きているイメージだ。だから、こんなに激しく自己主張する千代子さんが意外だった。

「宝の将来がかかっているんだから、そんな簡単な話じゃないでしょう」

確かに、今回に限っては母さんの主張の方が正論に思えた。何も、無茶をして今行かなくても、きっといつか、行くチャンスはあると思う。

その時ふと、僕は病室で聞いたムーンボーのことを思い出した。

「もしかして、千代子さんにそっと尋ねる。」


「それもあるわよ。家族みんなで、ムーンボーを見られたら素敵だもの」

千代子さんは、今にも消え入りそうな声で答えた。けれど母さんは、そっぽを向いて、口をきこうともしない。

夜、帰宅した宝に事の顛末《てんまつ》を話した。

「あー、それで最近、ふたりの仲が険悪だったんだー」

僕が深刻な話をしているにもかかわらず、宝は呑気な調子で言った。そして、

「ハワイかー、行ってみたいなー」

と続けた。

「だから、そういう個人的な希望じゃなくて、ここはさ、おチョコママの体を優先しないと」

あまりにも呆気なく宝がハワイ旅行賛成派にまわったものだから、拍子抜けだった。もっと、自分の受験を心配するとか、母親の体調を気遣うとか、ないのだろうか。僕の不満が伝わったのだろう、宝は少しふてくされるようにして言った。

「だって、当の本人が行きたがっているんでしょう。だったら、それを叶えてあげるのが、家族なんじゃないかなぁ。それに、ああ見えてママ、頑固だし」

「でも、今このタイミングで行かなくても……」

僕が口ごもると、

「いや、今だから行かなくちゃいけないんだよ、きっと。それに、おじいちゃんとおばあちゃんも歳とってきたから、そろそろ親孝行がしたいんじゃないの？」

宝が訳知り顔で言う。宝にとってはれっきとした祖父母でも、僕にとってはやっぱり遠い存在の人たちだ。

「でも、母さんのこと、いまだに許していないんだろ?」

「まぁね。ただ、和解するタイミングをお互いに探してるって気もするなー。だって、今さら泉ちゃんを家に連れて来いなんて、口が裂けても言えない性格だもん、おじいちゃんは。ママもママで、ずっとそのことを根に持って、依怙地《いこじ》になっている気がするし。そういうのに、いい加減ふたりとも疲れたんじゃないのかな」

宝の出生の秘密がつまびらかになったことと関係があるのか、たまに宝は、母さんのことを「泉ちゃん」と呼ぶようになった。

「そっかぁ」

できることなら、千代子さんの両親にも、もう母さんを許してほしかった。もしもそれが叶うのなら、確かに今ハワイに行くことにも大きな意味があるのかもしれない。

「ほんと、私たちは、親に振り回される運命なんだよ。早く、大人になりたい。大人になって、マチュピチュ村以外のところで、暮らしてみたい。もう、寒くて暗いのは、飽きたよ。ママの実家のお正月だって、全然楽しくないしさー。だから、ハワイに行きたーい! ニーニー、今度のクリスマスプレゼントは、かわいい水着にしてっ!」

ったく、どこまで能天気な奴なんだ。受験が控えているのに、ここまであっけらかんとしていられるってことは、やっぱりミラクル宝は健在なのかもしれない。

紆余曲折《うよきよくせつ》を経たものの、最終的にはハワイに行くことになった。

母さんは最後までハワイアンセンターにこだわったけれど、その提案は絶対に受け入れられなかった。

飛行機やホテルの手配は僕が、主に結婚式に関する段取りは千代子さんが、ハワイ観光に関する具体的な情報を調べるのは宝が、そして母さんは資金面での調整に奔走した。と同時に、家族全員がパスポートを申請した。唯一千代子さんだけは海外旅行の経験があったけれど、母さんと知り合ってからはずっとマチュピチュ村にいたので、パスポートの期限が切れていた。

最大の問題は、やっぱりお金のことだった。でも、それもなんとかなりそうだ。母さんたちには、ゲストハウス虹の収入をこつこつと貯金して築いたふたりの財産が少しはあったし、僕は僕で、近い将来車を買おうと思って計画的に貯めていた定期預金が、結構な額になっていた。

そして、僕が高校を卒業するまで毎月振り込まれていたという父さんからの養育費も、今回の家族旅行を大いにバックアップする結果となった。

母さんは、その存在を、僕が二十歳になるまで伏せていたのだ。毎月の額は少なくても、母さんはそれに一切手をつけていなかったから、旅行の足しにするには十分なほどに貯まっていた。僕や宝を、誰からの金銭的な援助も受けずに自分たちで育てるというのが、母さんたちにとっては大きな目標だったのだろう。

千代子さんの体力を考えると、日程は五泊七日が限界だった。それより短くても、長くても負担がかかってしまう。計画としては、最初にオアフ島で式を挙げた後、家族四人でハワイ島に移動する。ハワイ島で過ごす四日間は、母さんたちの子連れハネムーンであり、ムーンボーを探す旅でもある。

僕は、時間を見つけてはハワイに関する本を読みあさった。そうやって、家族全員が着々と準備を整えた。


年末、母さんと千代子さんは、オアフ島の繁華街から少し離れた、海沿いの丘にある小さな教会で式を挙げた。

千代子さんは最初から、裾の長いふわふわのウェディングドレスを着ると決めていたらしい。でも母さんは、出発ぎりぎりまで悩んでいた。もう二十年以上も前になるけれど、最初の結婚の時にウェディングドレスを着たことがあったから、どうやらまた同じ格好をするのに抵抗を感じていたようだ。

結局は、千代子さんのウェディングドレスと同じ淡いクリーム色の生地でできている、優しいラインのスーツを身につけた。千代子さんは頭に植物の葉っぱや花で作った素朴なかんむりをのせ、母さんは僕がクリスマスにプレゼントしたパナマ帽をかぶった。どこからどう見ても、ふたりはお似合いのカップルだった。

母さんたちは、同性婚に理解ある牧師さんの下、うやうやしく式を挙げた。

おごそかなパイプオルガンの音色と共に、千代子さんが父親にエスコートされて登場する。ふたりは、ゆっくりと一歩ずつ祭壇の方へと近づいた。

その後、牧師さんの前に並んだ母さんと千代子さんは、神様の前で愛を誓い、お互いに結婚指輪を交換した。指輪の裏側には、相手の名前と結婚記念日が記してある。最後は、母さんが千代子さんをエスコートする形で、無事に式を終えた。

華やかな鐘の音と共に、腕を組んだふたりが教会から外に姿を現す。海からの光が、ベールのようにその姿を柔らかく包み込んでいた。

「おめでとう！」

「千代子ちゃん、きれい！」

「泉ちゃんも、すてきよ！」

あちこちから、祝福の声がする。

母さんが以前働かせてもらっていたガソリンスタンドの社長夫妻も、はるばるマチュピチュ村の隣町から駆けつけていた。今まで決して会うことのなかった千代子さんの両親や親戚、幼馴染みもいる。

僕は、母さんの父さん、つまりは僕のおじいちゃんに初めて会った。まだ生きていることはなんとなく察していたけれど、母さんはそのことに関して口が重く、ほとんど僕には話さなかった。

もちろん、ここに至るまでには、本当にいろいろあったのだ。とにかく親戚を一人残らず呼びたい千代子さんに対して、母さんはあくまでも反対だった。あわや流血事件か、というほどの派手な喧嘩を繰り返し、ようやく母さんが折れたのだった。

千代子さんは、自分の両親や母さんの父親、ひとりひとりに心を込めて手紙を書いた。結果的にはその手紙が、頑なに閉じていた人たちの心をハワイの空へと向かわせたのだろう。

甲高い口笛や指笛の音が飛び交い、鳥たちまでが幸福な歌をさえずっている。同性である母さんと千代子さんの結婚に異議を唱える人など、どこにもいない。中には、わざわざ足を止めて英語でお祝いの言葉を叫ぶ、通りすがりの地元の人もいた。

リクエストに応え、母さんと千代子さんは、みんなの前で口づけを交わした。母さんたちを取り囲む人だかりは、どんどん増えていく。誰かが、ふたりの首にお祝いのレイをかけてくれた。

海辺の波はいっそう穏やかになり、優しい風を運んでくる。どこからか、花の蜜を集めたような甘い香りが囁くようにやってきて、僕らをますます幸せな気分で満たした。

僕は、ようやく千代子さんの気持ちを理解した。千代子さんは、これがしたかったのだ。はるばるハワイにやって来たのも、無駄ではなかった。千代子さんの笑顔を見ていたら、すべての苦労が報われた。

　駆け落ちから始まって、ここに至るまでのふたりの長い歴史を思うと、うっかり涙ぐみそうになった。でも、泣いている場合ではない。僕は、この旅行中のカメラ係を言い渡されており、記念すべき瞬間を、逐一フレームに収めなくてはいけなかった。

　式の後は、近くの植物園のカフェに移動して、ささやかな立食パーティーを開いた。宝はきゃーきゃーとはしゃぎながら、自分が主役でもないのに、まるで自らの結婚式であるかのように浮かれている。せっかく着つけてもらった振袖も、好き勝手に動き回るものだから、すっかり襟元が緩んでいた。本当は、千代子さんが成人式に着るために用意された着物だった。けれど、その前に千代子さんは母さんと駆け落ちしてマチュピチュ村に住んでいたから、成人式になど出席できなかったのだ。その曰《いわ》く付きの振袖が、ようやく宝によってハワイの空の下で日の目を見ている。

　それなのにお転婆の宝は、草履が足に合わなくて痛いと言い出し、草履も足袋も脱ぎ捨てて、裸足になって野原を駆け回っていた。この時ばかりは、ミラクル宝の完全復活だ。

　カクテルを飲みながら、大きな葉っぱに盛られた数々のハワイ料理を堪能した。ゲストで呼んだミュージシャンたちがそれぞれ楽器を奏でる中、どこからともなく現れたダンサーたちが優雅にフラを踊っている。

千代子さんも、その間に入って一緒に手足を動かした。まるで、風の精と戯れているかのようなゆったりとした動きに、思わず見惚《みと》れてしまう。

千代子さんは、何度も母さんを呼んで一緒に踊ろうと誘った。根負けしたのか、最後には母さんもフラの列に加わり、不器用ながらも精一杯手足を動かしていた。千代子さんが踊るとフラなのに、母さんが踊ると阿波《あわ》踊りになるのには笑ったけれど。

最後に、ふたりはお互いへの手紙を読み上げた。

千代子さんは、「泉ちゃん、わたしを見つけてくれて、ありがとう」と言ったきり、声が詰まって言葉が出なくなり、代わりに宝がその全文を読み上げた。

照れ屋の母さんも、この時だけは、無骨で美しい手紙を朗読した。そして、自分の言葉だけでは足りないからと歌まで披露した。あの、恥ずかしがり屋の母さんの、どこにそんな勇気があったのかわからない。

歌ったのは、『愛の讃歌』だ。最初はみんなのおしゃべりでざわついていた会場が、母さんの歌声が響くに従って静まりかえっていく。決して上手でも、美声でもない。でも、誰もが思わず聞き入ってしまうほど、魅力的な歌声だった。

こっそり練習を重ねたであろうその努力を思うと、応援せずにはいられなかった。こんな時、僕は母さんを本気ですごいと思ってしまう。

ふと見ると、千代子さんのお父さんとお母さんが、涙を流している。宝から聞いていたよりも、ずっと優しそうな人たちで安心した。

誰もが皆、母さんと千代子さんの幸せを願った。幸せのおすそ分けをもらい、おなかも心もいっぱいになっていた。僕自身、気を失ってしまいそうなほどだった。このふたりの母に育てられたことを、誇りに思った。宝も感動したのか、時々涙を拭っている。

招待客がおのおの帰り道につく頃、ふと見上げると、はるか遠くの海の上に、ぼんやりと虹がかかっていた。

「虹が出てる！」

僕は宝物を見つけた第一発見者気取りで、声高に叫んだ。まだ会場に残っていた人たちが、みんな同じ方向に顔を向ける。千代子さんと母さんも、虹を見て微笑んでいた。

「幸先《さいさき》がいいね」

母さんが、千代子さんと腕を組んだまま囁いている。

「うん、きっとムーンボーだって見られるよ」

宝も、力強く口にする。

ミラクル宝よ。

今こそ、己のパワーを残さず発揮する時がきたのだ。

僕は、自分に残されている未来のラッキーをすべて使い果たしてしまっても構わないから、千代子さんにムーンボーを見せてあげたかった。奇跡のムーンボーを、ふたりの結婚のお祝いにプレゼントしたかった。それが、息子としての自分の役割を全うすることに他ならないと信じていた。


「昨日は、本当に幸せな一日だった。心から、どうもありがとう」

式を挙げた翌日、空港に行ってハワイ島行きの飛行機を待ちながら、千代子さんはしみじみと僕らに言った。まだ夢の中にいるような、心地よい余韻が残っている。思い出すと、幸せでまた気を失いそうだった。

「結果的には、やって良かったよね」

憧れのコナコーヒーを飲みながら、母さんもしみじみと言う。

ずっと、母さんは結婚式を挙げることに消極的だった。でも、実際やってみて、その考えが変わったのかもしれない。

「みんなから、あんなにおめでとうって言われたこと、五十年生きてきて、初めての経験だったの。言葉って、魔法なのよね。自分たちが、世界一の幸せ者なんだって実感した。だからおチョコちゃん」

そこまで言うと、母さんは急に声を詰まらせた。

「いっぱい傷つくこと言っちゃって、ごめんね。許してくれる？」

母さんは、千代子さんの手を愛おしそうに自分の手に取りながら謝った。

「わたしだって、みんなにわがままを言ってしまって、ごめんなさい」

千代子さんが、本当に申し訳なさそうに頭を下げる。

「でもさ、こうして家族四人で海外旅行に来られたんだから、結果オーライだよ。アラモアナセンターで、もう少しショッピングがしたかったけどー」

宝が、ビーチサンダルを履いた足をパタパタ鳴らしながら、子どもっぽい口調で言った。

搭乗のアナウンスが流れたので、僕らは飛行機に乗り込んだ。行き先は、ハワイ島のヒロ空港だ。タカシマ家の四人は、横一列に並んで着席した。すると、窓側に座っていた千代子さんが、急にハッとした表情で腕時計を見つめ、何かを真剣に考えている。そして、いきなり大きな声を出してみんなに叫んだ。

「あけまして、おめでとう！」

そうか、日本とハワイの時差は十九時間で、ハワイの方が遅れているから、もう日本は年を越したのだ。

「あけまして、おめでとう」

僕も、周りの人に気をつかいながら、声を潜めて挨拶した。

「ハッピーニューイヤー！」

「おめでとう」

宝と母さんも、それぞれお祝いの言葉を口にする。正確には、日本の時刻ではすでに新年を迎えてから数時間が経っていたけれど、そんなことを気にしたって仕方ない。こうして僕らは、タカシマ家結成以来初めて、家族四人揃って新しい年を迎えたのだった。

宿は、母さんがどうしても自分たちと同じようなことをやっているゲストハウスに泊まってみたいと言うので、ホテルではなく、こぢんまりとしたアットホームな所を選んでいた。今日から三泊は、そのゲストハウスにお世話になる。

予約する時はわからなかったけれど、なんと宿泊するゲストハウスのオーナーは、ゲイのカップルだった。スキンヘッドで体の大きいミヒャエルと、小柄でちょっと天使っぽい風貌のマニュは、ジャングルの中で「ダブルM」というゲストハウスを営んでいる。おそらく、ミヒャエルのMとマニュのMの意味なのだろう。レズビアンの母たちのハネムーンで泊まる宿がゲイのカップルが営むゲストハウスだったなんて、特別な運命を感じずにはいられなかった。

僕らは、迎えにきた彼らの古いジープに乗って空港を出た。軽く島内を観光しながら、ゲストハウスを目指す。途中、千代子さんと宝は、ふらりと立ち寄ったディスカウントの布屋で、色鮮やかなハワイアンの生地のワンピースを仕立てた。

何度も生地を体に当てては、鏡の前で品定めする。そんな姿に母さんは呆れてどこか他の店に行ってしまい、代わりに僕が、ふたりの終わりなきファッションショーに付き合わされた。

ようやくどれにするか決まった時には、店に足を踏み入れてからすでに一時間以上が経っていた。あれこれ悩んだわりには、ふたりとも最初に手にした布を選んでいる。宝は赤い色にオウムのような鳥がプリントされている生地を、千代子さんは黄色にたくさんの花がプリントされている生地をそれぞれ選んだ。

明後日《あさって》までにワンピースに仕立て、ダブルMまで届けてくれるそうだ。ハワイには来られなかったボスへのお土産に、宝と同じ柄でエコバッグも作ってもらった。

ミヒャエルとマニュが営むダブルMは、ジャングルの中に存在するらしく、途中からは道なき道を、巨大な植物をかき分けるようにして進んでいく。常に穏やかな笑みをたたえ、いかにも温和そうな性格に見えるマニュだけど、運転はいたって大胆だった。ジープは上下左右に大きく揺れ、そのまま横転してしまうんじゃないかとハラハラした。しっかりと手すりにつかまっていないと、体が吹き飛ばされそうになってしまう。母さんが腕を回して、千代子さんの体を支えている。

「マイカイ、マイカイ」

後ろを振り向いて僕らの様子を確かめながら、ミヒャエルが言った。僕は最初、片言の日本語で、毎回こうだと言っているのだと思った。でも、マイカイというのは、ハワイの言葉で、大丈夫という意味だという。

　車が停車したので顔を上げると、ジープが小さな建物の前にとまっていた。周りは鬱《うっ》蒼《そう》としたジャングルで、見たこともない原色の花が誇らしげに咲いている。

ジープを降りた瞬間、甘い香りに抱きしめられた。ぎゅっと抱きしめられるというよりは、ふわりと包み込まれるような感じ。まだ数時間しか滞在していないのに、僕はハワイ島にすっかり心を奪われていた。まるで恋に落ちたみたいに、この島の空や風や緑が好きになっていた。足元には、マカダミアナッツの実が落ちている。

　マンゴーの巨木にただ防水シートを張っただけの風の吹き抜けるロビーで、ちょっとほろ苦くて癖のあるウェルカムドリンクを飲み、さっそく部屋に案内された。

そのコテージがまた、すごかった。オアフ島にある近代的なホテルでは二部屋に分かれて泊まったけれど、今日からは家族四人、ひとつの部屋に宿泊する。ダブルMには、このコテージしか宿泊客の泊まれる部屋はないそうで、つまりは一日一組だけのゲストハウスだった。

　軽く百平米はありそうな室内には、点々とベッドが置かれており、そのひとつひとつが、美しい花で飾られていた。天井は高く、周囲はすっぽりと緑に囲まれ、広々としたベランダ、ラナイがあり、揺り椅子やローテーブル、ハンモックも置いてある。どこからともなく透き通るような鳥の声が響いてきて、風は常に心地よく、まさにオアシスのような場所だった。

母さんと千代子さんにはふたりでキングサイズのベッドを使ってもらい、僕と宝は、それぞれシングルベッドを独占した。それでも、十分すぎるほどの大きさだった。あまりにも部屋が広すぎて、話し声も聞き取れない。木漏れ日を感じながら、僕はベッドの上で少しだけ休んだ。

宝も、窓際のベッドでまどろんでいる。その足が、相変わらず「4」の字になっているのには笑いそうになったけど。

まるで、コールセンターで働く現実が嘘のように思えた。電話が鳴らない、もうそれだけで天国だった。

夜は、夕陽を見ながらのバーベキューだ。ダブルMで飼われている三匹の犬も交え、二家族みんなでの賑やかな食事となる。ダブルMのふたりには養子が四人もおり、すでに成人した長女と長男は、アメリカ本土で働きながら暮らしているそうだ。ミヒャエルがディナーの支度をする間、マニュが誇らしげに彼らの写真を見せてくれた。四人の子どもたちは全員、肌の色がそれぞれ違う。

千代子さんは、ミヒャエルと英語でかなり深い話をしているらしく、僕は途中から話についていけなくなって、食べることに集中した。そんなふうに、相手の話に耳を傾けるのを放棄してしまえることもまた、新鮮だった。

陽が暮れると、辺りは真っ暗闇になった。食後、マニュが作ってくれたタピオカ入りの甘いミルクティーを飲みながら、片言の英語とわかりやすい日本語を組み合わせ、ムーンボーについて質問した。もしもムーンボーがよく見られるポイントがあるのなら、この後、ジープで連れて行ってもらえないかと交渉しようと思ったのだ。今夜がちょうど満月で、それに合わせてスケジュールを組んでいた。ムーンボーは、満月の夜に見られることが圧倒的に多いらしい。

けれど、マニュからは意外な言葉が返ってきた。

「ムーンボー？　もう長いことハワイに住んでいるけれど、僕だって、見たことがないよ」

耳を疑った。もちろん、滅多に見られるものではないことは、事前に調べたのである程度は心得ている。でも、ハワイ島に住んでいる人なら、一度や二度は誰しも見ているのだと思っていた。ハワイにはミヒャエルの方が長く住んでいるけれど、彼も、実際に目撃したことはないという。それくらい、ムーンボーに出会えるというのは奇跡的なことなのだろう。

それでも、マニュは親身になって相談に乗ってくれた。そして、友人知人のネットワークを使って、もしもどこかでムーンボーが現れたら知らせてもらえるよう手配すると、約束してくれた。ただ、たとえムーンボーが現れても出ている時間はわずかなので、近所でないと間に合わないかもしれないとのことだった。

「グッドラック！」

マニュは笑顔で言い、僕の背中を力強く叩いた。

だがその夜、最初の幸運は現れなかった。


次の日は、千代子さんがかねてより会いたかったという、クムの家に行くことになっていた。クムとは、ハワイに代々伝わる知恵をそなえた長老のことで、ハワイでは特別な存在らしい。その彼から、ハワイ伝統のロミロミというマッサージをしてもらうのだ。マッサージ以外にも、瞑想したり、悩みを打ち明けたり、体と心、両方に働きかけるセッションを受けるという。母さんも一緒に、その会に参加することになっていた。

その間、僕と宝はマニュの運転で、キラウエア火山のある国立公園に行ってハイキングを楽しんだ。地球上でもっとも活発な火山で、ハワイの人たちは、今なお噴煙を上げ続けるこの山を、親しみを込めてボルケーノと呼んでいる。ボルケーノはハワイ島最大のパワースポットとして知られ、世界自然遺産にもなっている。

陽が暮れる頃、展望台まで行くと、溶岩が海に流れだす場所を一望することができた。実際に溶岩を生で見ると、本当に迫力がある。お供え物を手向けてなんとか火山の女神ペレの機嫌を取ろうとする地元の人たちの気持ちが、わかる気がした。雪は人の力で動かすことができるけど、溶岩流には触れることはおろか、近づくことさえできない。まるで、地球という体内から血液があふれ出ているようだった。

「地球って、今この瞬間も、生きているんだね」

宝が、溶岩を見つめたままぽつりと言う。

マチュピチュ村は冬の雪に埋もれる暮らしだけど、ハワイでは熱い溶岩の上で生活している。

僕は、その光景に圧倒されて、どうしてもカメラのレンズを向けることができなかった。たとえ一枚の写真に収めることはできても、この強大な気配は決して写せない。そう思って諦めたのだ。

辺りがすっかり暗くなった帰り道、懐中電灯で照らすと、トレイルから外れた場所に、一本の植物が生えているのを見つけた。象の皮膚のように波打つ乾いた溶岩台地のすき間から、這い出すように小さな植物の茎が伸びている。その枝の先には、アザミに似た、ふわふわとした赤い花が咲いていた。

その姿を見たとたん、僕はそこから一歩も動けなくなっていた。どんな過酷な場所にも、生命がある。その事実に、圧倒された。根っこを張って、芽を伸ばし、必死に生きようとしている。母さんや千代子さんにも、見せてあげたかった。

僕らが外に出ている間、ミヒャエルはキッチンで数々の体に良さそうな料理を作って待っていてくれた。

「せっかく体が浄化されたんだから、食べ物で、より美しくならないとね」

最初はちょっと怖い印象のあったミヒャエルだけど、少しずつ話すうちに、ものすごく情が深いことがわかった。千代子さんが、自分で彼に病気のことを伝えたのかもしれない。

いったんコテージに戻ってシャワーを浴びてから食堂に戻ると、テーブルにはすでに色鮮やかな料理が並んでいる。ローフードと呼ばれる、熱を加えずに作る特別な調理法らしい。今夜は母さんもお酒を飲まなかったので、全員、スムージーで乾杯した。

コテージに戻ってから、寝る前にラナイにヨガマットを広げ、家族でヨガをやった。千代子さん以外、みんな体が硬かった。宝は、運動もしているし年齢も若いから体が柔らかいはずなのに、意外と硬くてびっくりする。母さんも、かなり腰が辛そうだった。僕は、トイレ以外ずっと座りっぱなしの職場なので、坐骨《ざこつ》神経痛に悩まされている。

体を動かした後は、そのままマットの上に手足を広げて瞑想する。その時も僕は、ムーンボーに出会えることをただただ祈った。けれどその必死の祈りも、母さんの鼾《いびき》の音で頓挫《とんざ》した。

いったい、どうやったらそんなに短時間で、眠りの世界に行けるのだろう。電気のスイッチを消すみたいに、一瞬にして眠っている。普段から眠れずに何度も寝返りを打ってなんとか長い夜をやり過ごしている僕にとっては、信じられないような神業だった。

くすくすと、宝が笑っている。

「きっとロミロミをやって、体が解放されたのよ」

千代子さんが、小声で囁く。僕は、黙って耳を澄ました。母さんの鼾や歯ぎしりは今に始まったことじゃないけれど、僕は今までで一番、母さんの鼾を幸福なものに感じた。そして、母さん本人のことも、幸せな人だと思った。

ただ、残念ながらその夜も、ムーンボーには出会えなかった。


三日目は、日曜日ということもあり、マニュとミヒャエルと幼いふたりの子どもたち、それに犬三匹も連れて、ピクニックに出かけた。

千代子さんには、日本を発つ前から、海に入りたいという希望があった。もしかすると、海の塩分が、体を浄化してくれると思っていたのかもしれない。その願いは切実だった。

けれど、この近くには安心して泳げるようなビーチが少ない上に、いくら常夏のハワイと言っても、時期的にかなり水が冷たくて、無理して入ってもかえって体調を崩してしまうかもしれないという。家族四人で海に入ろうと、水着やシュノーケルの道具を持ってきていたので残念だった。

そのことをマニュに話したら、だったら僕らの秘密の場所に案内してあげよう、ということになったのだ。

連れて行ってくれたのは、天然の温水プールだ。地元の人は、ホットポンドと呼んでいて、聖地でもあるという。火山の熱に温められた湧き水と冷たい海水が混じり合い、水浴びをするのにちょうどいい温度になっていた。

本格的に泳いでいる人もいれば、シュノーケルをつけて魚を見ている子どももいる。陸地では、至る所でパーティーが開かれ盛り上がっていた。皆、思い思いに日曜日を楽しんでいる。

おなかが空いたら陸に上がってランチを食べ、おなかがいっぱいになるとヤシの木陰でうとうとし、目が覚めたらデザートのフルーツを齧り、また少し泳いで水と戯れる。

僕らがホットポンドに入っていると、ミヒャエルがアコースティックギターを爪弾き、マニュが小さな太鼓を叩いた。それに合わせて子どもたちが歌って踊る。三匹の犬は、泳いだり、じゃれ合ったり、欠伸《あくび》をしたりして寛いでいる。

水の中では、母さんと千代子さんが歓声を上げながらふざけていた。地元の子どもたちと一緒に、宝が水をかけ合いっこしている。その度に、水面が光のビーズをまき散らしたように輝いた。何もかもが美しく、愛おしかった。

ただ、幸福を目の当たりにすればするほど、僕の胸には罪悪感が募った。だって、今この瞬間もコールセンターにはひっきりなしに電話が鳴り続けているのだ。自分だけがこんな風にのんびりと幸せな時間を謳歌《おうか》するなんて、日本で働く同僚たちに申し訳なかった。

旅の終わりが近づくにつれ、僕はまた仕事のことを頻繁に思い出すようになっていた。僕にとっての現実は、あくまでもコールセンターの中にある。

千代子さんは、もう一度ロミロミの予約を取っていた。途中、クムの家の前で千代子さんだけがジープから降りる。今夜は母さんも付き添わず、千代子さん一人で行くそうだ。

ミヒャエルは、マニュと協力してすぐにディナーの用意をしてくれた。あんなにランチを食べたはずなのに、もうおなかが空いている。そう言えば、ハワイでは不思議と食欲が戻っていた。それまでは、おなかが空くという感覚すら忘れかけていたのに。

最後の晩は、カルアピッグというハワイの伝統的な料理だった。地面に穴を掘って高温に熱した石を並べ、その上にバナナの葉とティーリーフと豚肉を重ねて蒸し焼きにする。僕も途中から、ミヒャエルとマニュの作業を手伝った。

たき火を囲み、星を見ながらカルアピッグを頬張った。その場に千代子さんがいなかったのは残念だけど、千代子さんは千代子さんで、気の流れを整えるという大事な時間を過ごしている。

早々にディナーを切り上げ、コテージに戻った。ムーンボーのことを考えると、のんびりと食事を楽しむような気持ちになどなれなかった。どう逆立ちしても、ムーンボーに出会うチャンスは、今夜しかない。

ラナイに出て夜空の様子をうかがっていると、後から宝もやって来た。風呂好きの母さんは、先に湯船に浸かっている。今夜は、母さんも母さんで、千代子さんと離れ、大事な時間を過ごしている。

「なんとかならないのかよ」

空を見たまま、僕は言った。

「お前、ミラクル宝なんだから、ムーンボーくらい呼べるだろ」

じれったい気持ちの矛先を、あろうことか妹に向けてしまう。それでも宝は、気にせずに穏やかな口調で言った。

「よくさ、雨乞《あまご》いとかってあるじゃない。あれとおんなじように、虹乞いっていうのを、やればいいんじゃないかな」

宝の言葉に、深いため息をついた。やっぱり、ここまで来ると神様を拝むしかないのだろうか。でも、もう僕は何日も前から必死にお祈りしているのだ。これ以上、何を祈れと言うのだろう。宝にも奇跡が起こせないのなら、僕が奇跡を起こせることなど、まずありえない。すると、だけどさー、と宝が付け足した。

「ニーニー、ムーンボーって、どうしてできるんだっけ？」

「だからー」

　僕は口を尖らせる。宝にムーンボーの仕組みを解説するのは、これで三度目だ。

「雨が降るだろ。そのスクリーンに月の光が当たって、それが虹になるんだよ」

　僕は、宝にもわかるよう極力簡単に説明した。それを聞いた宝が、腕組みして何かを考えている。数秒後、ふと顔を上げると当然のことのように言った。

「だったら、作ればいいじゃない」

「作る？　作るって、何を？」

「だから、ムーンボー。雨が降れば、見られるんでしょ。ほら、よく子どもの頃に、ニーニーと草原に水を撒《ま》いてて、小さい虹ができたの覚えてない？　結局は、ムーンボーって言っても、あれと一緒ってことでしょう。そこに、月の光にかわるものがあれば、虹ができるんじゃないの？」

　宝が、新大陸を発見したかのような表情で、自信たっぷりに思いついたばかりの持論を展開する。

「でもさぁ、千代子ママが見たいのは、それでいいのか？」

　僕は、疑問だった。そんな人工的なムーンボーで、納得するだろうか。喜んでもらえるだろうか。しかも、そんな小さな虹に、果たして最高の祝福のパワーがあるだろうか。

「マイカイ、マイカイ！」

　宝は大声で言った。

「見られないよりは、そんな虹でも、見られた方がいいに決まってるじゃん！　ママは、絶対に喜ぶって。神頼みをして見られないより、ずっとナイスだよ」

　こうなると、もう宝の勢いは止められない。僕も途中から、手作りのムーンボー案に、少しずつ心を動かされていた。

　仕組みは、いたってシンプルだ。要するに、宝の言葉を信じるなら、雨と月にかわる何かがあればいいということだった。だけど、果たしてそう簡単に虹が作れるだろうか。

「やるしかないって！　それでダメなら、仕方ないじゃん！」

　宝に励まされ、僕もようやく本気になった。

　急いでロビーに戻って、マニュに相談した。マニュも、グッドアイディアだと喜んでいる。すぐに、納屋からホースと懐中電灯を持ってきてくれた。水道は、ラナイにもついているので助かった。

「グッドラック！」

　威勢の良い励ましの声を背中で聞きながら、僕は再びコテージへと駆け足で戻った。

　バスローブ姿の母さんに、さっそく宝が説明を始めている。母さんは、躊躇《ちゅうちょ》するかと思いきや、積極的に僕らの、いや宝のアイディアに賛同した。そして自分は、ロミロミを終えた千代子さんをマニュのジープで一緒に迎えに行き、エスコートすると言い出した。宝は下で懐中電灯を持ち、僕はラナイからホースで雨を降らせる役になる。

大急ぎで、リハーサルをやった。僕が水道の蛇口にホースをつなぎ、細かいしぶきが出るよう微調整している間に、庭に出た宝が微妙な角度で懐中電灯の位置を動かす。母さんは、少し離れた位置から確認し、僕と宝に指示を出しながら、きれいに虹が見える状態を指摘する。本番では、その場所に千代子さんをうまく連れて来ることになっていた。

何度も何度も懐中電灯の向きや光の量を調節し、やっと母さんからオーケーが出たのは、ジープで千代子さんを迎えに行くと言われていたわずか二分前のことだった。僕らはもう一度段取りを確認し、すぐに持ち場へと戻った。

千代子さんがロミロミをやってもらっているクムの家は、車だとほんの数分で着いてしまう。ゆっくりお茶を飲んだり、駐車場から少し歩くことを考慮しても、そんなに時間はかからず戻るはずだ。

宝は、懐中電灯の位置を動かさないよう、ずっと闇の中で固まっていた。そんな姿を目にして、僕はますます緊張した。どうか、小さな虹の欠片《かけら》でもいいから、ほんの一瞬でも構わないから、千代子さんの前に現れてほしい。それだけを祈った。

やがて、遠くから母さんの声が聞こえてきた。僕らにわかるよう、母さんは普段より大きな声で話している。僕は水道の蛇口をひねって水を出し、宝は懐中電灯のスイッチを入れた。さっきのリハーサルと同じ条件が再現されているのなら、確かに夜の虹ができているはずだった。

少しずつ、声が近づいてくる。

「おチョコちゃん、ちょっとだけ、夜の散歩に付き合ってよ」

ぎこちない声で、母さんが千代子さんを誘った。こういう時、母さんは本当に演技が下手だ。がんばれ、母さん。あと少しだから。千代子さんを、無事にここまで連れてきてくれ。僕は、不器用な母さんに、心の中でエールを送り続けた。

ふたりは、ロミロミについて話しているようだった。ぐんぐんと、ふたりの声が近づいてくる。きっと母さんと千代子さんは、お互い相手の肩にもたれるようにしながら、腕を組んで歩いているに違いない。

ただ、僕の立っている場所からは、ふたりの姿が見えない。宝には、見えているのだろうか。わからなかったが、とにかく、僕は自分の役割を全うすることに専念した。

すると、いきなり甲高い声が響いた。

「見て！」

その声は、間違いなく千代子さんのものだ。母さんが強引に誘導したのではなく、千代子さんが自分の目で発見したということだ。そしてつまりそれは、僕らの行為がムーンボーを生み出しているという決定的な証に違いなかった。

企ては、成功したのだ。

「きれいだねぇ」

今度は、母さんの声がする。

「最高！」

千代子さんが、絶叫した。

僕からは、まだふたりの姿が見えない。それでも、仲睦《なかむつ》まじく寄り添って、ムーンボーに見入っているふたりの母の笑顔が、目に浮かぶようだった。

夜の虹を見た人は、生涯幸せになる。

もしそばに愛する人がいれば、ふたりは永遠に結ばれる。

出発前、日本で読んできた本に、そんなようなことが書かれてあった。

幸せでありますように。いつまでも、ふたりが幸せでありますように。

僕の祈りは、細やかな水しぶきとなって大地の上に降り注いでいく。

千代子さんと母さんは、いつまでも手作りのムーンボーに見入っていた。

耳元にお揃いのハイビスカスの花を飾った三人が、自分たちの背よりもはるかに高い植物に囲まれて、同じように両手をバンザイする。記念に、せーので全員がジャンプしている写真を撮った。千代子さんが、小学生みたいにはしゃいでいる。ハワイに滞在した数日間で、千代子さんは病気になる前以上に元気と明るさを取り戻していた。

空港で、僕ら家族とダブルMのふたりは、それぞれきつくハグをして別れた。文字通り、涙ながらのお別れだった。空は晴れて青空なのに、僕らがいる空間だけは妙に湿っぽくて、演歌の世界になっている。

僕も、マニュとミヒャエル、両方の体をぎゅっと両腕で抱きしめた。ふたりとの友情を胸にしまい、少しも傷つけることなく、大事に日本まで持って帰りたかった。

こうして僕らは、十時間近いフライトを経て、白一色のマチュピチュ村に帰ってきた。日本に到着した瞬間、電話の音にハッとして飛び起きたが、どうやら聞こえたのは僕だけだったらしい。また、夢の中でも電話が鳴る日々が始まったのだ。

飛行機の窓から見える景色が違い過ぎて、まるで宇宙旅行から帰還したような気分だった。

でも、僕らが過ごした五泊七日は、決して夢でも、幻でも、宇宙旅行でもない。

その証拠に、みんなの肌が小麦色に焼けている。それに、母さんと千代子さんの薬指には、お揃いの指輪が、きらきらと光り輝いている。

第四章　エピローグ、じゃなくて、これから

小学生の頃、両親の夜の声を聞くのが好きだった。私はよく、冷たい壁に耳をくっつけて、その音を盗み聞きしたものだ。不思議なことにそれまでどんなに深く眠っていても、それが聞こえてくるとふと目が覚めた。

子どもながらに、その声には何か特別な秘密が隠されていることを感じていた。二段ベッドの下には、ニーニーが寝ている。見つかると絶対に止めさせられるから、私はニーニーに気づかれないよう、こっそり、隣の部屋にいるふたりの気配に耳を澄ました。声の出どころは、泉カカとおチョコママだ。私には、生まれた時からふたりの母親がいる。ふたりはレズビアンマザーとして、私とニーニーを育てている。

カカとママの出会いは十七、八年前に遡《さかのぼ》るという。その時、私はまだ生まれていなかった。お互いに一目惚れだったらしい。すぐさま手に手を取って駆け落ちし、マチュピチュ村に流れ着いたというわけだ。

この時の話を、私は間接的にしか知ることができない。それが、今でもすごく悔しい。

そばで一部始終を見ていたニーニーは、本気でずるいと思う。私も、両親の駆け落ちに、参加したかったな。その時すでに、ママの子宮にはちっちゃな私がへばりついていたわけだけど。

周囲からは、中学生にもなって絶対ありえないと断言されるが、私は、自分がカカとママが愛し合って誕生した子どもだと、本当に信じていた。だって、高島家には疑う余地など微塵もなかったし、その歳になるまで、誰も何も教えてくれなかったのだ。

だから、男女の行為でしか赤ちゃんができないと知った時は、青天の霹靂というか、天と地がひっくり返ったような気分だった。遊園地のアトラクションだったら一瞬ひっくり返ってもまた元に戻るけど、私のそれはずっと逆さまのままで、最初はかなり混乱した。

神様はなぜ、男女の行為だけでしか子どもが生まれないなんていう意地悪な仕組みを作ったのだろう？　男同士や女同士では、どうして赤ちゃんができないのかな？

私からしてみると、そのことの方がよっぽど不思議なのだ。男女だったら、そこに愛がなくても赤ちゃんができちゃうのに、男同士や女同士ではどれだけいちずに愛し合っても決して赤ちゃんを授からないなんて、不公平すぎるではないか。

神様だったら、愛し合っているカップルには、同性、異性にかかわらず、望めばみんなに赤ちゃんをプレゼントするくらい、太っ腹でもいいんじゃないかと思うのだ。だって、私の両親みたいな同性愛者は、目立たないだけで実はたくさんいるんだもの。天と地がひっくり返って大騒ぎした私だったけど、それもママからのカミングアウトで、一瞬にして凍りついた。

ママが癌？

そんなの信じたくなかった。でも、現実以外の何ものでもなかったのだ。私は、遅れてやって来た反抗期を、一時的に中断せざるを得なくなった。

年末年始、わが家はみんなでハワイに行った。両親の挙式とハネムーンに、子どもである私とニーニーも同行したのだ。

私は今でも、あのハワイで過ごした時間を思い出すと、花の蜜を口にちゅっと含んだみたいに、すごく甘くてすごく切ない気持ちになってしまう。気がつくと、私の反抗期は永久追放になっていた。

ハワイで、私は大好きな言葉と出会った。

オハナだ。オハナはハワイ語で「家族」の意味だという。ハワイの人たちは、オハナをすごく大事にする。

私は最初、マニュやミヒャエルが、オハナ、オハナと言っているから、花のことかと思って、なんでふたりはそこだけ日本語で、しかも丁寧に話しているのだろうと疑問だった。でも、ママが嬉しそうに教えてくれた。

宝ちゃん、オハナっていうのはね、ハワイ語で家族をさすんだよ、って。

強い日差しを受けたママの肌は透き通るように白くて、なんだかとってもきれいだった。ママが私をちゃん付けで呼ぶ時は、ママが今、すごく幸せだという明らかな証拠だったりする。

他の単語はどんどん忘れてしまったけど、オハナだけは、なんとなくすーっと、私の心に入って根を下ろした。家族がオハナだなんて、なんてかわいいんだろう。色とりどりの花が咲く、オハナ。ハワイに行って、すっかり、家族がお花畑のイメージになった。

高島家のメンバーを勝手に花の色にたとえると、カカは濃い紫で、ママは可憐なピンク、ニーニーは薄い水色ってところだろうか。でも私は、自分自身については思いつかない。

子どもの頃は赤い色が好きで、必ず赤い靴下や赤いワンピースを着たがって困ったってカカやママやニーニーまでもが口を揃えて言う。でも私は、そんなこと全く覚えていない。今はむしろ赤は野暮ったくてうざったいし、えんじ色のジャージも好きじゃない。もしかすると、私にはまだ、花が咲いていないのかもしれない。

そういえば、ハワイ島で、なんとか火山の火口を見に行った帰り道だった。真っ暗な山道の途中にしゃがんで、ニーニーがじっと地面を見つめていたっけ。何だろうと思ってスキップしながら近づいていたら、ニーニーが静かに泣いていた。私がニーニーの顔をのぞき込むと、花が咲いてる、って言いながら、ゴシゴシと目をこすっていた。でも、こすってもこすっても、涙があふれて止まらなくなっていた。

ニーニー、花なんて世界中どこにでも咲いてるじゃん！

私はわざと軽い調子で言った。あまりにも真剣な眼差しで花に見入っていたから、ちょっと怖くなったのだ。

ニーニーが見つめていたのは、確か神話にも登場するとかっていう、ハワイではよく見かける元気そうな植物だった。溶岩が流れて乾いた後の真っ黒い地面から、その植物だけがひょろんと生えて、真っ赤なウニみたいな花を咲かせていた。

世界優しさ選手権があったら、ニーニーは間違いなく上位入賞すると思うけど、いくらなんでも花が咲いているからっていちいち泣くのは、どうなんだろうと思った。そんなに優しかったら、この世知辛《せちがら》い世の中で生きていけないんじゃないかと、楽園と言われるハワイですら生きていくのは難しいんじゃないかと、その時は無責任にもそう思ってしまったのだ。

ハワイから戻ってほどなく、私には高校受験が待っていた。自慢じゃないけど、私は全くと言っていいほど勉強ができない。反抗期の時は、親を困らせてやりたい一心で、学校にも行ったり行かなかったりしていたから、余計勉強にはついていけなくなった。得意なのは体育と美術だけで、それ以外の教科は目も当てられないほどだった。

部活動のソフトボールだけは熱心にやっていたけど、受験が近づくにつれて、それもだんだんどうでもいいかなという気持ちになって、高校に行ってまでソフトを続けようとは思わなくなっていた。それで、ソフトボール部なんか存在しない、受験すれば誰でも入れるような私立のおちゃらけた女子高に願書を出し、試験を受けた。さすがにここも入れなかったら人生終わっちゃうと焦ったものの、なんとか受かった。制服だけは自慢できるくらいかわいいから、適当に遊んでお気楽な高校生活でも送ろうと目論んでいたのだ。

でも、入学式が近づくにつれて、気持ちが変わった。自分でもどうしてしまったのかわからないけれど、何が何でもソフトボールを続けたくなったのだ。決して安くはない高校の入学金や授業料だって払ってあったし、制服も作っていた。学校指定の鞄《かばん》やソックス、体操着だって買っていたし、あとは入学式を待つだけになっていたのだ。

ただ、そのことを実際に私が両親の前で切り出せたのは、入学式の数日前だった。学校関係の行事には、必ずカカとママが出席する。だからふたりとも、その日の午前中は予定を入れず、当日着て行く服も決めてあった。だけど、そのまま入学式を迎えるわけにはいかなかった。

「ごめんなさい」

私は心から謝った。本当に悪いと思った。でも、もう気持ちは変えられない。

「とりあえず、私立に行ってみればいいんじゃないの？　もしかしたら、ソフトボールに代わる新しい何かが見つかるかもしれないし。一学期だけでも通ってみて、それで合わなければ、その先の進路をもう一回考え直せば？」

カカの言葉に、なるほどなー、と私も一瞬はそう思った。でも、それでは意味がないのだ。私は今、一か八か、賭けたいのだ。自ら崖っぷちに立って、自分がどれだけ踏ん張れるか、試したいのだ。目の前の大きな山を、自分の力で真正面から越えることにこそ意味がある。宙ぶらりんなクラゲ的生き方は、きっぱり卒業したかった。

何度目かの、カカのため息が響く。こんな時に限って、予約の電話も宅配便のお届けもない。私も、カカに負けないほどの大きなため息をもらした。その時、ママがぽつりと言った。

「宝の人生だもの、宝がやれるだけやってみれば」

その瞬間、カカがママをキッとにらむ。でも、ママは動じなかった。ママは、私の味方になってくれた。

「ママはね、高校生の時にオーストラリアに一年間留学してたの。だから日本に戻ったら留年扱いになっちゃって。最初は、一学年下の子たちと机を並べるのに抵抗があったけど、そんなの、すぐに慣れるから大丈夫よ。高校の一年や二年、どうってことないもの。ただ大事なのは、宝が本気でソフトボールを続けたいのか、ってことだけ。もし、中途半端な気持ちで言っているんだったら……」

「そんなんじゃないよ！」

ママの言葉をさえぎって、私は言った。

「本当にいいのね？」

今度はカカが、ママを見て確かめている。カカはきっと、お金のことを心配しているのだろう。去年はママの手術代もかかったし、ハワイ旅行にも行っちゃったし、高島家が経済的に苦しいのは、のほほんと生きている私でもなんとなくわかる。そのことを言われると、肩身が狭くて何も言えなくなってしまう。

「なんとかなるわよ。今までだって、そうやって生きてきたんだし」

ママは、まっすぐに前を向いて言った。そして、こう続けた。

「宝ちゃん、絶対に、ママたちを甲子園に連れて行くって、約束できるの？」

私は、拍子抜けして倒れそうになった。けれどママは、冗談でも何でもなく、本気で言っているのだ。ママは未《いま》だに、野球とソフトボールの違いがわかっていない。グローブを持って投げたりバットでボールを打ったりするものは、すべて野球だと思い込んでいる。

一瞬緩んだ空気をきゅっと引き締めるように、今度はカカが威厳たっぷりに言った。

「とにかく、甲子園でもインターハイでも構わないけど、一度やると決めたなら、最後まであきらめないで。そのためにはまず、県立高校に合格しなくちゃいけないわけでしょう。ちゃんと勉強しなくちゃ、入れないわよ。うちにはもう塾に通わせられるようなお金はないし、自分で勉強できるのね？　それに、合格したら合格したで、同い年だった子たちが先輩になっていて、宝は年下の子たちと一緒に練習するのよ。それも、ちゃんとわかっているのね？」

「大丈夫です」

私は、しっかりとふたりの母の目を見て答えた。

こうして私は、塾には通わず、自宅浪人生となった。その間も、草原で素振りをしたり、マチュピチュ村の農道をランニングしたり、ニーニーが帰ってきた時はキャッチボールの相手をしてもらうなどして、体がなまらないよう自主トレーニングに励んだ。もちろん、苦手な受験勉強もやった。しっかりとした目標があったから、それも苦にはならなかった。

だって、みんな頑張っているのだ。ママはハワイから戻ると、保育士の資格を取るための通信教育を受け始めた。カカはカカで、ハワイで見聞きしてきた持続可能なエコライフを、ゲストハウス虹でも実践できないかと奮闘している。ニーニーだって、家族と離れ、ひとりだけ寮で暮らして必死に働いている。

みんなには言わなかったけれど、そういう家族の姿が、クラゲみたいにふわふわ漂って何も考えずに生きていきたいと思っていた私の心に、ビシッと活を入れてくれたのだ。家族が死にもの狂いで踏ん張っている時に、十六の私が自分だけさっさと人生をリタイヤするわけにはいかなかった。

すぐに、昼夜逆転だった生活を改め、早寝早起きの生活に切り替えた。受験勉強は、集中力の高まる午前中のうちにやってしまい、午後は家の手伝いをする。本当は、マチュピチュ村のお蕎麦屋さんか花屋さんでアルバイトをしたかったのだけど、さすがに中学を出たばかりの浪人生を雇ってくれるところは見つからなかった。それで両親と協議し、一日三時間、ゲストハウスでアルバイトをさせてもらえることになったのだ。最初は、時給五百円からのスタートだった。

今まで、両親とそんなふうに一緒に時間を過ごすことがなかったので、浪人生活は新鮮だった。中学時代の前半は部活が忙しくて家ではただ寝るだけだったし、途中からは反抗期も加わって親の仕事なんて見て見ぬふりをしていた。

ママはものすごく精力的に働いていた。時々カカが、おチョコちゃん、ちょっと休んだら、と金切り声を上げるくらい、常にちょこまかちょこまか動いている。私はママから料理の作り方などを習い、カカからは掃除の仕方や薪の割り方を教えてもらった。

女三人で時間を過ごすのは、なんとなく幸せだった。毎日、三時になると必ず集まってお茶をする。晴れていれば外に出て、寒い時や雨が降っている時は中のテーブルで、ハーブティーやミルクティーを飲む。ママが病気になってから、カフェインの強いコーヒーや紅茶は、なるべく控えるようになっていた。

この日は、家の近くにある大きな桜の木がちょうど満開だった。幼い頃は、よくその桜の木に登ったり、大きな洞《うろ》の中でかくれんぼをして遊んだりしたものだ。この桜が咲くと、ようやくマチュピチュ村にも春が来たという気分になる。

天気がよかったので、その桜の木の下で、お花見をしながらお茶を飲んだ。「のどか」を絵に描いたような午後だった。ふたりは、お互いに相手に寄り掛かるような格好で、ぼんやり空を見ながらミントティーを飲んでいる。ここにきて、ママとカカは、もう一度青春時代をやり直しているようだった。見上げると、桜の花が天蓋《てんがい》のように空という空を覆っている。時々ウグイスが、まだ下手くそな声でたどたどしく鳴いていた。

そんな素敵な景色を見ていたら、単純な疑問が浮かんだのだ。

「どうして神様は、ママとカカみたいな人たちを作ったんだろ？」

疑問は、そのまま声になった。

「どうしてかなぁ？」

首を傾げながら先に答えたのはカカの方だった。

「だってさぁ、それは自分でも選べないもの。なるようにしか、ならないから」

今度は、ママがのんびり答えた。

「お花が、自分の花の色を選べないのと一緒よ」

「オハナ?」

私は最初、家族の方の意味かと思った。でも、ママが言っているのは植物の方だった。

「いくら隣の花の色の方がきれいだなぁ、って羨んでも、自分に与えられた色を、自分の好きなように変えることはできないもの。その色で、精一杯生きるしかないでしょう?」

ママの言葉を聞きながら、私はすとんと納得する。確かに花は、いくら自分が赤い花になりたくても、自分の意志で自分の花びらの色を選ぶことはできない。

「それと一緒で、わたしたちも、気がついたらこうだったの」

ママは、ぼんやりとピンク色の空を見つめたまま囁いた。

「宝は、男の子にドキドキするの? それとも、女の子にドキドキするの?」

しばらく経ってから突然そんなことを言い出したのはカカだ。そのことに関しては、自分でもよくわからない。両親の影響で、自分もレズビアンになるかもしれない、と思った時期は確かにあった。それはそれでいいかと思う反面、実際にそばでレズビアンのふたりを見ている身としては、正直、ちょっと大変そうだなぁと感じる面もあり、今のところはっきりしていない。

私は、しばらく時間をかけて考えた。

「多分、男の子なんじゃない？」

でも、やっぱり断言はできなかった。

私はまだ、誰かと付き合ったことがないし、本格的に誰かを好きになったことも、実はまだない。中学生の時、ほんの一瞬だけど、ニーニーに対してそんな想いを抱いていた。これがラブなんだと、その時は本気で思った。でも、ニーニーを異性として好きになったかと問われると、かなり曖昧だ。今から思うと、やっぱりあれは、単なる兄妹愛の一種だったのかもしれない。

「ふたりは、また生まれ変わっても、レズビアンがいいの？」

私は最近、生まれ変わったら何になりたいかをよく想像する。これまではずっとクラゲに生まれ変わりたかったけど、ハワイに行ってからは、イルカもいいかなぁなんて思っている。どっちにしろ、海の中で悠々自適に暮らす生き物だ。

「そうねぇ、それはかなり難しい質問だわねぇ」

カカがつぶやくと、ママははっきりと言った。

「わたしはまた、泉ちゃんと出会って、一緒になりたい。でも次は男と女で出会って、普通に結婚して、普通に子どもを産みたいよ」

まるでママは、口にすれば願い事が叶うと信じているみたいな表情だった。でも、そんな言葉を言われると、凹んでしまう。だって、それはつまり今の状態が、ママにとってのベストではないということだから。それで私は、ちょっとだけ、意地悪な質問を投げかけたくなった。

「だったらさ、ママたちの役割って、何なんだろうね？」

これも、ここ最近の私のテーマだ。

「役割？」

「そう、だって同性愛者は、どこにだっているわけでしょう？　つまり、神様は何らかの意図を持って、そういう人たちをあえて作っているわけじゃない？　だったら、その目的って何なんだろうって思うの」

私が言うと、うーん、とふたりは同時に考え込んでしまった。

「それを突きつけられるのが、昔はすごく嫌だった」

カカは、苦々しい表情を浮かべて言った。

「子孫を残す、ってことが生物的な意味での最大の役割だとしたら、うちらは、はなからそれができないんだもの。役割って言葉を聞くたびに、ろくでなしって言われている気分になって落ち込んじゃったの。でも今は、なんかちょっと違うよね」

カカの言葉に、ママが力強く同意する。

「どう違うの？」

私が更に質問すると、代表してカカが答えた。

「役割って言葉が、以前は否定的な響きにしか聞こえなかったけど、最近は、すごく肯定的に感じるようになったの。使命って言葉のニュアンスに近いのかしら？　同性愛者ってひとくくりにしちゃうと難しいけど、少なくとも私やおチョコちゃんに与えられた使命って考えると、それはね、たぶん、いたわることだと思うの。うちらは、世の中のはじっこで生きているから、そういう少数派の人たちの気持ちが理解できる。だからその分、優しくなれるの。いろんな弱い立場の人の気持ちが、わかるから」

確かに、マチュピチュ村は世界のはじっこって感じがするし、そのはじっこの村の更にはじっこで生きているのが、私たち高島家だ。でも、はじっこだからこそ見えてくる景色もあるのかもしれない。

「そうね。あと、世の中にいろどりを与える存在ってことも、言えるかも」

今度はママが言った。

「いろどり？」

「そう、いろんな色。世界がすべて同じ一色の色だったら、つまらないじゃない。でも、どんなに数が少なくても、ちょっとそこに色彩があるだけで、世界がグッときれいに見えるでしょう？　それと一緒よ」

その言葉に、カカが無言で頷いている。

気の早い桜の花びらが、もうそよ風に舞って散り始めていた。私たちのいる所にも、ひらひらと回転しながら、ハート形の花びらがゆっくりと落ちてくる。その花びらを、ママはそっと手のひらに包むと静かにカカの頭の上にのせ、思いっきり八重歯を見せてニッとほほ笑む。

ふたりは、本当に子どもみたいだ。かわいらしくもあり、時に腹立たしくもなってくる。私はふたりを見ているうちに、歳を取るのが全然怖くなくなった。だって、大人じゃないんだもん。

これまでは、二十代、三十代、四十代と年齢を重ねるうちに、大人になるもんだと思っていた。でも違う。ふたりはいくら歳を取っても、見た目はよぼよぼのおばあちゃんになっても、皮膚の内側にいるのは七つや八つの子どもなのだ。永遠に草花を集め、おままごとに興じる女の子たちのようだった。

それからあっという間に桜が散って、ゴールデンウィークを迎え、田んぼには水が入った。

高島家の棚田に田植えをする日は、ニーニーも仕事を休んで手伝いに来てくれた。家族総出で田植えをし、ニーニーがその後夜勤だと言うので、少し早めに夕飯を食べる。ママは、ここぞとばかりにニーニーの好きな物を食卓に並べている。久しぶりに、家族四人が揃っての賑やかな食卓だった。

私がそれを見つけたのは、バイクで帰るニーニーを送り出した後だった。ニーニーの座っていた椅子の下に、白い錠剤が落ちていたのだ。最初は風邪薬かと思ったけれど、ニーニーは咳なんかしていなかったし、なんだか気になって、数日後、図書室のパソコンで調べた。結果は、精神安定剤だった。

急に、不穏な風が心の中を吹き抜けた。親に言うべきか迷ったけれど、あの人たちのことだから、大騒ぎするに決まっている。特にママは、極度に心配して倒れるかもしれない。だから、このことは絶対に両親には知られてはいけないと思った。私だけの秘密にしておこう、と。

最近のニーニーは、ボランティア活動にのめり込んでいる。休みのたびに、地震や水害で被害を受けた人たちが身を寄せる避難所や仮設住宅に足しげく通い、話を聞いているのだ。ニーニーはそのボランティアを、生きがいなのだと話していた。だから、どんなに遠い場所でも、時間を見つけてはバイクを飛ばして行ってしまう。時には、何日も被災地に留まっている。

薬のことがあってほどなく、私はニーニーの寮を訪ねた。ただ事ではないと感じたからだ。とにかく会って、ニーニーと話したかった。

けれど当の本人は、部屋で呑気にハワイアンミュージックなんか聴いている。私は、半ば強引にニーニーを外に連れ出し、キャッチボールをやった。

しばらくラフなボールを投げて肩を慣らしたら、今度はニーニーにしゃがんでもらい、本格的にピッチングの練習をする。少し不安だったけど、中学を卒業しても、体は全然なまっていなかった。なまるどころか、むしろボールの切れが良くなっている。これには、自分でも大満足だった。

「ナイスピッチ！」

いいボールを投げるたび、ニーニーが褒めてくれる。ニーニーとのキャッチボールは、自分たちがどれほど大きくなっても、あの頃と同じように楽しかった。幼い頃、私はいつだってニーニーの真似をしたがった。私にとって、ニーニーはヒーローそのものだった。だから、だからこそ、ニーニーの心が弱っているなんてありえなかったのだ。

私は、力一杯投球した。ボールに、ニーニーへの想いを込める。

ニーニー！　がんばれ！　負けるな！　踏ん張れ！

大声でそうエールを送るかわりに、ボールに力を込めて投げる。でも、実際には何も励ます言葉をかけることができなかった。

ようやくなんとか切り出すことができたのは、ニーニーが連れて行ってくれたラーメン屋さんのカウンター席に並んで座った時だった。

「ニーニーさ、今の仕事って、辛くないの？」

セルフサービスの麦茶で渇いた喉を潤しながら、平静を装って私は尋ねた。久しぶりにピッチングをしたせいで、背中を大量の汗が流れている。

「全然」

ニーニーは、屈託のない表情で答えた。

「むしろ今は楽しいくらい」

ニーニーは、笑うと左右にきっちり三本ずつ、冗談みたいに形のよい笑い皺ができる。その笑い皺が、久しぶりに甦っていた。

「時にはひどいことを言われたり言いがかりをつけられることもあるけどさ、でも俺、最初はすごく怒ってた人が、最後には納得して気持ちよく電話を切ってくれると、ものすごく嬉しくなるんだ」

さすが、世界優しさ選手権、入賞間違いなしのニーニーだ。

「でも、ボランティアと掛け持ちしてるんでしょう？　そこまで行くだけでも、しんどくない？」

店主のおじさんが、集中して麺を茹でている後ろ姿を見ながら、私はさりげなく聞いた。

「そりゃ、体力的にはきついこともあるけどさ。でも、待ってくれてる人がいるんだよ。だから、行かないわけにはいかない。それに、そうやって、仕事とボランティアを両方やって、バランスを取っている面もあるから」

カウンターの奥から、魚系のスープのふくよかな香りが流れてくる。

「だけどさー、そこに行っても、ただ話を聞いてくるだけなんでしょう？　それだったら、わざわざ遠くからニーニーが行かなくても、いいんじゃないの？」

これは内心、ずっと疑問に感じていたことだった。

「それが違うんだな、宝」

ニーニーは割り箸を割りながら、したり顔で断言した。

「話を聞くなんて、誰にでもできそうだけど、実はものすごく難しいんだ。辛いことや悲しいことは、ずっと自分の胸の内側に留めておくと苦しくなるけど、それを誰かに話して共有することで、薄まったり弱まったりするんだよ。そういう、今まで人に言えなかった言葉を引き出して、相手を楽にさせてあげるのが、傾聴ボランティアの本質なんだ」

でも、その辛さや悲しみを聞かされたニーニーは、誰に話して解消するの？

私はそんな風に思ったけど、それ以上は聞けなかった。話しているうちに、なんだか自分がニーニーの生き方を否定しているような気持ちになってしまったのだ。それに、目の前に、もくもくと湯気を上げるラーメンがきた。早く箸をつけないと、麺が伸びておいしくなくなってしまいそうだった。

ニーニーが太鼓判を押すだけあって、すごくおいしい醬油味のラーメンだった。トッピングで追加したメンマやチャーシュー、煮卵も、それぞれいい味付けだし、麺もちぢれ麺で、ちょうどいい茹で加減だ。気がつくと、あっという間に大盛り一人前を平らげていた。

午後から仕事だというニーニーと、一緒に寮に戻る。結局、ニーニーに肝心なことは何ひとつ聞けなかった。

ニーニーは殺風景なこの部屋で、ひとり何を考えているのだろう。想像してみたけれど、私にはさっぱりわからない。ニーニーの生きている世界が、私からだんだん離れていくようで怖かった。

六月になって梅の収穫の季節が巡って来ると、ママは朝から晩まで、台所にこもって梅仕事をやるようになった。私が手伝おうと顔を出しても、こっちはいいから泉ちゃんの方を手伝ってあげて、とかなんとか言って、ひとりで全部やろうとする。

私は、五月に受けた模擬試験の結果が案外よくて、ちょっと浮かれ気味になっていた。このまま勉強をすれば、志望校のランクを上げることだってできるかもしれない。もちろん、受験校選びには、いいソフトボール部があるかないかが最優先だけど。

とにかく、何もかもが順調だったのだ。ハワイに行ってからというもの、カカとママの激しい喧嘩も少なくなり、私も反抗期を卒業して、両親との新しい関係を築きつつある。ニーニーのことだけが気がかりだったけれど、たまに顔を見せるニーニーはそれなりに元気そうだから、私の考えすぎかもしれないとも思っていた。

何よりも、ママの体調が良さそうなのが嬉しかった。以前にも増してキャピキャピ度が上がり、私としては同世代の女友達といるような気軽さがあった。季節は夏に向けてエンジン全開で、マチュピチュ村は、どこもかしこも、美しい緑に包まれている。高島家の棚田も、日に日に苗が育っていた。

その夏は、いつになくゲストハウスが繁盛した。隣町で大規模なアートフェスティバルが開催され、それを見にくるお客さんの宿泊で、ほぼ連日満室だったのだ。お客さんに交じって、子どもたちも大勢訪れた。いつの間にか、ママは子どもたちから「おチョコ先生」と呼ばれるようになっていた。

サプライズと言えば、ハワイ島でお世話になったダブルMのマニュとミヒャエルが、はるばるマチュピチュ村まで遊びに来てくれたことだ。私たちを驚かそうと、違う名前で予約を入れていたので、ただただびっくりだった。この日は急遽《きゅうきょ》ニーニーも駆けつけて、明け方までの宴会となった。

ハワイから戻ってからの数か月間は、まさに神様からのプレゼントだったとしか思えない。それは、夕暮れの空のような、おいしいご馳走を食べた後の余韻のような、儚くもかけがえのない時間だった。

お盆を過ぎると、マチュピチュ村にはもう秋の気配が訪れる。あとはただひたすら、冬に向かうだけだった。朝晩に吹く風が、だいぶ冷たくなっている。

そんな時、突然ママが病院に行くと言い出した。あんなに医者嫌いだったママが自分から言ったのだから、本人はよっぽど辛かったのかもしれない。でも、私もカカも、そのことに全然気づいていなかった。

カカが車でママを病院に連れて行っている間、私は家に残っていた。その時も私は、急に朝晩寒くなったから、ちょっと風邪を引いてしまったのかもしれない、くらいにしか考えていなかった。まさか再発だなんて……、想像もしていなかったのだ。ママは、すっかり癌細胞を体から追いやり、元気になって復活したとばかり思っていた。でも、癌はそんなに甘くはなかった。

ママは、そのまま入院した。カカはママの着替えやなんかを用意するため、少しだけ家に帰ってきた。

「どうしよう」

それが、カカの第一声だった。深刻な事態が起こっていることは、表情を見れば一目瞭然だ。カカはまるで、迷子になってしまった子どものような顔をしている。

「まだきちんとした検査は受けていないからはっきりとしたことは言えないけど、再発はまず間違いないでしょう、って先生が……」

そこまで言うとカカは、両手を顔に当てて泣き崩れた。昨日まで、いや、つい数時間前まで、高島家は楽園で、幸せを手にした勝利者だったはずなのに、もうその面影は少しも残っていなかった。

「ニーニーには？」

私はそう尋ねるのが精一杯だった。ニーニーは常に冷静で、適切な判断をしてくれる。

「さっき、病院からすぐに電話をかけたんだけど、つながらなくて。仕事中だと思うから、メッセージだけ残しておいたけど」

カカは、蚊の鳴くような声で囁いた。

後日わかったところによると、ママはもう、手の施しようのない状態になっていた。肝臓や胃、腹膜《ふくまく》や骨盤など、脳以外のほとんどすべてに癌が転移してしまっていたのだ。末期癌です、と病院の先生ははっきり言ったそうだ。もう、手術も抗癌剤も放射線治療も効果がない。要するに、先生もお手上げ状態だった。余命は、長くて三か月。おそらく、年は越せないだろうとのことだった。

私たちはシフトを組み、交代でママに付き添った。とにかく、ママを病室でひとりにしたくはなかった。私は、ママの病室に参考書や教科書を持ち込んで、そこで受験勉強をやった。

私とふたりでいる時、ママはよく昔話を聞かせてくれた。

ママとカカの出会い、カカがママに最初に作った卵焼き、ニーニーと初めてお見合いをした時の様子、マチュピチュ村に駆け落ちしたこと、いっぱいいっぱい話してくれた。

カカは毎日、家でお弁当を作ってママに届けた。料理が苦手で、ほとんど作ったことがないくせに、少しでもママを元気づけようと、蓋を開けた瞬間くすっと笑えるようなキャラ弁にまで挑んでいた。私はその姿を見ているだけで、泣けて泣けて仕方なかった。

病室にママとふたりっきりでいるのは、嬉しい反面、ちょっと怖くもある。本人の方が辛いのだから、私は絶対に涙を見せちゃいけない。でも、ふとした拍子に泣きそうになってしまい、私はその度に、トイレに行ったり花瓶の水を取り替えたり、慌ただしく席を離れなくてはいけなかった。でも、その日はもう限界だった。

「宝がわたしたちの娘で、本当に良かった」

いきなり、ママは言った。そして、こう続けた。

「あなたの中には、とっても素敵な宝物が眠っているの。それを、ずーっと大事にしながら、生きてね。ママは、ちゃんと遠くから見守っているから」

そんなことをママが言い出すから、私はずっと何日も我慢していたのに、とうとうママの前で涙を流してしまう。

「いいのよ、悲しい時は、いっぱいいっぱい泣いていいのよ」

ママに言われて、ますます涙が止まらなくなった。私は、それでも涙を見せたくなくて、ベッドに寝ているママに抱きついた。

「ごめんね、本当にごめんね」

ママは、私の背中を優しくさすりながら何度も何度も謝った。

「残される方が、辛いものね。先に逝っちゃう方はそこでお終《しま》いだけど、残されるあなたたちは、その先もずーっと生きていかなくちゃいけないもの。大好きな家族に見守られて人生を終われるママは、本当に幸せ者ね」

私の方がママを慰めなくちゃいけないのに、まるで立場が逆だった。

「でも、家族がいれば、きっと大丈夫よ。その時は悲しくてどうしようもなくても、いつか笑える日が必ず来るから。家族は、ちゃんと仲良くしてね。何があっても、受け入れて許すことが大事よ。それと、泉ちゃんのこと、よろしくね。こんなこと、宝にしかお願いできないから」

収拾がつけられなくなってわんわん泣いている私に、ママは淡々とそう言った。

「ママ、甲子園、応援しに来てくれるって、約束したのに」

私は頭を上げ、ママの顔を間近で見ながら訴えた。まだ死んじゃうって決まったわけじゃないのに、ママはまるでもう明日この世を去るような口ぶりだった。

「ごめんねー、本当にごめんなさいねー。でもママは、どんなに体中が癌に侵されても、心だけは癌にならないから、安心して」

ママは、私のおなかを撫でながら言った。そういえば幼い頃、私はママにおなかをさすってもらうのが大好きだった。

ママがいちばん辛いはずなのに。

ママが誰よりもいちばん生きたいと思っているはずなのに。

それでもママはまだ、オハナのことばかり気にかけている。


ほどなく、ママは退院した。

家に帰って死を迎えると、ママ自身が決めたのだ。病院の先生はホスピスを勧めてくれたけれど、ママは家の方が安心できるからと、その意志は揺るがなかった。

幸い、在宅で診てくれる先生が見つかり、お願いできることになった。私はまだ、奇跡が起きてママが復活するという夢をあきらめてはいなかったけれど、現実的には刻々とママは死に近づいていた。

プロポリス、アガリクス、サメの油。少しでも期待が持てそうなものは何でも試した。笑うのが免疫機能を上げると聞けば、カカとニーニーと私とで、ハワイで買ったヤシの実のブラと葉っぱのスカートを巻きつけ、でたらめなフラダンスを披露した。その時は、確かにママは笑ってくれた。けれど、目に見えて効果が表れることはなかった。

ニーニーは、家から仕事に行くようになり、数年ぶりに家族四人での暮らしに戻った。ゲストハウス虹も、よっぽど事情を話せる常連のお客さん以外、宿泊はお断りした。

ママは日に日に悪くなり、昨日できたことが、今日はもうできなくなってしまったりする。人が、短期間のうちにこんなにも変わってしまうということが、私にはものすごく衝撃的だった。だってママは、お盆を過ぎる頃まで普通に元気だったのだ。

ニーニーは、そんなママを少し遠巻きに見ていた。怖くて怖くてどうしようもないのだろう、怯《おび》えた顔をしている。確実にやって来るであろう未来を想像したくない、そんな気配が体中から漂っていた。

週末になると、ママの両親、つまり私のおじいちゃんとおばあちゃんも、わざわざマチュピチュ村までお見舞いに来てくれた。ママではなく、カカが知らせたのだ。おじいちゃんは医者だから、もしかするとおじいちゃんが病気をなんとかしてくれると、期待したのかもしれない。でも、たとえ娘でも、癌をやっつけてやることはできないらしい。

食事の回数も、最初は朝昼晩食べられたのが、朝晩だけになり、やがて一日一食だけになった。量もかなり減って、今は赤ちゃんの離乳食くらいしか口にできない。注射を打つと痛みが和らぐけれど、その分、ママは錯乱し、時々、急にカカを呼びつけて怒鳴り散らしたり、私に手を上げようとしたり暴言を吐いたりする。もちろん、それはママの本心ではなく、薬による影響なのだとわかってはいるけれど、その時はかなり落ち込んで傷ついた。それでもママは、ニーニーにだけは絶対に暴力をふるわなかった。

その頃カカは、どうやったらママと正式に結婚できるかを、真剣に考えていた。どうやら、ママと病院でふたりっきりになった時、生きてるうちにちゃんとつがいになりたいと言われたらしい。癌が再発してから、ママの結婚願望はますます強くなっていた。

「私が性転換すれば、籍を入れられるかもしれない」

ある晩、唐突にカカは言った。私もカカも、夜眠れないことが多くなっていた。そんな時はよく、ママが作ったカモミールのお茶を淹れて、夜が明けるまで話し込んだ。その時は珍しくニーニーも一緒だった。でもニーニーは相変わらず聞くのが専門で、ひとことも自分の意見を言わなかった。

「したいの？」

私は思わず身を乗り出して、カカに尋ねた。

「だって、法律で性転換が認められているのは、完全に心の性と体の性が一致していない人に限られるわけでしょう？」

生まれた時からカカと一緒に暮らしているけれど、男性のように感じたことは一度もない。ただ、カカがものすごく女性的かと言うと、そうとも言い切れないけれど。

「それは、自分でもよくわからないの。もうずっと女として五十年以上も生きてきたわけだし、今さら男性の外見を与えられても、って気はする。だけど、それで物事が解決するならさ」

カカは、しんみりとした声で言った。

「性転換するってことは、おっぱいも子宮も、取っちゃうってこと？」

私はまだ、カカが男性になるなんて、全然実感が湧かなかった。ニーニーは相変わらず無言で、冷めたカモミールティーを飲んでいる。

「まぁ、そうなると思うけど。だけどさ、そこで考えちゃうのよ。おチョコちゃんがあれほど取りたくないのに子宮を取ったわけでしょう。それなのに私が、何の病気でもないのに、勝手に取っちゃっていいのかな、って。罪悪感っていうの？　今まで、おっぱいなんて邪魔なだけだって思ってたんだけど、なんていうのかな、生まれて初めて、産んでくれた親に申し訳ないような気持ちになってさ」

カーテンからもれてくる月明かりが、疲れ切ったカカの顔を淡く照らし出していた。今夜あたりが、満月なのかもしれない。でも今、私には月を愛《め》でるほどの余裕はなかった。

ニーニーがそっと席を立つ。結局、トイレに行ったまま私たちの所へは戻らなかった。

「なんかさー、最近思うんだよ」

しばらくすると、カカは続けた。

「おチョコちゃん、全部わかってたんじゃないのかなーって。癌が治らないっていうのもわかってて、それでも家族に希望を持たせたくて、子宮を取ったのかなぁって。どっちみちこんな結果になるんだったらさ、おチョコちゃんの望み通り、きれいな体のままでいさせてあげたかったなぁ、って。なんか、可哀想なことしちゃった気がして」

カカは、くすんと洟を啜り上げた。そして、

「ちょっと、様子を見てくるね」

と言い、その場を離れた。

少しすると、ママのベッドが置いてある部屋から、カカの声が聞こえてきた。ママは今、かつての図書室にベッドを置いて眠っている。カカは、ママに絵本を読んであげているのだ。それは、私が子どもの頃、ママたちに読んでもらった二羽のペンギンが登場する絵本だった。オス同士のペンギンが協力して卵をかえして子育てをするという内容で、ママのお気に入りの一冊だ。私も幼い頃は、文章を暗記できるくらい何度も何度も繰り返し読んでもらっていた。

ママがいつでも見られる場所に飾ってほしいというので、図書室の壁には、私が保育

園の頃に作ったという、折り紙のおひな様が飾られている。正直、私はその時のことを全く覚えていないのだけど、おひな様はどうやらカカとママをあらわしているらしい。そのおひな様を、ママはすごく大事にして、毎年、桃の節句の時期になると飾っていた。

病気が再発して家に戻ってから、そのおひな様はずっと図書室の壁にかけられている。ママにとっては、毎日がひな祭りだった。ママは、目が覚めている時は、ぼんやりそのおひな様に見入っている。

やがてママは食事もできなくなり、水も自力で飲めなくなった。一人ではトイレにも立って行けなくなり、オムツをして、ほぼ一日中横になっている。そうやって、少しずつ死に慣れていくのかもしれない。

ただ、時々体が猛烈に痛くなるらしく、そういう時は私とカカで、皮膚の表面をさするようにマッサージした。そうなるともうニーニーは、どうしていいのかわからないらしく、ただおろおろと狼狽《うろた》えている。大好きなお風呂にも入れなくなってしまったので、そのかわり、ベッドに寝たままで足湯をしたり、温かいタオルで体を拭いてあげたりしている。お湯の入った洗面器を運ぶのだけは、かろうじてニーニーの仕事だった。

「介護って、女同士の方がずっと楽ね。きっと、男女の夫婦だったらいろいろ面倒なこともあるじゃない？　下の世話とかさ。でも、女同士だと、抵抗がないもの」

カカは、そのたびに同じ言葉を口にした。そう言葉にすることで、自分自身を励ましているのかもしれない。確かに、私も初めてだったけど、ママのオムツを替えたりするのに、全く抵抗を感じなかった。

饒舌《じょうぜつ》になったカカとは反対に、ニーニーはますます寡黙《かもく》になった。私と話すことでカカは不安を紛らわし、逆にニーニーは口を閉ざすことで、必死に恐怖に耐えている。私はその狭間《はざま》で、時につまらない冗談を言い、時にそんな自分に嫌気がさしてうずくまっていた。


ママは家に戻ってからまだ一月も経っていないのに、ほとんど言葉を発することもなくなった。ずっとこん睡状態が続いている。それでも、私たちは常にママの周りに集まった。ママのベッドの近くで食事をし、わざわざママのベッドの脇で洗濯物を畳んだ。家を出る時はママの部屋に顔を出して「行ってきます」と声をかけ、戻ってきて手洗いとうがいを済ませたら、すぐに「ただいま」の挨拶をする。それでも、ママが目を開けて返事をしてくれることはない。

そうやって、家族も少しずつ、ママの死に慣れていった。さすがにもう、私も奇跡を信じなかった。

ママは、そのまま何も言わずに旅立った。最後くらい、一言だけでも何か言い残してくれたらよかったのに、呆気ないほど自然に、まるで枯れた葉っぱが枝から離れて落ちるみたいに、ある朝、ふわりと静かに息を引き取ったのだ。

あまりに美しい秋の日だったので、できすぎている気がした。雨でも降ってくれたらさめざめと泣けたかもしれないのに、なんだかぼんやりときれいな映画を見ているようで、淡い夢の中をふわふわと漂っている気分だった。

私たちは一致団結して、ママを最高の状態で送り出そうと決めた。

湯かん屋さんが来てくれたのは、その日の午後だった。ユカン、ユカン、とカカが連発するので、なんでお葬式の準備にヤカン屋さんが来るのか不思議だったのだけど、ヤカンじゃなくてユカンだった。湯かんというのは、最後、亡くなった人をお風呂に入れてあげて、体をきれいにしてから棺《ひつぎ》に納めることだという。

私とカカも、ママの湯かんを手伝った。カカは、ニーニーにも一緒にやってほしかったらしいけど、ニーニーが辞退したのだ。私も内心、それが正解なんじゃないかと思った。

湯かんは、外ですることになった。今日みたいな日のことを小春日和と呼ぶのだと教えてくれたのは、ママだ。ママは、小春日和が大好きだった。

ママが着ていたパジャマを脱がせ、裸になった体を、ネットが付いた専用の湯船に移動させる。本当は、ママをドラム缶のお風呂に入れてあげたかったのだ。カカ手作りの露天風呂、それが、ママがいちばん好きなお風呂だったから。でも、ドラム缶のお風呂は筒型で、手足を折り曲げないと入れることができず、湯かん屋さんも試そうとはしてくれたものの、最終的にはドラム缶のお風呂で湯かんをするのは断念した。

その代わり、もし何か好きな入浴剤があったら使ってくれると言うので、私はふとひらめいて、ママがよくしていたように、草原から金木犀《きんもくせい》の花を集めて持ってきた。それを湯船に浮かべると、あたり一面に、ふわーっと、甘い香りが広がった。なんとなくママも、嬉しそうに微笑んでいるように見える。

「おチョコちゃん、ずーっとお風呂に入りたがってたもんね」

カカは、ママにそう声をかけながら、湯かん屋さんに手渡されたスポンジに石けんをつけ、体を洗っている。石けんも、ママが手作りしていたラベンダーの香りがするやつだ。私は、同じラベンダーの石けんで、ママにシャンプーした。

「お上手ですね」

ママの髪の毛を洗っていたら、湯かん屋さんに褒められた。まだ二十代くらいに見える、若くてかわいらしい雰囲気の湯かん屋さんだった。

カカは、ママの大事なところもきれいに洗ってあげていた。ママの足の付け根にスポンジを当てながら、しみじみと言う。

「手術の前に毛を剃《そ》らなくちゃいけないって言われたんだけど、おチョコちゃん、嫌がってさ。最初は看護師さんが剃ることになってたんだけど、絶対に見られたくないって駄々をこねて、結局私が剃ってあげたのよ。こんなところにカミソリなんて当てるの、怖かったけど」

湯かん屋さんは、黙ってカカの話を聞いている。

「そんなことがあったんだね」

私は、ママの髪の毛を泡で包むように優しくシャンプーしながら相づちを打った。シャンプーの後は、ちゃんとリンスもやった。そうやっていると、ママはただ黙って寝ているだけのように見える。それくらい、気持ちよさそうだった。

丁寧にシャワーを当ててリンスを流し、水分を拭う。いくら親子でも、こんなにまじまじとママの裸を見たことはない。

「きれいなおっぱい」

愛おしそうに、カカがつぶやく。形といい大きさといい、ママの乳房は確かに美しいとしか言いようがなかった。私はママの乳房に顔を近づけて、乳首を口に含んだ。なんだかそうせずにはいられなくなったのだ。こんなふうにして、赤ちゃんの頃は母乳をもらっていたのだろう。

「ずるい」

カカはそう言うと、自分も同じように反対側のママの乳首を口に含んだ。口を離すと、ママの乳首が果物みたいにつやつやと光っている。その部分を、湯かん屋さんが、そっと脱脂綿で消毒する。

湯かんが終わってから、ママを家の中にみんなで移した。ママが好きだった、草原を見渡す窓辺の近くで、再び、ママの身支度を整える。

一応、湯かん屋さんが死装束とやらを持ってきてくれていたけれど、あの頭の三角の布とか、私は絶対にありえないと思ったので、カカと相談して、ママが好きだった服を着せてあげることにした。いろいろ迷って、ハワイの布屋さんで仕立てた、私とおそろいのワンピースを選ぶ。

あれからまだ九か月しか経っていないのに……。あの時は、これがママの旅立ちの衣装になるなんて、思ってもみなかった。結局、生身のママがそのワンピースを身につけたのは、サイズが合っているかを確認するため、ダブルMのバスルームで着替えた時の、ほんの数分間だけだった。

下着はどうされますか、と湯かん屋さんに聞かれたので、カカがママの下着を慌てて選んできた。一緒に、五本指ソックスも手にしている。

「なんか、派手すぎない？」

カカがママにつけようとしているのは、紫色のブラジャーとすけすけのショーツだ。

「だってこれ、おチョコちゃんの勝負下着だもん」

そう言いながら、カカが意味ありげに笑みを浮かべる。

「でもさー、いいの？」

私はカカの顔をのぞき込んだ。

「だって、そんな色っぽい下着つけて天国に行ったら、ママ、あっちでモテモテになっちゃうよ」

「何、言ってるの」

カカは、鼻で笑うようにして言い返した。

「おチョコちゃんの本命は、私しかいないんだから、大丈夫。ちょっとの火遊びくらい、どうってことないもの」

目の前で、湯かん屋さんが手際よく下着をつけてくれる。その足元で、私とカカは片方ずつママに靴下を穿《は》かせた。

「やっぱり、ママはこれでなくっちゃね」

「そうよ、こんなにぼろぼろになるまで穿き続けたんだもの」

それは、ニーニーが初任給でママにプレゼントしたという五本指ソックスだった。かかと部分は生地がすりきれ、爪先も穴があくたびに何度も糸で繕《つくろ》ってある。こんなぼろい靴下、いい加減捨てて新しいのに買い換えたら、といくらカカや私が説得しても、これじゃなきゃダメなんだと言って、ママはずっと同じのを穿き続けた。

「これで、天国いっても冷え性にならなくて済むね」

悪戦苦闘してようやく穿かせた五本指ソックスを愛おしそうに眺めながら、カカがつぶやく。

黄色い生地に南国の花が大胆にプリントされているワンピースと、五本指ソックス。そして下着はセクシー路線だなんて、ファッションとしてはめちゃくちゃだったけど、ママの旅立ちの衣装としては完璧かもしれない。

私はふと思いついて、草原に咲いていた草花を糸でつないでレイを作り、ママの首にかけてあげた。お揃いの、冠も作った。

ぼんやりとママの姿に見とれていたら、湯かん屋さんがママの顔のマッサージをし始めた。

「亡くなっても、マッサージをするんですか？」

カカが尋ねると、

「こうすると、お顔の筋肉がほぐれて、表情が明るくなるんですよ」

マッサージの手を止めずに、湯かん屋さんが教えてくれる。

「髪の毛を、ちょっとだけ切り揃えてもよろしいでしょうか？」

湯かん屋さんがそう言うので、私たちは喜んでお願いした。よく見れば、もうずっと寝たきりになっていたから、髪の毛が伸び放題になっている。ママは、美容室にも行きたがっていた。

前髪をちょっと切っただけなのに、ママがぐんと若返った。そして、普段はあまりしなかった化粧も、きちんとしてあげることにした。今回は、ちょっとそこまでお使いに行くのとはわけが違うのだ。

洗面所に置いてあったママの化粧ポーチを持って来ると、

「そう言えばね」

カカが思い出し笑いをしながら言った。

「何、教えて」

私が促すと、カカは笑いを堪えるようにしながら、ママとの初めてのデートの話をしてくれた。

「ここから、町まで買い物に行ったんだけど、おチョコちゃんったら、デートだからって、おめかししてきてさ。それなのに私、おチョコちゃんを電器屋さんに連れて行っちゃったの」

「電器屋さん？　普通の？」

「そう、今も、バイパス沿いに大きい量販店があるでしょう？　あそこ。まだ出来たばっかりで、私、家電を見るのが好きだから、てっきりおチョコちゃんも喜ぶかと思って」

カカが、楽しそうに話している。

「それで？」

私は、話の続きを催促した。

「喧嘩しちゃったの」

「喧嘩？　家電を見ながら？」

「そう、私がコーヒーメーカーを見てたら、おチョコちゃん、ものすごく怒っちゃって。コーヒーは、泉ちゃんが淹れてくれるからおいしいんだって、涙ながらに訴えるのよ」

なんとなく、ママっぽいと思った。ママは時々、訳のわからない理由で急に怒りだしたりしたものだ。

「でもね、そのことを病院にいる時に話したの。初めてのデートで、喧嘩したよね、って」

「うん」

「そしたらね、おチョコちゃん、ぜーんぜん覚えてないって言うんだよ。もう、呆れちゃったわよ」

私とカカがそんな思い出話に花を咲かせている間にも、湯かん屋さんはママの肌にコンシーラーを塗り、ファンデーションを重ねてキメを整え、頬紅で色味をつけて、まつ毛にはていねいに何度もビューラーを当て、その後マスカラまでつけてくれた。それは、入学式や卒業式の時、少しおしゃれをして来てくれるママそのものだった。

「口紅の前に、ちょっといいですか？」

カカは言った。

「どうぞ」

湯かん屋さんが、優しい笑みをたたえて席を立つ。何かを、察したのだろう。そっとドアを開けると、静かに部屋を出て行った。

「おチョコちゃん、長い間ありがとう。よくがんばったね」

カカは改めてそう声をかけると、おもむろにママの唇に口づけした。私はうつむいたまま、カカとママのお別れの儀式が終わるのを静かに待つ。その後、私もママの頬にキスをする。

「草介も呼んできてあげて」

カカに言われたので、私はニーニーを呼びに行った。ただ、なかなかニーニーは見つからなかった。最後に図書室をのぞくと、ママが使っていたベッドに腰かけて、本のページをめくりながら静かに泣いていた。ぽた、ぽた、と涙が落ちる音がする。声をかけようかどうしようか迷ったけれど、もう少しひとりにしてあげようと思ってドアを閉めた。十五分ほど経ってから、ニーニーは自らママに会いに来た。

ニーニーは、湯かんをしてきれいになったママを見て、少し驚いているようだった。でも、何も言わなかった。そっとママの体に近づいて、少し迷ってから手の甲にうやうやしく唇を当てる。これで、家族三人のお別れの儀式がすべて終わった。

再び湯かん屋さんに来てもらってママを棺に移すと、急に死体っぽくなって、もう二度と目を覚まさないのだという事実を突きつけられた。

私たちは、家族三人手分けして、草原に咲いている花を集められるだけ集めて棺の中を花で満たした。他にも何か、ママが好きだったものを入れていいとのことだったので、ママが好きだったおひな様を、一緒に送ることにする。

「あっ！」

湯かん屋さんが小さな悲鳴を上げたのは、その時だった。

「ごめんなさい」

湯かん屋さんが、頭を下げてお詫びをする。

「私、あまりにも素敵なご家族のお見送りにうっかりしていて、末期《まつご》の水をご用意するのを、忘れてました」

「まつごの、水ですか？」

「はい、最後に、亡くなった方にお水を飲ませてあげるんですよ。別に、お水じゃなくても構わないのですが。故人様の、お好きだったお飲物で……」

「だったら、まだこれからでも間に合うじゃないですか」

カカの言葉に、

「でも、順番が逆になってしまいますが……」

湯かん屋さんが恐縮する。

「構いません。ママは笑って許してくれると思います」

今度はニーニーが言う。大人になったニーニーが、シンプルにママと呼ぶのを、初めて聞いた気がする。ニーニーは、なんとなくそれを避けているふしがあったのだ。でも、今確かに言った。ママの嬉しそうな笑い声が、遠くから聞こえてきそうだった。

病気になってからというもの、ママはカカの淹れるコーヒーが飲めなくて辛そうだった。カカは、香りだけでもと、よく水筒にコーヒーを淹れて病院に持って行っていた。ママが家に戻ってからも、薬の影響によるのか便秘がひどくて、その度に、コーヒーが飲みたい、コーヒーが飲みたいと上ずる声で訴えていた。だから、ママにとっての末期の水は、コーヒー以外にはありえなかった。私たちはぞろぞろと部屋を出て、調理場へと向かう。

さっそく、カカがコーヒーを淹れる準備を始めた。まだ、ハワイ島で買ってきたコナコーヒーの豆が残っていた。手動のミルに豆を入れ、ニーニーと私が交代でレバーを回して豆を挽《ひ》く。カカは、沸かしたお湯をネルのフィルターにかけ、それからポットにセットした。

ミルの引きだしに溜まった粉をフィルターにあけると、その山を形よく整えて、中心に人差し指で窪みを作った。

「おチョコちゃんね」

ずっと口を噤んで一連の作業をしていたカカが、その段階になると急に頬を緩ませた。

「コーヒーを淹れる作業は全部私に任せっきりなのに、これだけは、やりたがるの」

「これって？」

「だから、コーヒーの真ん中に、ぽこんと指を入れて穴を開ける作業。可笑《おか》しいでしょう？」

それからカカは、おもむろに鉄瓶を持ち上げ、穴を目がけてお湯を注いだ。すぐに、お湯を含んだ粉がぷくぷくと膨らんでくる。

「もしかすると、この香りを嗅《か》いだら目を覚ますかもしれないから、あっちの部屋でやってあげようか」

カカはそう言うと、淹れかけのコーヒーポットと鉄瓶を持って、ママのいる部屋に移動した。ニーニーは、ミルクをたっぷり入れないと飲めなかったママのために、冷蔵庫から牛乳の入ったパックを取り出す。私は、人数分のカップを持ってふたりの後に続いた。

カカは、テーブルの上にポットを置いて、棺のすぐ近くでコーヒーを淹れた。ぽたぽたぽたぽたと、朝陽に照らされた氷柱《つらら》が溶けている時のような穏やかな音が響く。部屋中が、香ばしいコーヒーの香りに満たされた。

また、家族でハワイに行きたかったのに。あのメンバーで家族旅行をすることは、もう永遠にないんだな。そう思ったら、ちょっとだけ鼻の奥がつんとした。でも、涙は出なかった。私はまだ、ママが亡くなってから、泣いていない。

ママ専用のカップにコーヒーを注ぎ、筆のような物を使って、ママの口にコーヒーを含ませる。ひとり一回ずつ、三人それぞれが末期のコーヒーを含ませた。ママは、あんなに飲みたがっていたカカのコーヒーがやっと飲めて、ものすごく幸せそうだった。

それから、湯かん屋さんも一緒にママを囲んでのコーヒーブレイクとなった。


お通夜とお葬式のことは、ほとんど覚えていない。

私は、よくわからないまま、結局行かなかった私立高校の制服に身を包んで参列した。喪主はカカだった。生前、ママが決めていたらしい。ママの両親とどういう取り決めがあったのかわからないけれど、そのことは、おじいちゃんとおばあちゃんも納得しているようだった。しかもママは、絶対にカカと同じお墓に入りたいからと、高島家のお墓というやつを、独断でマチュピチュ村の外れにある墓地に用意していたみたいなのだ。

その用意周到さには驚いてしまう。

いよいよママの遺体を火葬するという段階になって、私はハッと目覚めるように我に返った。

「嫌だよ、嫌だよ、絶対に嫌だ！」

もうこれから先、一生ママの体に触れなくなるなんて、ママに会えなくなるなんて、絶対に嫌だった。ニーニーが、泣きじゃくる私の防波堤になっていた。私は、狂ったようにニーニーの胸を拳で叩いた。もう目を開けなくても、息をしていなくても、それでもいいから、私が生きている間は、ドライアイスでも何でも使って、ママの体をそのまま残しておいてほしかった。

カカも、ニーニーも、おじいちゃんも、おばあちゃんも、啜り泣いて嗚咽をもらしている。

「ママ、ありがとう！」

私は、炉の中に入れられていくママの棺に、思いっきり大声で呼びかけた。

「おチョコちゃーん」

カカも、大きな口を開けて名前を呼んだ。ニーニーも、顔を真っ赤にして泣いている。

それから大広間に移動して、ママの火葬が済むのを待った。私は途中で気を失ってしまったらしい。気がつくと、座布団の上に寝かされていた。

耳を澄ますと、カカの声がする。ただ、背中を向けて寝ていたので、私の意識が戻ったことに気づいている大人は誰もいないようだった。私は横になったまま、大人たちの会話に耳をそばだてた。

「こんな結果になって、申し訳ございませんでした」

カカの、震えるような声がする。きっと、ママの両親に頭を下げているのだろう。しばらく経ってから、おじいちゃんの声がした。

「わたくし共は、あなたに感謝しているんですよ」

おじいちゃんの声は、相変わらず聞き取りづらかった。

「ハワイで、結婚式がありましたでしょ」

そう言ったのは、おばあちゃんだ。おばあちゃんの声は、高くてはっきりと聞こえてくる。

「あの時にね、確信したんですよ。娘は、いいパートナーに巡り合ったんだなぁ、って。わたくし、あんなに幸せそうな娘の顔、見たことがありませんでしたから。泉さんが、娘を救ってくださったんですね」

私が生まれる前に何があったのか、私は知らない。でも、おじいちゃんとおばあちゃんが、決してカカを許さないと言っていることだけは知っていた。だから、お正月に帰るのは、いつもママと私だけだった。

私はふと、昨日の夜カカと交わした会話を思い出した。カカは、棺に収まったママの顔をしみじみと眺めながら、ひとり言のように言ったのだ。

ご両親はきっと、おチョコちゃんに長生きしてほしくて、この名前をつけたのよねぇ、って。

千代子、って、そういう意味なの？

私が尋ねると、カカはその問いかけには答えずに、おチョコちゃんのご両親に、本当に申し訳ないことをしちゃった、と言いながら、ママのほっぺにそっと手を伸ばしていた。

今まで考えたこともなかったけれど、ママのちょっと古風な名前には、もしかすると、おじいちゃんとおばあちゃんからの大きな願いが込められていたのかもしれない。結果的にママは、その願いを叶えてあげることができなかったけど。

そのことに思いを巡らせたら、いきなりツーッと涙がこぼれて、耳のくぼみへと下りて行く。目じりが、ひりひりと痛かった。

それから、ちょっと待合室が騒がしくなって、そのうち火葬場の人が私たちを呼びに来た。私は、ニーニーに支えられながら起き上がった。本当はもう自力で歩けそうだったけど、なんとなく誰かに甘えたくて、ニーニーに寄りかかるようにして廊下を歩いた。

ママは、骨まできれいだった。骨も癌に侵されていたというのに、焼き上がった骨は、真っ白で砂のようだった。

どんなに体中が癌に侵されても、心だけは癌にならないから、安心して。

そう言ったママの声を思い出した。あんな状況で、どうしてママはそんなに強くいられたのだろう。絶対に癌に侵されないと言ったママの心は、どこに行ってしまったのだろう。

みんなでママの骨を集めていると、ニーニーがこっそり、ママの骨を一個、自分のポケットにしまっていた。

私は、ママが左手の薬指にはめていた結婚指輪をもらった。カカに渡そうとしたら、ママの形見だから持っていなさいと言われたのだ。幸せになるお守りにしようと思った。

こうしてママは、絶対にどう転んでも、帰らぬ人となった。

メモリアルホールから帰ってもなんとなくまだ外にいたくて、私は骨壺を持ったまま、ニーニーと少しだけマチュピチュ村の小道を散歩した。ママが亡くなったことは、もう誰もが知っている。私たちの姿に気づくと、みんなが立ち止まってお辞儀をしたり、お悔みの言葉をかけてくれた。

ニーニーと申し合わせたわけではなかったけれど、ふたりともボスの家に向かって歩いていた。どうしても、ママとボスを会わせてあげたかった。

「ボス！」

勝手に玄関を開けて大声で叫ぶと、しばらく経ってからボスが出てきた。ボスは、ここ数年、だんだんと目が見えなくなってきている。それでも、施設に入るのは嫌だからと、住み慣れた自分の家で暮らしているのだ。そんなボスに、ママはよく料理を作って届けていた。

「ママ、こんな小っちゃくなっちゃったよ」

ボスの顔を見たら、急に緊張の糸が緩んで、涙があふれた。私がボスの方に骨壺を差し出すと、ボスは探るように手を伸ばし、それから両手でしっかりと骨壺を胸に抱きしめた。ボスの目にも、涙が光っている。

「よくがんばったなー、お前らのかーちゃんは、立派だったよ」

ボスがそう声をかけながら、まるでママの頭を撫でるように、骨壺の表面をさすってくれた。その姿を見ていたら、涙が止まらなくなった。まだ出しきっていなかった体の中にたまった涙が、出口を見出《みいだ》したように一気に流れてくる。どうやらニーニーも同じらしい。

ボスの家に来たことで、やっと悲しみを悲しみとして受け入れることができた。骨になったママも、ボスに会えて喜んでいるのが伝わってくる。静かだけど美しい、お別れの儀式だった。

ボスの家からの帰り道、並んで歩きながらニーニーが言った。今度は、ニーニーが骨壺を胸に抱えている。

「宝は、ママから虹の話、聞いた？」

やっぱりニーニーは、ママをママと呼んでいる。

「虹？　ムーンボーのこと？」

「いや、それも関係するけど、それじゃなくて。死んだら、虹になるって話」

「知らないよ」

私は少しだけムッとして言った。どうして、ニーニーには話して、私には話してくれなかったのだろう。それが、ちょっと不満だった。

「クムってほら、ハワイの長老がいただろ。ママが会いに行った」

「うん、何とかっていうマッサージをしてくれたおじいちゃんでしょ」

「そう、ロミロミだけど。そのクムが、ママに言ったらしいんだ。あなたは、死んだら虹になる人だって」

「ママが、虹になって戻ってくるの？」

言葉にするだけで、じゅわっと涙がにじんでくる。どんな姿でもいいから、今すぐママに戻ってきてほしかった。

「そう、だから、空に虹を見つけたら、ママだと思ってほしいって」

ママだったらさっそく会いに来てくれるかもしれないと思って、私は空を見上げた。

でも、虹はどこにも出ていない。

「そんな大事なこと、なんでニーニーにだけ言ったの」

やっぱり気持ちが収まらなくて、ニーニーのせいではないのに、なんとなく責めるような口調になった。

「わかんないけど。単に、忘れたんじゃない？　でも、きっとそれぞれに、大事な話をしてくれたはずだと思うよ」

ニーニーは言った。それから、すたすたと早足で歩き始めた。

ニーニーの喪服のポケットに、まだママの骨が入っているのかどうかはわからなかった。


だけど、だけどまさかそれからすぐにニーニーまでがあんなことになるなんて、それこそ想定外だったのだ。

家にいて電話を取ったのは、ひとりで留守番をしていた私だった。カカはちょうど、葬儀社にお金を払うため出かけていた。

もしもし？　と電話に出ると、警察からだった。それだけで、私は気が動転して全身に鳥肌が立っていた。咄嗟《とっさ》に思ったのは、カカに何かあったのかもしれない、ということだった。でも、警察の人はカカではなく、ニーニーの名前を挙げた。

バイクでバイパスを走っていて、交通事故を起こしたという。

「命に、ニーニーの命に、別状はないんですよね！」

私はすごい勢いで警察の人に問いただした。けれど、相手は言葉を濁すばかりで、とにかく搬送された病院まで来てほしいという。ニーニーは今、緊急手術を受けているとのことだった。私は、慌ててその病院の名前を書き留めた。けれど、手が震えてしまって上手に書けない。

電話を切ってから、カカのケータイに連絡した。とにかく今すぐに電話をくださいとメッセージを残すと、十分ほどして折り返しの電話があった。私自身まだうまく状況がつかめていないのに、それをカカに伝えるのは難しかった。カカは、今すぐ帰るからそれまでに出かける準備をしておいてと、早口で言って電話を切った。

カカの到着を待ち、すぐに教えられた病院に向かう。カカは、ふだんはのろのろ運転しかしない山道をアクセル全開で直進し、黄色信号を猛スピードで突破した。会話はなく、ママが駆け落ちの途中にプレゼントしたという交通安全のお守りだけが、振動に合わせて揺れている。

ニーニーが事故を起こしたのは隣の県のバイパスで、もしかするとニーニーは、また話を聞くボランティアに出かけていたのかもしれない。その行き帰りに事故に遭ったとしか思えなかった。

病院で待っていてくれた警察の人の説明によると、ニーニーのバイクはなぜか反対車線に飛び出し、そのままガードレールを越えてニーニーもろとも数十メートルもの崖下に転落したという。その様子を、対向車線を走っていたトラック運転手が目撃していた。危機一髪だったものの、正面衝突は免れたそうだ。ただ、ニーニーは全身をひどく打っており、しかも頭蓋骨に相当のダメージを受けていた。

助けて、ニーニーを助けて。

私は必死で、天国のママに祈った。

ニーニーの手術は、かなり大がかりなものだった。カカは、途中から自力で体を支えていられなくなって、代わりに私が肩を支えた。警察の人は明言しなかったけれど、単なる事故ではない可能性を匂わせていた。でも、ニーニーはそんなことしないと思った。優しいニーニーは、私やカカを悲しませるようなことを、するはずがない。他人に迷惑をかける行為を、選ぶとは思えなかった。

手術が終わるのを待ちながら、私はあることを考えていた。ニーニーが、ひそかに想いを寄せていた相手についてだ。

好きな人がいるなら、告白すればいいじゃん。

いつだったか、私はニーニーに言ったことがある。けれどニーニーは、そんなこと、できるわけないだろ、と軽い調子ではね除けた。でもその時はまだ、相手が誰か全然わからなかった。ただ、ニーニーが想いを寄せる人がいる、そのことだけは強く伝わった。

ぼんやりとした予感が確信に変わったのは、ニーニーが火葬場でママの骨を一個、人知れずポケットに忍ばせた時だ。私は、あぁやっぱりそうだったのか、と妙に納得した。いつもニーニーが追いかけていたのは、私の、私たちのママだった。

ニーニーは、いつ頃からママが好きだったんだろう。単なる母親としてではなく、異性として想うようになったのは、いつだったんだろう。よく考えれば、ママとニーニーは歳が一回りしか違わない。だから、大きくなったニーニーがママを好きになっても、全然おかしくはないのだ。

ママが無邪気に接すれば接するほど、ニーニーは苦しかったと思う。ママは百パーセント、ニーニーを息子としか見ていなかった。でも、ある時からニーニーはそうじゃなくなったのだ。

その想いを家族に悟られないために、ニーニーはどれほど自分の心に蓋をしてきたことか。それじゃあ、ニーニーがあんまりだ。私は初めてママを、あの天真爛漫《てんしんらんまん》で少女のように生きたママを、憎らしく思った。ママが無意識な分、ニーニーには残酷だったかもしれない。

でも、ママがニーニーを向こうの世界に誘い出したとは、絶対に思いたくない。いくらなんでも、ママはそんなことしないもの。

気がつくと、私とカカは肩を寄せ合って手をつないでいた。カカが、私の手をぎゅっと強く握っている。けれど、私はその痛さを感じなかった。

どのくらい時間が経ったのだろう。手術室のドアが開いて、中から医者や看護師さんたちが慌ただしく出てくる。ニーニーは、ストレッチャーに乗せられ、運ばれてきた。全身に包帯を巻かれている。顔にも、いくつもの傷ができていた。

「ニーニー」

私は、優しく呼びかけた。

「草介」

隣でカカも、ニーニーの名前を呼んでいる。

執刀医からの説明によると、ニーニーは一命こそ取り留めたものの、やっぱり脳全体に相当なダメージを受けていた。まだ、危険な状況に変わりなかった。

「植物状態ってことですか？」

一通りの説明を受けてから、カカがおそるおそるその言葉を口にする。

執刀医は、静かに頷いた。

「今後どんなに奇跡的な回復を見せても、これまでのように歩いたり走ったり、喋ったりするのは難しいでしょう」

そう言われた瞬間、カカが声を上げて泣き崩れた。ママが逝ってから、まだ一か月も経っていないというのに。絶望とは、まさに今の私たちの心模様を言うのだ。

せんない、せんないせんないせんないせんない。

まるで、季節外れのセミが飛び込んできたみたいに、さっきからその単語ばかりが頭の中を巡っている。

せんないねぇ、とカカが言ったのだ。

でも、せんないの意味がわからなかったから、国語辞書で調べた。「ゼントルマン」と「せんなり」の間に、その言葉が挟まれている。漢字だと「詮無い」と書き、意味は、「しても無駄なこと、役に立たないこと、かいがないこと」とある。

最初はどういうことだろうと思ったけれど、もしかするとカカは、自分の無力さを嘆いていたのかもしれない。そう思ったら、私の胸もせんない気持ちでいっぱいになってしまう。せんないせんないせんないせんない。せんないせんないせんないせんないせんない。

ニーニーは、意識を取り戻さないまま、マチュピチュ村の近くにある町立病院に転院した。私が生まれた場所であり、私が幼い頃にカカが体調を崩して入院した場所だった。

ニーニーの体からは、様々なチューブが伸びている。ニーニーは、生きているのではなく、生かされているのだ。それが何を意味するか、中学を出たばかりの私でも、理解しているつもりだった。

お正月は、カカとふたりっきりだった。たった一年前は家族でハワイに行ったのに、ママもニーニーもみんな元気だったのに。

「何にも用意できなかったけど、お餅だけは焼こうか」

カカは弱々しい声でそう言って、ものすごく重たそうに腰を上げた。私はカカと一緒に調理場までついていき、お皿を出したりするのを手伝った。お餅は、ボスが自宅の餅つき機でついたというので、私が取りに行ってきたものだ。ニーニーがたくさん食べると思ったのだろう、ボスが大量に持たせてくれた。心配するといけないから、ボスにはニーニーのことをまだ話していなかった。

カカが用意したのは、焼いた餅にお醤油を垂らして海苔《のり》を巻いただけのシンプルな磯辺巻きだった。海苔はしけっているし、お醤油もちょっと古い味がする。もう、ずっとこんな調子なのだ。でも、私自身あんまりおなかが空かないし、味なんかどうでもよくなっていた。

ママがいなくなってからというもの、近所の人たちが家で作った料理を差し入れてくれることも多かった。けれど、他の人が作った料理には、まだどうしても箸が伸ばせない。

それを口にしようとすると、ママの料理を思い出してしまうから。

ママの料理の方がおいしいに決まっているから。

幼い抵抗をしていると頭ではわかっていても、体が受けつけないのだ。でも、ボスがついてくれたお餅は、大丈夫だった。それでも、味はよくわからない。

機械的に磯辺巻きを齧っていると、ママの実家で過ごしたお正月の記憶が甦ってきた。

「ママはきっと、カカとお正月を過ごしたかったんだね」

「どういうこと?」

面倒臭そうに磯辺巻きを口に含みながら、カカが私の顔をじっと見る。

「だってママ、毎年毎年、お正月におじいちゃんちに帰るのが、本当に辛そうだったもん。気が重くて重くてしょうがない、って態度をあからさまにするんだよ。一応、私も一緒なのに。それで、泉ちゃん、今頃何してるかなぁ、とか、草ちゃん、お餅食べたかなぁ、とか、ふたりのことばっかり話すの。よっぽど家族みんなでお正月を過ごしたかったんだね」

「だから、ハワイに行ったってこと?」

「そう、ああでもしなくちゃ、日本を脱出できないもん」

「今から思うとさ」

そこまで言うと、カカは声を詰まらせた。ニーニーが撮った結婚式のふたりの写真は、額縁に入れて家の中の特等席に飾ってある。私は食べかけの磯辺巻きを持ったまま、じっとその写真を見てカカの言葉を待つ。カカは、一瞬込み上げた涙を堪えるようにして続けた。

「あの結婚式だって、おチョコちゃんが自分で挙げたかったわけじゃなかったんだよ。あれって、私のためだったんじゃないかなぁ、って最近思うの。おチョコちゃんは、近い将来、自分がいなくなるって、わかってた気がするの。それで、自分がいなくなった世界でも私がちゃんと生きていけるように、みんなに紹介したんだと思う。そうやって、周りの人たちからお墨付きをもらったのよ」

確かに今から思うと、あの時のママのわがままぶりは異常だったし、ママは本来、マチュピチュ村が大好きで、マチュピチュ村からなるべく出たがらない人だったのだ。もう寒くて暗い冬はこりごりだなんて、あの時は家族全員が鵜呑《うの》みにしてしまったけれど、ママの言う言葉としてはあり得ないし、誰よりもマチュピチュ村の冬を心待ちにしていたのは、ママなのだ。

「おチョコちゃんね、遺言まで残していたんだよ」

カカのお皿には、まだ磯辺巻きがまるまる一個残されている。

「あんなに大ざっぱで面倒臭がりのくせに、ここぞ勉強して、がんばって書いたみたい。残された家族に、少しでも財産を残したかったのね。自分ひとりで、高島家のお墓も準備しちゃってさ」

こんなふうにカカとママの思い出話をするのは、お葬式の日以来初めてだった。ママがいなくなって、その悲しみを味わう暇もなく今度はニーニーがあんなことになってしまい、すっかり日常の時間の流れがせき止められていた。でも今なら、もう少しママのことを話せそうだった。

「結局、結婚はできなかったなぁ。なんだかんだ、養子縁組もしなかったし」

カカが、お茶を飲みながらしみじみつぶやく。これ以上磯辺巻きを食べるつもりはないらしい。最近はよく、緑茶を飲んでいる。ママの棺を囲みながらみんなでコーヒーを飲んだのを最後に、カカはコーヒーを飲まなくなった。いや、飲めなくなってしまったのだ。香りを嗅ぐだけでいろんなことを思い出してしまい、心が耐えられなくなるのかもしれない。

「ママと別れようと思ったことは、一度もなかったの？」

ふと思いついた疑問を口にする。窓の向こうに、雪がまた勢いよく降り始めた。

「そうねぇ」

カカは、思い出すようにして天井を見上げた。まるで、ふわふわとそこら辺に漂っているママを、目で追いかけるような表情だった。

「ないわねぇ」

カカは、はっきりとした声で断言した。

「でも、結婚できなかったことっていうか、そのことに対して自分がベストを尽くせなかったことは、後悔してるの。おチョコちゃんの望みを、もっと真剣に聞いてあげればよかった」

「でも……」

この日本では、同性同士のままのふたりはどう逆立ちしたって法的な結婚ができないのだ。私が黙っていると、カカは続けた。

「私はね、なんていうか、結婚ってなんなのか、よくわからなかったのよ。自分が一度失敗してるから、尚のこと踏み込めなかったの」

「えーっ、そうだったの？」

私は驚いて、持っていた湯飲み茶わんを危うく落っことしそうになる。

「ってことは、カカって、バツイチだったんだー」

「そりゃあ、そうでしょう。草介を産んでるんだから」

「でも、なんかカカが男の人とつがってたなんて、全然ぴんとこないよ。カカの隣にいるのは、ママしかありえないから」

「嬉しいことを言ってくれるじゃないの」

そこでカカは、少しだけ笑った。最後にカカの笑う顔を見たのがいつだったのか思い出せないくらい、久しぶりの笑顔だった。

「だけど、その苦い経験があったから、おチョコちゃんが結婚結婚って言うたびに、なんとなく暗に責められているような気持ちになってさ」

「ママの結婚願望は、かなり度を超していたもんね」

私は、最後の磯辺巻きを口に含みながら言った。すっかりお餅が硬くなっている。奥歯で嚙み砕いて、必死に飲み込んだ。

「だけどさ、今は結婚したいの。ちゃんと入籍して、別れられないように、しっかりと結びつきたいの。もう、相手は天国にいっちゃったけど」

カカはそう言うと、目じりをこすって涙を拭った。

「結婚って、なんなんだろうね」

いつか自分が誰かと結婚して家庭を持つなんて、今は全く想像がつかないけれど、もしそんな事態が訪れるなら、絶対に、カカとママのような夫婦になりたいと思った。

「宝」

カカは、背筋を伸ばして私の方にしっかりと向き合いながら言った。

「結婚ていうのはね、たぶん、幸せ探偵団を結成するみたいなものよ。時には髪を振り乱したり、大きな敵と闘ったりしながら、それでも幸せのために前に進んでいくの。ふたりにとっての幸せは、同じものなの」

「うん」

深い言葉は返せないから、私はただ強く頷いた。

「だから、宝は最高のパートナーを見つけなさい。そして、うんと幸せになってね」

そう言うとカカは、お皿に手つかずの磯辺巻きを載せたまま、先に立ち上がった。それから、ニーニーの入院先へ行くための準備を始めた。

時々、ソファの背もたれのすき間などから、ママの長くて細い髪の毛が見つかることがある。バスタオルには、まだママのまろやかな匂いが残っている。私は、そういうものに出会うたび、いちいち感傷に浸ってしまう。ママの髪の毛を手にしながら、バスタオルに顔をうずめながら、わんわんと大泣きしてしまうのだ。

ママを忘れることが、怖かった。ママがいない生活に慣れることも、怖かった。でもいつか、ママの髪の毛を見つけても平気でゴミ箱に捨てたり、バスタオルに宿るママの残り香に何も感じなくなったり、するのだろうか？　今はまだ、そんな日が来るなんて想像できない。

ママはハワイから戻ってからの数か月の間に、できることをできるだけやって、旅立った。保存庫にはカカのためにたくさんの梅酒が仕込まれている。カカが一気に飲んでしまわないよう、きちんと、これは何年になったら飲む分と、ひとつひとつの瓶に説明が書かれていた。靴下の穴も、とれかけていたボタンも、直せるところは全部直してある。こういうの、立つ鳥跡を濁さず、って言うんだっけ？　本当に、ママの旅支度は、あっぱれとしか言いようがなかった。

それなのに、残された側の私たちは、まだめそめそと立ち直れないでいる。カカは、ママが引きっぱなしにしていた椅子さえ、まだ元に戻せない。あんなにいつも、おチョコちゃんは椅子を引きっぱなしにしてだらしがない、とさんざん小言を連ねていたくせに、ママが座っていた椅子を、一ミリたりとも動かせないでいるのだ。それを動かしてしまったら、永遠に取り返しのつかないことになってしまうと、本気で信じているようだった。

そういう私だって、ママの椅子を戻せないけど。だって、そこにはまだ、透明なママが座っているみたいだから。カカの淹れたコーヒーを横において頬杖をつきながら、たそがれるみたいに窓の向こうに広がる草原を眺めているような気がするから。それを戻してしまったら、ママの居場所が失われてしまいそうに思えるのだ。

お正月から三月の入試まで、私は死にもの狂いで受験勉強に励んだ。

もしも私がトップの県立高校に合格でもしちゃったら、ニーニーが目を覚ますかもしれない。ひそかに、そんな青写真を描いていた。

私は見事、県内でも指折りの女子高に合格した。もちろん、そこに行けばソフトボール部がある。インターハイに何度も出場経験のある、県内有数の強豪チームだ。

でも、奇跡は起きなかった。届いたばかりの合格通知をいくら目の前でひらひらかざしても、ニーニーは目を覚まさない。

それでも私は、ほぼ毎日カカにくっついて、眠っているニーニーに会いに行く。だんだんやせ細っていくニーニーを見るのは、正直しんどい。でもやっぱり、生きているってことは、それだけですごいことだった。温もりがあるっていうことは、それだけで奇跡に思えた。

ママは死んでしまったけれど、ニーニーはまだ生きている。

目を覚ます可能性がある。

そこには、歴然とした違いがあった。

やっぱり、ニーニーは世界優しさ選手権の上位入賞者だ。私やカカが悲しむと思って、命だけは取り留めたのだもの。でも、ニーニーは優しすぎるから、きっと一等賞の表彰台には立てない。二位や三位の人に申し訳ないと思ってしまうからだ。

カカは、毎日ニーニーの所に行って、床ずれ防止のために体の位置を動かしたり、野の花を飾ったりしている。だけど私の中にあるのは、ニーニーに対する同情心ばかりでは決してなかった。時々、ニーニーへの怒りが体の中心に込み上げてくる。あの、ハワイ島で見たマグマみたいに。それはどうしようもなく熱くて狂暴で、自分の力でなだめるのは難しかった。

裏切り者、ニーニーの弱虫！

そう怒鳴りつけながら、思いっきりニーニーを叩いたり、蹴っ飛ばしたりしたくなるのだ。だって、高島家の虹色憲法、あれはどうなってしまうのだ。

自分には決して嘘をつかない。

一日に一回は、声を上げてげらげら笑う。

うれしいことはみんなで喜び、悲しいことはみんなで悲しむ。

絶対に、無理はしない。

辛かったら、堂々と白旗をあげる。

憲法は、絶対に絶対に守らなくちゃいけないものなのに。

ニーニーは、そのすべてを破ったのだ。


四月になり、私は新一年生として晴れて高校生になった。入学式にはカカがひとりで出席した。ママが旅立って以来、高島家はシングルマザーの家庭になっていた。

私は四月生まれなので、入学してすぐに十七歳になった。だけど、確かにあったはずの誕生日の出来事を、全く思い出せない。去年までは、毎年ママが手作りのケーキを焼いて、お祝いしてくれた。でも、今年はカカとふたりっきりで、自分でも、自分の誕生日を忘れていた。きっとカカも、忘れていたのだろう。

いつまでも寮の部屋をそのままにしておくわけにはいかないので、五月のある日曜日、私はカカとニーニーの部屋の後片付けに行った。

ニーニーの部屋は、極端に荷物が少なかった。衣類や歯ブラシ、石けんなど、生活必需品以外の荷物は、ほとんどない。唯一、生活に関わらないのは、ハワイ旅行でニーニーが最後に撮ってくれた私とママとカカの写真だった。せーの、でみんなで両手を上げながらジャンプしたのだ。よく見ると、ママが一番高くまで飛んでいた。その写真が、空港のお土産屋さんで買ったトロピカルなフレームに入れられ、小さなテレビの脇に飾られていた。

部屋の片付け作業はあっという間に済んでしまい、ニーニーの持ち物は、すべて車のトランクの中に余裕で収まった。

最後に忘れ物がないか、もう一度クローゼットの中を確認した時、奥の方に帽子があるのを見つけた。ニーニーがかぶっていた野球帽だった。腕を伸ばして、引っ張り出した。もう、つばがぼろぼろになっている。

野球帽を裏返した時だ。ニーニーの字で書かれた言葉が目に飛び込んできた。そこには、太いマジックで堂々と「闘魂」と書かれていた。

「ニーニー、ごめん」

私は咄嗟にニーニーに謝りたくなった。今すぐ病室の枕元に駆けつけて、ニーニーにごめんなさいを言いたかった。

だって、ニーニーはちゃんと闘っていたのだ。私はどこかでニーニーを、あきらめた人のように感じていた。でも、他人に道を譲るふりをして、本当はちゃんと闘っていた。

ごめんね、ニーニー。

私、ニーニーのこと、ちっともわかっていなかった。誤解してたよ。

ニーニーは、逃げてなんかいなかったんだ。レギュラーにもなりたかったし、試合でホームランも打ちたかった。ニーニーは、好き好んで送りバントだけをしていたわけでは、決してないんだ。初めから望んでマネージャーをやっていたのでは、なかったのかもしれない。

ニーニーの野球帽を胸に抱いてボロボロ泣いていたら、カカがやって来た。そして、はい、といきなりグローブを掲げた。

「これってもしかして……」

昔、ニーニーが私に貸してくれた子ども用のグローブだった。いつの間にかなくなったと思ったら、ニーニーがまだ持っていたのだ。

「どこにあったの？」

私が尋ねると、

「玄関の物入れの中」

カカも涙ぐみながら、小さく答える。カカは続けた。

「これさぁ、草介が小学校に入学する時、あの子の父親とお祝いにプレゼントしたものなの。駆け落ちっていうか、引っ越しする時にね、あの子、これとボールをランドセルに入れて持ってきたのよ。でも、持ってきたのがばれると、私とおチョコちゃんが傷つくとでも思ったのか、ずっと隠してたの。最初から、知ってたけどね。あの子の父親は野球の選手だったから。それであの子、野球にこだわったのよ」

「そうだったんだ」

今までニーニーとたくさん話をしたけれど、ニーニーから父親の話を聞いたことは、一度もなかった。

「ずっと大事に持っていてくれたんだね。草介らしい」

カカは、そのグローブがまるでニーニーそのものであるかのように、愛おしそうに撫でていた。

「これ、よかったら宝が預かっていてあげて」

カカに、グローブを手渡される。このグローブには、幼い頃からのニーニーとの思い出がいっぱい詰まっている。

「ありがとう」

私は、グローブをそっと胸に抱き寄せた。

帰りは、ニーニーの部屋にあったハワイアンのＣＤを聴きながら、マチュピチュ村に戻った。私は、六月から下宿生活になる。ソフトボール部員全員が、監督さんの家で一緒に寝泊まりしながら生活するのだ。だから、カカはあの家でひとりきりになってしまう。私がソフトボール部に入るのをやめれば家からでも通えるけれど、そんなことをしても、きっとカカは喜ばないだろう。

妙にのんびりとしたハワイアンを聴いていたら、しみじみと泣けてきた。私は顔を背け、窓から外を眺めた。悲しくて、悲しくて、悲しすぎるのに、それでも生きていかなくちゃいけないなんて、人生ってあんまりにも過酷だと思った。


私が、マチュピチュ村の実家を出る日。

もう、自分の荷物はほとんどまとめ、スポーツバッグに入れてある。下宿すると言っても、長い休みになれば帰ってくるし、全く家から離れるということではない。でも、想像すると特別な淋しさが込み上げて、普通の心境ではいられなくなってしまう。だからこそ、心にきゅっと栓をして、平静を装わなくてはいけなかった。

カカは、朝から草原の一角で土いじりをしている。最近、いつもそうだ。気がつくとカカは、長靴を履いて外にいる。後ろから私がそっと近づくと、

「こうして手を動かしていると、落ち着くよ。宝もやってみない？」

カカはぽつりと言った。今、土の中に埋めているのは、白い球根のようなものだった。

「見て、これ」

　カカは、手にしている固まりを私の顔の前に持ってきた。

「台所の片隅で、ニンニクがほったらかしになってたの。おチョコちゃんが買い置きしておいてくれたのかも。もうずいぶん時間が経ってひからびかけてるけど、水もないのにちゃんと生きてたんだよ。けなげに、芽を伸ばしてさ。それ見たら、土に返してあげなくちゃと思って」

　カカは、作業を続けながら言った。確かにカカの手の中にあるニンニクは、頼りないながらも、ひょろりとした浅葱《あさぎ》色のか細い芽を出している。

　私も、その作業を一緒に手伝った。雪がとけたばかりのマチュピチュ村の土は、まだひんやりして冷たかった。

「いつだったか、おチョコちゃんに聞かれたの。泉ちゃんの夢は、なんなの？　って」

「うん」

　私はカカの横顔を見ながら相づちを打つ。

「その時は、うまく自分の夢を答えられなかったのね」

「うん」

「だけどさ、おチョコちゃんがいなくなって、草介もあんなことになって、ふと思ったのよ。おチョコちゃんが残してくれたこの世界を、もっときれいなものにしたい、って」

「きれいなもの？」

カカのつむじから生える真っ白い髪の毛をぼんやり見ながら、私は聞いた。

「そうよ、草介が目を覚ました時、命が助かってよかった、って思えるように、わが家の庭に、虹を作ろうって決めたの。だってさ、おチョコちゃんは私たちにたくさん虹を見せてくれているのに、おチョコちゃん自身は、虹が見られないわけでしょう？」

確かに、そうだった。ママは、あれから何度か、私たちの前に虹になって現れていた。

カカは続けた。

「だから、おチョコちゃんにも、虹を見せてあげたいじゃない。高島家はここだよ、ってすぐわかるように、虹みたいにきれいな庭を、作ろうと思うの。それが、草介も喜ぶことなんじゃないかって」

私はなんだか堪えきれなくなって、その場に立ちあがった。カカの背中に、私の涙が吸い込まれるように落ちていく。私やカカが気づいていないだけで、また空のどこかに虹が隠れているような気がした。

「そうだよね、ニーニーには、生き返ってよかった、って思ってほしいものね」

ニーニーが、意図的にあんな事故を起こしたのか、それとも偶発的な事故だったのかは、結局わからないままだ。そのことについては、カカと深く話したこともなかった。

そんなことを思っていたら、カカは言った。

「人って、生まれてくる時に、同じ量の粘土を与えられているんじゃないかと思うんだ」

一瞬、カカが何を言い出したのかわからなくて戸惑った。でも、どうやらすごく大事なことを話そうとしてくれているらしい。カカの手には、年季の入った植木鉢が握られている。私は、再びしゃがみ込んでカカの声に耳を傾けた。

「はじめはさ、丸い粘土の固まりに、親指を突っ込んだだけの、原始的な小さな器なんだけど、それが成長するにつれて、一回り大きなぐい飲みくらいの器になって、更にもっと大きな湯飲み茶わんになったりする。人によっては、平べったい皿だったり、汁物を入れられる深めの鉢だったり、いろいろなの。こんなふうに、植木鉢になったりする人もいるかもしれない。常識から言ったら穴は欠点になっちゃうけど、穴が開いているからこそ植木鉢としての役割を全うできるの」

雲のすき間から姿を現した太陽が、私とカカを優しく照らしている。私は足元に深い穴を掘って、土の中に手のひらを沈めた。そうしていると、地球と握手しているようで気持ちよかった。

「草介の場合は、確実に大きな器だったと思う。小さな物でも大きな物でも、硬い物でも柔らかい物でも、なんでも載せられる便利な器。でも、その分脆《もろ》くて、壊れやすくなっていたのよね。草介の心は、あまりにもたくさんの物を受け入れてしまったから」

　カカの声は、それでも穏やかだった。

「ニーニー、優しかったもんね」

　たったそれっぽっちの言葉を伝えただけなのに、元気な頃のニーニーを思い出して、視界が涙の膜の向こうに霞《かす》んでしまった。

「でも、優しすぎたのかもしれないね」

　カカの声がする。こうなったらもう、とことんニーニーのことを話したかった。

「今から思うと、草介には反抗期がなかったのよ。それを、おチョコちゃんと、育てやすい子だとか優しい子だってさんざん褒めていたんだけど、実は、そうじゃなかったんじゃないかなぁ、って最近思うの。宝みたいに、ばーっと不満をぶちまけて暴れてくれた方が、よっぽどありがたいのよね、本当は」

　私は、自分の反抗期を思い出して、急に恥ずかしくなった。あの頃、ママを傷つける言葉をさんざん言っていた。カカと、取っ組み合いの喧嘩をして、流血事件を起こしたこともある。でもニーニーには、そんな時期が一度も訪れなかったのだ。

「ニーニーは、なんでも自分のおなかにためたんだよね」

　私が言うと、カカは黙って頷いた。

「みんなさ、草介に話を聞いてもらいたがったもの。何か悩み事があると、私もおチョコちゃんも、真っ先に草介に相談したし。ゲストハウスに来るお客さんだって、そういう人が多かったでしょ。ずっと年下なのに、草介に話を聞いてもらうと、安心した気持ちになるのよね。

たぶん、草介に助けられた人が、世の中には大勢いると思う。そのこと自体は、本当に母親として誇りに感じているの。でも、ある日草介は、その重みに耐えられなくなって、ぱりんと呆気なく割れてしまったのかもしれないね……」

確かに、ニーニーの心の器は大きかったけど、その分脆くなっていた。私はふと、ニーニーの精神安定剤のことを思い出した。あの時私が違った対応をしていたら、ニーニーはこんなことにならずに済んでいたかもしれない。

「他の子のことは気づいて助けてあげられたのにさ。どうして自分たちのことは、後回しになっちゃうんだろう」

カカが、悔しそうに唇を噛んでいる。その時、

「マイカイ、マイカイ！」

突然、心の中にミヒャエルの声が響いたのだ。カカに、そして自分自身に、そう言ってあげたかった。

「だってニーニーは、まだ生きてるんだよ。いつか必ず目を覚ますって。今は、疲れてちょっと休んでいるだけの気がする」

ママだって、ここにいたらきっとそう言うに決まっている。

「そう？」

カカが、私を一心に見上げた。

「そうに決まってるじゃん！」

まるで、ママと声を揃えるような気持ちだった。ふっと力が抜けたようにカカが笑う。

その笑顔を見ていたら、ずっと聞きたくて聞けなかったことを、ようやく口にすることができた。

「カカは、これから先、どうするの？　この家にひとりで住んで、大丈夫なの？」

うやむやにせず、きちんとカカに聞いておきたかった。

「どうするも何も、ここで生きていくしかないじゃない」

「じゃあ、ゲストハウスは？」

「できる範囲で、続けるわよ。これが、おチョコちゃんとふたりで築いたかけがえのない財産だもの。守らなきゃ。それに、常連さんでひとり、ここを手伝いたいって言ってくれてる子がいるし。ボスから教えてもらった郷土料理の作り方もね、おチョコちゃん、ちゃんとわかりやすく全部ノートにまとめて残してくれてたの」

私が病室で受験勉強をしていた時、ママがベッドで熱心にまとめていたのは、カカに残すためのレシピノートだったのだろうか。

「私も、休みになったら手伝いに来るからね」

「当然でしょ。ここは、宝の実家なんだから」

カカの口から実家という言葉を聞いたとたん、不覚にもどっと涙があふれた。

「何、泣いてるのよ」

道具を片付けながら、カカが言う。

「だって……」

次の言葉を言おうとするのに、ますます感情が湧き上がって言葉にならない。だって、血のつながらない私とカカが残されたのだ。そのことを、考えないわけにはいかなかった。

「私、ここに、帰ってきても、いいんだよね？」

「当たり前じゃないの」

この子は何バカなことを言っているのだという目で、カカが首を傾げている。

そうだよ。誰が何と言おうと、私はママとカカの娘なんだから。

もうひとりの自分が、泣きべそをかく自分を励ましている。

「残されるって、本当に辛いよね」

カカが、ズボンについた土を払い落としながら、しみじみとつぶやいた。

「楽しかったり幸せだった思い出を瓶に保存しといて、それをちびちび出してきてはさ、残りの人生を食いつないでいかなくちゃいけないんだもの」

幸せな記憶が腐らないよう、塩漬けとか味噌漬けとかにしておいて、なくならないように配分しながら人生のおかずにして生きていく。カカが言おうとしているのは、きっとそういうことなのだろう。

「でもカカがそんなこと言うから、なんだかおなか空いてきちゃったよ」

私は、自分のおなかを両手で押さえながら言った。今にも、おなかがグーッと鳴りそうだった。空腹を覚えること自体、久しぶりだったので驚いた。

「私も」

ちょっと照れくさそうに、カカが言う。高島家では、もう長いこと、ご飯を炊いていない。

「ねぇカカ、真っ白いご飯が食べたくない？　だって、せっかく棚田でおいしいお米を作ってんだよ」

今、高島家の米びつに残っているお米は、紛れもなく、カカとママとニーニーと私、家族四人で育てたお米なのだ。お米の一粒一粒に、高島家の汗や涙、笑い声が記憶されている。

「そうだね、あったかい湯気の立つ、白いご飯が恋しいね」

「でも、おかずはどうしよう？　もう、うちには出来合いの物なんて何にもないし」

さすがにもうレトルト食品も底をついていたし、第一、食べ飽きていた。それに、最近ではご近所さんからの差し入れも減ってきている。

「まだ、おチヨコちゃんの梅干しがあったとは思うけど」

「でも、それはもったいないから、とっておこうよ」

「だったら、カレーでも作る？」

「カカ、作れるの？」

「失礼ねぇ。カレーくらい作れるわよ。それに、宝だって手伝ってくれるんでしょ？」

「いいねぇ、カレー、そうだよ、カレー作って食べよう。そうしよう、そうしよう」

「よーし、飛び切りおいしいカレーをたくさん作って、ご近所さんにもおすそ分けしようか。これまで、いっぱい助けてもらったから、恩返ししなくちゃ」

カカは、自ら先頭に立って調理場に向かった。私もその後ろを追いかける。

カカと並んで材料を刻み、ご飯を炊いて、カレーを作った。この際だから、思いっきりスパイスをたくさん入れて、刺激的なカレーにする。たくさん汗をかいたら、気分も晴れるかもしれない。

「そういえば、ここに来て最初に作って食べたのも、カレーだったな」

ほぼ完成した鍋の中身をかき混ぜながら、カカがふと遠い目をしてつぶやいた。

「どんなカレーだったか覚えてる？」

私が尋ねると、

「うーん、もう覚えていないかも。でも、おチョコちゃんが作ってくれたはずだから、絶対においしかったよ」

カカは、しんみりと答えた。

そのカレーを、私もママのおなかの中で間接的に食べていたのだ。そしてそこには、まだ小学一年生のニーニーがいた。私はその光景を知らないはずなのに、なんだか結成されたばかりの高島家の様子が、目に見えるようだった。

炊き立てのご飯に、たっぷりとカレーをかけて食卓に運ぶ。椅子がひとつだけ飛び出したままのテーブルに、カレーを並べた。それからカカと向かい合って、いただきますをした。久しぶりに食べる、ちゃんとした食事だった。

「ニーニーって、カレーも好きだったよね」

半分食べ終わる頃、私は言った。

「ソースさえかければ、あの子は何でも好きだったのよ」

カカはまだ、ニーニーのソース好きを少々勘違いしている。でも、真相は明かさずに黙ったままでいた。

「カカ、いいこと思いついたんだけど、これ食べ終わったらさ、ニーニーにも、カレーを持って行ってあげない？　この匂いを嗅いだら、意識が戻るかもしれないもん」

ものすごく辛いカレーを食べていたら、みるみる前向きな気持ちになったのだ。カカも、力強く頷いている。

もしもカレーで目が覚めなくても、次は私が打ったホームランの快音で、ニーニーがいきなり目を覚ますことだって、あるかもしれない。

その日のために、私も世界を美しくするお手伝いをしよう。あの日のムーンボーにだって負けないくらいきれいな虹を作るのだ。この高島家という広いお庭に。

家族がいれば、きっと大丈夫だと、ママは言った。

その時は悲しくてどうしようもなくても、いつか笑える日が必ず来るからと。

そして、ママは続けてこうも言った。

何があっても、受け入れて許すことが大事だと。

今となっては予言のようなママの言葉を、私はがむしゃらに信じようと思っている。

だって、これが私の人生のエピローグだなんて、誰が決めたの？　私の人生、まだ始まったばっかかだよ。私はこれからもカカとニーニーと共に生きて、生き抜いて、たとえふたりがいなくなっても生き残って、いつか両親みたいに運命の人と出会って、その人とたくさんつがって、この世界にオハナの種を残していくよ。

カカみたいに、強い人になる。ママみたいに、明るい人になってみせる。ニーニーみたいに、優しい人にもなりたい。でも、私は私だけの色の花を咲かせる。そして、素敵なオハナ畑を作るんだ。それがきっと、私の使命だと思うから。

「ごちそうさまでした」

カカはそう言って軽く胸の前で両手を合わせてから、静かに立ち上がった。それから少し場所を移動して、ママの椅子の背もたれに手を伸ばし、そっとテーブルに近づけた。あまりにも自然な動作だったので、私は一瞬訳がわからなかった。でもカカは、間違いなく自分の力で、自らの意志で、滞っていた時間の流れを前に進めたのだ。ずっと引きっぱなしのまま動かせないでいた、あれほど重たかったママの椅子を、カカは自分の手で動かしていた。

驚いている私に、カカがさらりと聞いた。

「宝、食後のコーヒーは？」

私は、満面の笑みで頷いた。

本書は二〇一四年十月、集英社より刊行されました。

初出
「小説すばる」二〇一四年三月号〜六月号

小川　糸の本

つるかめ助産院

家族を失い傷心のまりあは、南の島の助産院で居候生活を始める。何をするにも自信が持てなかったが、島で出会った魅力的な人々に影響され、過去と向き合えるようになり……。

集英社文庫

集英社文庫　目録（日本文学）

岡篠名桜　屋上で縁結び　日曜日のゆうれい
岡篠名桜　屋上で縁結び　縁　つ　む　ぎ
岡田裕蔵　小説版ボクは坊さん。
岡野あつこ　ちょっと待ってその離婚！　幸せはどっちの側に？
岡本嗣郎　終戦のエンペラー　陛下をお救いなさいまし
岡本敏子　奇　跡
小川　糸　つるかめ助産院
小川　糸　にじいろガーデン
小川貢一　築地　魚の達人　魚河岸三代目
小川洋子　犬のしっぽを撫でながら
小川洋子　科学の扉をノックする
小川洋子　原稿零枚日記
小川洋子　平松洋子　洋子さんの本棚
おぎぬまX　地　下　芸　人
荻原博子　老後のマネー戦略
荻　原　浩　オロロ畑でつかまえて

荻　原　浩　なかよし小鳩組
荻　原　浩　さよならバースディ
荻　原　浩　千　年　樹
荻　原　浩　花のさくら通り
荻　原　浩　逢魔が時に会いましょう
荻　原　浩　海の見える理髪店
奥　泉　光　虫樹音楽集
奥　泉　光　東京自叙伝
奥田亜希子　左目に映る星
奥田亜希子　透明人間は204号室の夢を見る
奥田亜希子　青春のジョーカー
奥田英朗　東　京　物　語
奥田英朗　真夜中のマーチ
奥田英朗　家　日　和
奥田英朗　我が家の問題
奥田英朗　我が家のヒミツ

奥山景布子　寄席品川清洲亭
奥山景布子　す　て　て　こ　寄席品川清洲亭二
奥山景布子　づ　ぼ　ら　ん　寄席品川清洲亭三
奥山景布子　か　っ　ぽ　れ　寄席品川清洲亭四
長田渚左　桜　色　の　魂　チャスラフスカはなぜ日本人を50年も愛したのか
長部日出雄　古事記とは何か　稗田阿礼《ひえだのあれ》はかく語りき
長部日出雄　日本を支えた12人
小沢一郎　小沢主義《オザワイズム》　志を持て、日本人
小澤征良　おわらない夏
お　す　ぎ　おすぎのネコっかぶり
落合信彦　モサド、その真実
落合信彦　英雄たちのバラード
落合信彦・訳　第　四　帝　国
落合信彦　狼たちへの伝言2
落合信彦　狼たちへの伝言3
落合信彦　誇り高き者たちへ

集英社文庫　目録（日本文学）

集英社文庫　目録（日本文学）

角田光代　みどりの月
角田光代／佐内正史　だれかのことを強く思ってみたかった
角田光代　マザコン
角田光代　三月の招待状
角田光代／松尾たいこ　なくしたものたちの国
角田光代他　チーズと塩と豆と
角幡唯介　空白の五マイル　チベット、世界最大のツアンポー峡谷に挑む
角幡唯介　雪男は向こうからやって来た
角幡唯介　アグルーカの行方　129人全員死亡、フランクリン隊が見た北極
角幡唯介　旅人の表現術
梶よう子　柿のへた　御薬園同心　水上草介
梶よう子　お伊勢ものがたり　親子三代道中記
梶よう子　桃のひこばえ　御薬園同心　水上草介
梶よう子　花しぐれ　御薬園同心　水上草介
梶井基次郎　檸檬
梶山季之　赤いダイヤ(上)(下)

片野ゆか　ポチのひみつ
片野ゆか　ゼロ！　熊本市動物愛護センター10年の闘い
片野ゆか　動物翻訳家　心の声をキャッチする、飼育員のリアルストーリー
かたやま和華　猫の手、貸します　猫の手屋繁盛記
かたやま和華　化け猫、まかり通る　猫の手屋繁盛記
かたやま和華　大あくびして、猫の恋　猫の手屋繁盛記
かたやま和華　されど、化け猫は踊る　猫の手屋繁盛記
かたやま和華　笑う猫には、福来《きた》る　猫の手屋繁盛記
かたやま和華　ご存じ、白猫ざむらい　猫の手屋繁盛記
加藤元　四百三十円の神様
加藤元　本日はどうされました？
加藤千恵　ハニー ビター ハニー
加藤千恵　さよならの余熱
加藤千恵　ハッピー☆アイスクリーム
加藤千恵　あとは泣くだけ
加藤千穂美　エンキリ　おひとりさま京子の事件帖

加藤友朗　移植病棟24時
加藤友朗　赤ちゃんを救え！　移植病棟24時
加藤実秋　インディゴの夜
加藤実秋　チョコレートビースト　インディゴの夜
加藤実秋　ホワイトクロウ　インディゴの夜
加藤実秋　Dカラーバケーション　インディゴの夜
加藤実秋　ブラックスローン　インディゴの夜
加藤実秋　ロケットスカイ　インディゴの夜
加藤実秋　学園《スクール》王国《キングダム》　インディゴの夜
加藤実秋　渋谷スクランブルデイズ　インディゴ・イヴ
上遠野浩平／荒木飛呂彦・原作　恥知らずのパープルヘイズ　―ジョジョの奇妙な冒険より―
金井美恵子　恋愛太平記1・2
金子光晴　女たちへのいたみうた　金子光晴詩集
金原ひとみ　蛇にピアス
金原ひとみ　アッシュベイビー
金原ひとみ　AMEBICアミービック

集英社文庫

にじいろガーデン

2017年５月25日　第１刷
2021年７月12日　第９刷

定価はカバーに表示してあります。

著　者　小川《おがわ》　糸《いと》

発行者　徳永　真

発行所　株式会社　集英社
東京都千代田区一ツ橋2-5-10　〒101-8050
電話　【編集部】03-3230-6095
【読者係】03-3230-6080
【販売部】03-3230-6393（書店専用）

印　刷　凸版印刷株式会社

製　本　凸版印刷株式会社

フォーマットデザイン　アリヤマデザインストア　　マークデザイン　居山浩二

ISBN978-4-08-745582-3 C0193